내 무덤에서 춤을 추어라

내 무덤에서 춤을 추어라

에이든 체임버스 장편소설

고정아 옮김

Dance on my grave

문학과
지성사

내 무덤에서 춤을 추어라

펴낸날 2024년 8월 22일

지은이 에이든 체임버스
옮긴이 고정아
펴낸이 이광호
주간 이근혜
편집 박지현
마케팅 이가은 최지애 허황 남미리 맹정현
제작 강병석
펴낸곳 ㈜**문학과지성사**
등록번호 제1993-000098호
주소 04034 서울 마포구 잔다리로7길 18(서교동 377-20)
전화 02) 338-7224
팩스 02) 323-4180(편집) / 02) 338-7221(영업)
대표메일 moonji@moonji.com
저작권 문의 copyright@moonji.com
홈페이지 www.moonji.com

ISBN 978-89-320-4290-9 03840

이 책의 구성

네 개의 부

117개의 단편

여섯 편의 현장 보고서

두 편의 신문 기사에 담긴 삶과 죽음

그리고 이야기의 진행을 도와주는 몇 개의 농담

하나 또는 세 개의 수수께끼

몇 개의 각주

그리고 이따금의 낭패

무덤 훼손

소년 기소

어제 사우스엔드 소년 법원에 무덤 침입 혐의로 기소된 16세 소년이 출석했다. 고의적 훼손에 대한 추가 기소도 이루어졌다.

매복 검거

해리 화이트 경감은 마이라 고먼 부인에게서 아들 배리(18)의 무덤이 장례식을 치르고 얼마 지나지 않아 훼손되었다는 신고를 받았다고 말했다. 고먼 부인은 정황상 이 일은 다시 일어날 거라고 장담했다.

부인의 신고에 따라 경찰은 밤에 묘지에 경관을 매복시켰다. 매복 이틀째 날 피고가 무덤에 나타났고,

화이트 경감의 말에 따르면 '죽은 소년의 무덤에서 이상한 장난을 치다가' 체포되었다.

심리 불안

소년은 아무런 변명도 하지 않고 자신의 행동을 설명하지도 않았다. 청문회 내내 말없이 앉아 있기만 했다.

재판장 C. H. 핀치벡 판사는 피고에게 말했다. "이것은 내가 지금껏 다룬 사건들 가운데 손에 꼽을 만큼 불쾌한 사건입니다. 나는 피고가 온전한 정신이라고 보지 않습니다."

재판은 사회복지사의 보고서가 마련된 뒤에 속개될 예정이다.

1부

우리는 겉으로 시늉하는 존재가 된다.
그러므로 어떤 존재를 시늉할지 주의해야 한다.

—— 커트 보니것

1

내가 미친 게 틀림없다.

처음부터 알았어야 했다.

죽음이 취미라면 미친 사람이 틀림없다.

오해는 말기를. 나는 미쳤을지 모르지만 정신이 나간 건 아니다.

나는 정신병자가 아니다. 살인을 저지르고 다니는 사이코 유형은 아니다.

나는 주검에는 관심이 없다. 내 관심을 끄는 것은 '죽음'이다. 죽음이라는 현상.

주검은 무섭다. 그것들은 나를 괴롭힌다.

수정 주검 하나가 나를 괴롭혔다.

그 이야기를 지금 당신에게 하려고 한다.

그러니까 당신이 그에 대해 알고자 한다면 말이다. 하지만 '죽음'에 대한 이야기를 읽고 싶지 않다면, 살아 있던 모습을 내가 기억하는 어떤 주검에 대한 이야기를 듣고 싶지 않다면, 또 그가 주검이 되기 전에 우리 사이에 무슨 일이 있었고 그가 어떻게 해서 주검이 되었는지 알고 싶지 않다면 여기서 덮는 편이 좋다. 지금 바로.

2

그 첫날, 해변은 저마다 수건 한 장씩 깔고 누워서 땀 흘리는 육신들의 안치소였다. 화창한 사우스엔드의 바다와 모래밭.

그때 우리 가족, 그러니까 아버지와 어머니와 나는 템스강 하구에 자리한 이 런던의 놀이터에 이사 온 지 17개월이 되었고, 나는 아직 관광객이 주요 고객인 이 도시에 익숙하지 않았다.

상상력을 불러일으키는 남녀가 넘쳐났다.

수정 나는 알몸의 해수욕객이 주요 고객인 이 도시에 익숙해지지 못했다.

하지만 방학이 되려면 아직 3주나 남았기 때문에 대부분 늙은 육신이었다. 연금 생활자들. 희뿌연 피부, 오트밀 같은 살덩이.

나는 생각해야 할 것들이 있었다. 오트밀 육신들은 기분 전환용으로는 걸맞지 않았고, 매력적인 알몸은 기분 전환이 되기에는 너무 드물었다. 어쨌건 그나마 드물게 보이는 매력적인 여자들은 우람한 근육과 전자레인지로 태운 듯한 피부를 지닌 사내들에게만 눈길을 주었다. 옷도 벗지 않고 여드름도 안 가신 열여섯 살짜리는 가볍게 무시하는 것이 그들의 즐거움이었다. 그리고 나도 상관없었다. 내가 원한 것은 어디론가 가서 생각을 하는 것이었기 때문이다.

갈 곳은 한 곳뿐이었다. 어머니의 접근을 막겠다는 일념으로 귀에 헤드폰을 쓴 채 집에 있고 싶지는 않았다. 당연히 학교에 갈 생각도 없었다. 시험이 끝났고 오후에 있는 오즈번 선생님과의 면담 때까지는 시간이 많았다. 결국 내가 갈 곳은 바다뿐이었다. 시원하고 사람 없는 곳. 배리(주검이 된 친구)가 '탈주로'라고 이름 붙인.

해변 앞바다에는 스파이크 우드의 4미터짜리 소형 요트 텀블호가 다른 작은 배들과 함께 부표에 매인 채 출렁거리고 있었다. 스파이크는 정신머리가 있는 건지 주 돛을 활대에 감아놓고 있었다. 도둑맞지 않은 게 신기했다. 움직일 수 있는 것은 무엇이든 도둑맞게 되어 있다. 보트도 예외가 아니다.

매사에 태평한 스파이크는 그날도 시험이 있었다. 나는 스파이크의 요트에 한두 번 어설프게 동승했다. 그가 나를 선택한 것은 무슨 이유에서인지 내가 재미있다고 생각했기 때문인 것 같다. 그리고 나도 스파이크를 좋아했다. 그는 걱정할 필요가 없는 친구이기 때문이다. 스파이크는 학교에서 끊임없이 말썽에 휘말렸다. 너덜거리는 청바지와 추레한 셔츠 말고는 아무것도 입으려 하지 않아서였다. 때로 나는 스파이크의 피에는 부동액이 섞여 있는 게 아닌가 하는 생각이 든다. 그의 옷차림은 여름이고 겨울이고 늘 똑같다. 날씨가 아무리 추워도 상관없다. 하지만 그보다 더 형편없는 옷차림으로 말썽에 휘말리지 않는 아이들도 있다. 스파이크가 자꾸 문제가 되는 건, 그가 섹시함을 내뿜기 때문인 것 같다. 그의 살갗은 왠지 다른 사람들보다 육감적인 느낌을 준다. 여자아이들은 그를 보면 부르르 몸을 떤다. 경우에 따라서 나도 약간 떤다. 스파이크가 입으면 싸구려 셔츠도 낡은 청바지도 섹시함을 강조해줄 뿐이다. 그도 그걸 아는 듯 모든 상황을 이용한다. 바로 그 점이 어른들, 특히 교사들의 화를 돋운다. 그는 그 여름 학기 동안 벌써 다섯 번이나 교장실에 불려 갔고, 표면적인 이유는 언제나 옷차림이었다. 게다가 교장보다 더 강압적이고 섹스에 굶주린 교사들과도 일상적으로 충돌했다. 하지만 스파이크의 태만한 복장 생활을 개선시키거나 그의 생물발광을 1옴이라도 감소시키는 일은 그 무엇도 그 누구도 해내지 못한다.

그날은 6월의 마지막 날이었고, 스파이크는 땀을 뻘뻘 흘리며 시험을 치르고 있었다. 내가 생각을 해보려고 텀블호를 타고 바다로 나간다고 해도 신경 쓰지 않을 것 같았다. 나는 혼자서는 비치 쿠션 이상을 만져본 적 없지만 요트가 뭐 그리 어렵겠어 하고 생각했다. 날씨는 평온했다. 산들바람은 산책로에 나뒹구는 아이스크림 포장지조차 날리지 못했고, 태양은 밝고 뜨거웠으며, 바다는 그저 키득거리는 정도였다. 밀물이 들고 있었지만 아직도 물이 얕아서, 지금 바로 가면 텀블호까지 걸어갈 수도 있었다. 무슨 문제가 있겠는가?

3

그 밝고 찬란했던 화요일 아침, 나는 11시에 이미 바다에 나가 있었다. 내 뺨을 간질이는 산들바람이 머리 위에서 주 돛을 부드럽고 예쁜 곡선으로 부풀려놓았다. 낭만적이었다. 사우스엔드 관광 안내서에 나오는 사진 같았다. 사계절의 휴양지 사우스엔드. 지금은 온 휴양지의 계절(불볕에 몸을 지지는 해수욕객들을 생각해보라).

나는 단독 세일링은 식은 죽 먹기라는 결론을 내렸다. 나도 요트를 하나 마련하는 게 좋을 것 같았다. 흡족한 마음으로 선미판에 기대어 젖은 청바지를 말리기 위해 다리를 쭉 뻗었다. 조타의 명인, 외로운 선교의 함장이 된 심정으로 우쭐거리는 뱃머리를 부두다리 앞쪽의 한 지점에 향하게 한 뒤, 철썩철썩 조수에 부딪히며 너른 수평선을 향해 나아갔다.

수평선이 자유나 텅 빈 공간을 의미하지는 않았다. 내 앞의 바다는 템스강 하구에 지나지 않았으니까. 하지만 사람들은 모두 그곳이 위험하다고 경고했다. 혼란스러운 해류가 있고, 난데없이 거대하게 떠오르는 부주의한 화물선들이 있다고. 서툰 솜씨로 요트를 몰고 나가는 것은 아이가 세발자전거를 타고 러시아워의 자동차 전용 도로에 나가는 것이나 마찬가지라고. 하지만 나는 위험이 닥치기 전에 돌아올 거라고 다짐했다. 내가 원하는 것은 조용히 물러앉아 잠시 생각을 해볼 시간이었다. 나 혼자서.

4

사건의 진행과 관련된 단편들에만 관심이 있다면 여기서 단편 5로 건너뛰길 권한다. 하지만 그날 내가 그 소금물 위에 앉아 죽음에 대한 매혹 말고 또 무엇을 생각하려고 했는지 궁금하다면 계속 읽기를 권한다.

내가 생각하고 싶은 문제는 이것이었다.

이번 여름에 5학년을 마치면 그대로 졸업해 취직할 것인가? 아니면 6학년에 올라가 공부를 계속할 것인가?

졸업을 한다면 무슨 직업을 가질 수 있을까?

6학년에 올라간다면 어떤 과목을 공부해야 할까? 그리고 그 과목들은 열여덟 살이 되었을 때 내게 어떤 자격을 안겨줄까?*

또는 열여덟 살이 되면 대학에 가야 할까? 간다면 왜 가는가?

나는 모든 문제에 마음이 두 갈래였다. 그러니까 내 덜떨어진 산수 실력에 따르면, 마음이 동시에 열네 갈래였다는 뜻이다. 힘들었다(수학은 내 가장 형편없는 과목이다. 나는 차라리 프랑스어가 더 낫다. 그러니까 완전히 가망 없다는 말이다).

이 머리 터지는 문제에 대해 자신의 견해를 보태주는 사람들, 그럼으로써 내가 계속해서 열네 갈래의 마음속을 헤매게 만드는 사람들은 다음과 같다.

* (옮긴이) 영국에서는 16세인 고등학교 5학년에 학업을 마칠 수도 있고, 6학년으로 진급해서 2년 동안 심화 학습을 할 수도 있다. 5학년을 마치면 O-레벨 시험을 보고 6학년을 마치면 A-레벨 시험을 보며, A-레벨 시험 성적은 대학 진학에 반영된다. O-레벨 시험은 1988년에 GCSE로 변경되었다.

16

우리 아버지(당연한 일이다).

우리 어머니(가엾은 분).

교장 선생님(그분이 내 존재를 떠올렸을 경우. 물론 그런 재난은 나도 그분도 피하려고 했지만).

나의 이른바 지도교사(타이크 선생님).

취업 담당관(머릿속에 두뇌 대신 직업 목록이 있는 분).

영어 선생님(짐 오즈번, 주로 '오지'라고 불리는 이분에 대해서는 뒤에 더 설명).

에설 고모(고모는 내가 '요리사가 되어야 한다'고 생각한다. 여덟 살 때 딱 한 번 고모 집에 가서 지낸 적이 있는데, 그때 고모가 만든 사람 모양 생강 빵에 건포도로 눈 코 입을 만들어 넣었다. 그 솜씨가 어찌나 훌륭했는지 고모는 내가 요리에 천부적인 소질이 있다고 믿게 되었다).

텔레비전(우리 아버지가 늘 TV에 대고 이야기하기는 하지만 이건 사실 사람은 아니다. 하지만 텔레비전은 시시때때로 이런저런 직업이 곧 필요 없어질 거라는 내용을 방송하는데, 그것은 대개 내가 그 직업이 좋겠다고 굳게 결심한 직후다).

공식적인 진로지도 전문가들의 목록은 이게 끝이다. 하지만 비공식 조언자로 끼어드는 사람들도 한 군단을 이룬다. 예를 들어 우리 집 우유 배달부가 있다. 이 아저씨는 도저히 이해할 수 없는 불분명한 이유로 폐기물 처리업을 강력하게 추천했다. 그리고 우리 동네 치과 의사는 언젠가 나처럼 이가 고른 사람은 남자 모델로 장래가 촉망된다며, 원한다면 그 방향으로 나가도록 도와주겠다고 말했다. 그 말을 들은 뒤로 나는 그의 드릴 작업에 대한 신뢰가 상당히 흔들렸다.

사실 텀블호에 실려 강물 아래로 떠내려가는 동안 든 생각 하나는, 진로 문제에 관한 한 주변의 모든 사람이 나에게 바람직하거나 바람직하지 않은 직업이 무엇인지 나 자신보다 훨씬 더 잘 안다고 생각하는 것 같다는 거였다. 나는 이 경험을 통해 유용한 과학 공식까지 하나 만들어냈다. 비슷한 난관에 처한 모든 남녀에게 무상 제공하고자 하는 그 공식은 이렇다. 사람들이 진로 관련 조언에 싣는 확신의 강도는, 그 사람이 자기 직업에 성공한 정도에 반비례한다는 것이다.

아니면 우리 아버지 말대로, 아는 게 적을수록 말이 많은 것이든가.

이미 결정한 것도 한 가지 있었다. 여름방학 동안 아르바이트를 하겠다는 것이다.

수정 내가 아르바이트를 해야 한다고 결정한 사람은 우리 아버지다. 아버지는 이 결정을 단 한 문장으로 전달했다. "여름 내내 부모한테 빌붙어 지낼 생각 따위 집어치우고 나가서 몇 푼이라도 벌어라." 우리 아버지는 흥분하면 뜻하는 바를 아주 우아하게 전달하는 경향이 있다. 대체로 성미 급한 아일랜드 인부가 휘두르는 해머와 비슷한 데가 없지 않다. 그래서 6월 말의 그날과, 5학년 졸업 시험 결과가 발표되어 내가 어떤 직업도 선택할 능력이 없다는 걸 확정해줄 운명의 8월 아침 사이에 나는 적성에 맞고 돈도 주는 일거리를 찾아야 했다.

하지만 그런 게 뭐가 있지? 해변 도시가 나 같은 녀석에게 제공해주는 통상적인 여름 일자리, 그러니까 해변 의자 관리나 모래밭 당나귀 돌보기, 또는 골든마일 거리에 늘어선 장어 요리점의 계산원 같은 일은 도저히 맞지 않았다(골든마일은 부두 다리 동쪽에 뻗은 초라한 해변 산책로로, 명랑한 관광지 분위기 조성을 위한 사우스엔드의 시도로 여겨진다). 나는 그런 종류의 노예살이는 싫었다.

5

내가 멋대로 요트를 타고 탁한 템스강 물 위를 지나갈 때 마음에 들끓던 생각은 그런 것들이었다(햇살 밝은 사우스엔드의 '바다'와 '모래'라고? 그럴 리가! 북해의 소금 물결에 하루하루 휩쓸려 나가는 진흙과 액상 대사 물질이라고 말하는 게 더 맞을 것이다). 템스강의 글루탐산나트륨이 햇볕에 마르면서 청바지가 뻣뻣해졌다. 굳은 당밀을 입고 있는 것 같았다.

나는 바지를 벗어서 배 바닥에 밟아 넣었다. 바지 안에는 멋진 흰색 테두리의 빨간 삼각팬티뿐이었지만 누가 있어 나를 보고 흥분하겠는가?

올해 해변에서 많은 시간을 보낸 탓에 ──심지어 시험공부도 해변에서 했다── 나는 평생 처음으로 온몸이 가무잡잡해졌고 그 점은 은근한 자부심이었다(수정 나는 '거의' 온몸이 가무잡잡해졌다). 물론 이것은 사우스엔드 같은 마초 휴양지에서는 별로 특별한 일이 아니었다(그러니까 볕에 탄 일을 말하는 거다. 그런데 생각해보니 거기 자부심을 느끼는 일도 마찬가지 같다). 하지만 이전까지 내 피부는 닭 가슴살처럼 회멀건 편이어서, 나는 몸의 말단을 제외한 나머지 부분은 사람들 눈길에서 감추고 살았다. 체육 시간에도 유령 같은 피부색 때문에 놀림을 받을까 봐 트레이닝복을 입었다. 내가 탈의실에서 들은 말 가운데 가장 훌륭했던 건 "어젯밤에 드라큘라가 화끈하게 작업했구나"라는 말이다. 사우스엔드로 이사한 뒤 나는 한동안 '표백 소년'이라고 불렸고 표백제 중독자라는 이야기도 돌았다.

키, 주 돛 아딧줄, 삼각돛 아딧줄과 씨름하면서 바지를 벗고 났더니 세일링 상황을 점검해봐야겠다는 생각이 들었다. 아마도 싱싱하고 탱탱한 스파이크와 함께 떠났던 (솔직히 말하자면) 몇 번 안 되는 해상 유람이 바다에서 살아남는 데 필요한 몇 가지 주의 사항을 가르친 모양이다. 예를 들면 내가 탄 배와 다른 사람들의 배, 그리고 날씨와 바다의 움직임에 계속 주의해야 한다는 것 따위 말이다. 아니면 재난이 다가온다는 무의식적 예감이 이미 내 머릿속에서 경광등을 깜박이기 시작한 건지도 모른다. 어쨌거나 나는 주변을 둘러보았다.

전방은 아무 문제 없었다. 햇빛이 부드러운 물결 위에 부서졌다. 배들은 별로 없었고 내 근처에는 한 척도 없었다.

하지만 뒤를 보니 엄청난 문제가 있었다. 게다가 그것은 빠른 속도로 다가왔다. 하늘 가득 검고 무거운 커튼이 드리워지고 있었다. 나는 그토록 위협적인 구름을 본 적이 없다. 그것은 괴물처럼 팽창했다. 외계에서 날아온 괴물.

뒤늦게 놀란 나는 몸이 부서지는 듯한 공황감 속에서 구름 아래 바다가 호전적인 금속성 빛깔로 번쩍이는 것과 성난 파도 맨 앞줄의 칼날이 흰 거품을 일으키며 끓어오르는 것을 보았다. 그것은 마치 조수를 물어뜯으려는 괴물의 이빨 같았다.

신경이 녹아내렸다. 하지만 그 와중에도 사우스엔드의 날씨에 대한 내 지식은 칼날 파도들과 먹구름 사이의 공간이 오래지 않아 거친 바람으로 들어찰 것을 예견하고 있었다. 그리고 이 반갑지 않은 질풍은 폴리스티렌 벽에 로켓 엔진을 단 것처럼 다가온다는──그러니까 만지면 부드럽고 따뜻하지만 타격의 힘은 무시무시하다는──것도 알았다.

어릴 때부터 아버지가 남자는 도망가고 싶은 상황에서도 언제나 당당히 맞서야 한다고 가르치기도 했지만, 그 순간 내 뒤엉킨 두뇌로도 스파이크의 작은 배를 바람 쪽으로 향하는 편이 바람에 실려 날아가는 것보다 안전하다는 걸 알았다. 그래서 갑자기 연약하고도 모자란 배가 되어버린 텀블호가 해야 할 일은 폭풍을 향해 빠르게 선체를 돌리는 것이었다. 게다가 스파이크가 애지중지하는 텀블호가, 사우스엔드가 자랑하는 부두다리(길이가 2킬로미터에 이르는)의 녹슨 철 기둥들의 스파링 파트너로 견딜 만한가 하는 문제도 있었다. 바람이 우리를 휘몰아 간다면, 방향은 그 기둥들 틈이 될 가능성이 높았기 때문이다.

만약 운이 좋아서 그런 운명을 피한다 해도 그다음에 기다리는 건 더욱 무서운 운명이었다. 부두다리 너머에는 진정하고 광막한 북해가 펼쳐져 있기 때문이다. 나는 아직 그 확실한 무덤을 향해 여행을 떠나고 싶을 만큼 인생에 싫증 나지 않았다. 내가 관심 있는 것은 죽음이지 죽는 것은 아니었다.

무슨 수를 써서라도 바람을 향해 뱃머리를 돌리고 질풍에 맞서야 했다.

어쨌건 이론상으로는 그랬다. 문제는 내가 그 이론을 실천에 옮겨 바람을 타고 질주하는 배를 바람을 향해 돌리는 까다로운 조작, 그러니까 상당한 기술이 요구되는 180도 회전을 실행해본 적이 없다는 것이었다. 그리고 공황 상태에서 그걸 처음 시도해보는 것은 그리 권장할 만한 일이 아니다.

나는 해변에서 몸을 굽는 동안 세일링 고수들이 보란 듯이 그런 기술을 실행하는 걸 여러 번 보았다. 하지만 오직 연습만이 완벽한 실행을 가능하게 해주는 법이고, 그 상황은 초보가 연습하기에 그리 바람직한 조건이 아니었다.

그렇다고 다른 선택의 여지가 있는 것도 아니었다. 내가 그런 것을 두고 많은 생각을 한 것도 아니었다.

나는 그저 필사적인 심정으로 키를 좌현으로 잡아당기고 아딧줄을 모두 놓아주었다.

두 가지 다 치명적인 실수였다.

나는 키를 우현으로 밀고 주 돛 아딧줄을 잡고 있어야 했다.

그 결과는 기술적으로는 복잡했으며 순간적으로는 극적이었다.

바다를 모르는 사람을 위해 그림으로 설명한다. 바람을 타고 갈 때 돛은 배의 한쪽으로 기울어져 펼쳐진다. 이런 식이다.

바람을 향해 배를 돌릴 때 현명한 선원은 돛과 활대(활대란 옆으로 튀어나온 튼튼한 '팔'을 말한다. 이 활대에다 돛의 아랫부분을 건다)가 반대편으로 휙 돌아가지 않고 계속 같은 위치를 지키게 한다. 이런 식이다.

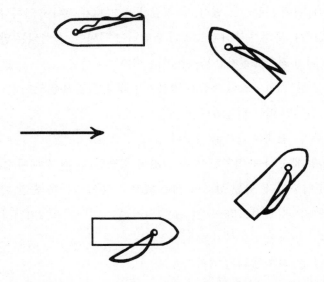

아주 능숙한 키잡이 아니면 바보만이 그 반대로 한다. 그렇게 하면 활대가 선체 위로 위험하게 내리덮이기 때문이다. 이런 일을 '자이브'라고 한다('gybe'라고도 쓰고 'jibe'라고도 쓴다). 이런 일을 한번 겪어보면 '자이브'라는 말에 왜 놀리다, 비웃다라는 뜻도 있는지 진정으로 이해하게 된다. 배가 자이브하면 선원들은 놀림감이 되기 십상이다. 다시 말해서,

자이브에는 세 가지 위험이 있다. 하나: 활대가 거세게 휘둘리면 자칫 돛대가 부러져서 돛대 잃은 배가 될 수 있다. 둘: 얼빠진 선원은 휘둘리는 활대에 부딪혀서 다치거나 바다에 빠지거나 아니면 두 가지 모두 겪을 수 있다. 셋: 아무것도 통제할 수 없는 상태가 되고 배가 뒤집혀 배와 선원 전체의 생명이 위험에 처할 수 있다.

네번째 가능성도 있다. 앞서 말한 세 가지가 동시에 일어나는 것이다. 돛대가 부러지고 배가 뒤집히고 선원이 살/상되는 일.

이미 짐작했겠지만 나는 자이브했다.

위안 스파이크의 소중한 텀블호는 돛대를 잃지 않았다.

하지만 배는 뒤집혔다.

위안 활대는 나를 비껴갔다.

활대가 나를 비껴간 것은 그것이 휘둘릴 때 내가 배에 없었기 때문이다. 나는 강풍이 배를 옆으로 일으켜 세운 순간 이미 물속으로 던져졌다. 그런 뒤 출렁거리는 선체에서 2미터가량 떨어진 바닷물에 착지했다.

위안 하지만 나는 머리도 젖지 않았다.

머리가 젖지 않은 것은 내가 완전히 혼비백산한 나머지 소금물에 떨어지자마자, 난파했지만 아직 떠 있는 텀블호를 향해 미친 듯이 헤엄쳐 갔기 때문이다. 무력해진 배라도 없는 것보

다는 나왔다. 나는 머리가 수면 아래 잠길 새도 없이 하늘을 향해 솟구친 배의 측면을 기어올라 도로 배에 올라탔다.

6

액션 리플레이

이 모든 일은 2초 사이에 일어난다.

하지만 내가 키를 잘못 돌린 순간부터 뒤집힌 선체에 기어 올라간 순간까지 모든 일이 정상 시간 바깥에서 일어난 것 같다.

이제 보니 키를 돌리는 순간 폭풍이 배를 덮친다. 바람이 돛을 강타해서 앞으로 확 밀었다가 다시 뒤로 던져버린다. 배는 키가 가리키는 방향에 따라 빙글빙글 돈다. 배가 좁은 원을 그리며 출렁거리는 동안 돛이 선체 위로 드리워진다. 그 바람에 주 돛 아딧줄이 풀어져서 키 손잡이에 얽힌다.

선체에 드리워진 돛에 다시 바람이 들이친다. 주 돛 아딧줄이 팽팽해져서 키 손잡이를 당기자, 요트의 침로가 바람의 방향과 너무 가까워지고 결국 그 힘을 이기지 못한 배는 뒤집힌다. 나는 팽팽히 부푼 돛이 파도 속으로 국자처럼 잠기는 것을 본다. 그 안에 물이 들어찬다. 돛, 돛대, 선체가 바닷물 속으로 스르르 잠기면서 붉은 배 바닥이 수면 위로 뻔뻔하게 드러난다.

나의 위장은 공포에 차 북처럼 팽팽해지지만 그 악기에서 나는 소리라곤 신경 쩔렁거리는 소음뿐이다. 배가 뒤집히면서 나는 하늘로 튀어 올라 공중제비를 넘는다.

나는 투척된 모든 물체에 공통되는 곡선 궤적을 그리면서 생각한다. 배가 뒤집히는구나. 내 모습이 얼마나 바보 같을까?

내 정신은 감각이 일러주는 것들을 인정하지 않는다.

나는 나를 관찰한다. 웃는다. 일종의 정신 나간 웃음, 내가 할 수 있는 일은 아무것도 없다는 방임과 공포의 웃음이다.

나는 이제 내려간다. 충격에 강타당한 감정들은 이제 단단한 마비 상태에 빠져 있다. 내가 물에 뜰까? 나는 생각한다. 아니면 가라앉을까? 이게 끝일까? 이것이 죽음의 시작일까?

낙심천만한 질문들이 폭발한다.

하지만 이제 물이 다가온다. 혼탁하고 흐리고 유아독존인 바다. 나는 발로 입수하며 몸을 신의 손에 위탁한다. 어찌나 깨끗하게 물을 갈랐는지 이렇다 할 물보라도 튀지 않는다. 깔끔한 입수.

당연히 ── 하지만 그 순간은 의외로 느껴졌는데 ── 물은 (말 그대로) 축축하다. 차갑다. 그리고 놀랍게도(왜 놀랍지?) 나를 받쳐준다. 크고 축축한 매트리스 같다. 그래서 시 베드sea bed* 라는 말이 있는 건가?(미안해요!)

만약 머리가 수면 아래로 삼켜지면 나는 분명히 세상의 끝을 보고 바다는 나의 끝을 볼 것이다. 내 손과 발은 물에 닿는 순간 피스톤처럼 움직이며 몸을 떠받친다.

그리고 그 순간 슬로모션은 2배 저속 촬영으로 전환된다.

---

* (옮긴이) '해저'라는 뜻. 각 단어의 뜻을 그대로 옮기면 '바다 침대'다.

나는 아무 생각도 없었다.
내가 그랬다고 생각하기도 전에
그랬다는 걸 알기도 전에
나는 이미
옆으로 누워 출렁거리는
배 앞에 도착했다.
부글거리는 파도는 이따금 물속에서 젖은 수의처럼 나풀거리는
버려진 돛 위로 밀려든다.
나는 뱃전을 부여잡고
요트의 용골을 향해 몸을 둥글게 밀어 올린 뒤
그것을 디딤판 삼아
선체의 옆면으로 기어오른다.
난파한 선원이 되어.

현실의 시간이 돌아온다.
나는 격렬하게 몸을 떤다, 이 침수성 소름 동반 전율을 멈출
수 없다.
내가 할 수 있는 건 매달리는 일뿐이다.
소중한 생명을 위해.

7

그렇게 내가 템스강 물로 광택 효과가 생긴 티셔츠와 팬티 차림을 하고, 사망이 임박한 배 위에 바보처럼 앉아서 추위와 자기 연민에 떨고 있을 때, 반짝이는 노란색 군마가 파도를 가르며 나를 구조하러 다가온다. 날카로운 뱃머리에 흰 글씨로 '칼립소'라는 이름이 적혀 있고 돛들이 팽팽히 부푼 5.5미터 길이의 경주용 요트다.

노란색의 이 멋진 배는 우쭐한 기색도 없이 바람을 향해 삭 돌아서더니—방금 전에 내가 모범적으로 실패한 일—, 기분 나쁠 만큼 정확하게 속도를 줄여 보트 한 척 길이만 한 안전거리를 두고 내 곁에 멈춰 선다(자신이 방금 실패한 일을 누군가가 멋지게 해내는 것만큼 수치스러운 일은 없다).

들으라:

힘을 잃은 돛들이 이미(이럴 수가) 사그라드는 바람 속에서 펄럭이며 철썩대는 소리.

거기 반주를 하듯, 옴짝달싹도 못 하는 우리의 선체를 핥고 때리는 파도의 당김음.

보라:

전투적인 바다 위로 드리운 어두운 하늘.

아직도 해가 반짝이는 동쪽 바다에서 부서지는 금속성 빛의 조각들.

그리고 칼립소호의 조종석에는

물결치는 짙은 검정색 머리칼 아래 장난스러운 미소가 담긴 넓고 잘생긴 얼굴, 또 그 밑으로 낡고 바랜 청 셔츠와 바지도 최신 수상 스포츠 패션인 듯 입을 수 있는 중간 키의 단단한 몸.

배리 고먼 등장. 18세 1개월. 자세한 내용은 앞으로 계속 이어짐. 이 친구가 바로 그것 ─ 주검 ─ 이 된 친구다.

그가 반짝이는 노란 배에서 웃는 얼굴로, 물이 뚝뚝 떨어지는 청바지를 들어 보였다.

내 청바지다. 재난 중에 나와 함께 배에서 튕겨 나간.

8

그 이미지는 내 머릿속에서 즉각 재생된다.

그것이 시작이었다. 그의 끝의 시작.

9

"이거 네 거야?" 배리가 소리친다.

나는 수치심 속에 고개를 끄덕인다.

"도와줄까?"

나는 무력한 표정으로 주변을 둘러본다.

"배를 똑바로 눕혀. 그러면 해변까지 끌고 가줄게."

똑바로 눕히라고? 이 망가진 표류물을?

"해본 적 있어?"

인정하자. 지금 거짓말을 해서 무슨 이득이 있겠는가? "아니."

"내가 시키는 대로 해."

확실하고 명쾌한 설명이 이어진다. 반박의 여지도 없고 되풀이할 필요도 없는.

나는 이 바다 소년의 자동인형이 되어 순순히 그 명령에 따른다.

10

일시에 우리에게 향한 해변 관광객들의 시선. 그들은 해변 산책로에 줄지어 서서 우리를 가리키며 킬킬거렸다. 물에 빠진 얼뜨기가 구조되는 장면이란 예상치 못한 구경거리였다. 그날의 여흥을 더해주고 나중에 집에 돌아가 식구들에게 떠들어댈 이야깃거리가 되는.

배리가 기사 같은 동작으로 청바지를 건네주자, 나는 비로소 사람들이 그렇게 재미있어하는 진짜 이유를 알았다.

"얼른 입어, 체포되기 싫으면." 그가 말했다.

바지가 어찌나 차갑던지! 게다가 끈끈이처럼 달라붙고 모래까지 서걱거렸다. 청바지를 도로 입던 그 순간이 전체 재난 가운데 최악이었다. 나는 얼른 집에 가고 싶은 마음뿐이었다. 하지만 집까지 가는 것도, 스파이크의 후줄근해진 텀블호를 처리하는 것도 내가 감당하기에는 너무 버거웠다.

"너 맨체스터 드라이브에 살지?" 배리가 말했다.

"응." 이 친구가 그걸 어떻게 알지?

"우리 집이 더 가까워. 클리프 로드거든. 우리 집으로 가자."

그는 두 척의 배에서 가볍게 챙겨 들 수 있는 장비들을 수합해 가방에 쑤셔 넣었다.

"아니, 괜찮아." 내가 말했다. "알아서 할게. 배도 손봐야 하고."

"시키는 대로 해. 요트 전복에 대해서라면 나를 믿어도 좋아." 그는 요트 두 척을 잡아맸다. "우리 집은 세일링 사고 처리 전문이야. 너는 일단 따뜻한 목욕이 필요해. 배들은 내가 나중에 정박시켜놓을게. 가자."

JKA 보고서

헨리 스펄링 로빈슨

9월 18일. 사무실에서 헨리와 면담. 보호관찰소에서 인계받은 사건. 어머니 로빈슨 부인은 이미 나에게 상담받은 적이 있음. 영국 북부에서 사우스엔드로 이사 온 뒤 여러 문제를 겪음(불안, 새로운 환경에 부적응, 정든 친구 및 이웃들과 헤어진 상실감 등). 집으로 찾아가기 전에 헨리와 먼저 이야기를 해보고 싶었음.

학생 기록부에 따르면, 헨리는 평균 이상의 지능에 적절한 성실성, 건강한 신체를 지닌 청소년이다. 겉으로는 별문제 없이 적응했고 친구들하고도 잘 지낸다. 하지만 교장 선생님에 따르면 특별히 친한 친구는 없어 보인다. 부모님은 학교에도 협조적이고, 헨리를 법정에 서게 만든 일련의 사건들 가운데에도 아들을 꾸준히 지지해주었다.

면담은 2:30 p.m.에 시작되었다. 헨리는 중간 키의 소년으로 금발에 마른 체격이다. 잘생겼다기보다 예쁘다는 말이 어울리는 용모. 나이 — 16세 9개월 — 보다 어려 보인다. 15세 정도의 생김새. 옷차림은 단정하다. 청바지, 티셔츠, 가벼운 점퍼, 운동화. 그리고 깨끗하다. 피부도 건강하게 그을렸지만 표정은 피곤해 보이고 처음에는 차분히 앉아 있지 못했다. 불안을 감추려고 억지로 쾌활한 모습을 보임.

면담이 이어지는 동안 대답하기 싫은 질문이 나오면 건성으로 넘겼는데, 때로는 아주 재미있었다. 법원 출석과 무관한 일반적 대화를 나눌 때는 거리낌 없이 솔직하게 말하는 편이지만, 이 소년의 속을 밝혀내기란 쉽지 않을 거라는 느낌이 들었다. 또 이야기를 듣다 보면 소년이 존경하는 누군가의 흉내를 내려고 한다는 생각도 들었다. 약간 부자연스러울 때도 있고 자의식도 엿보인다. 이따금 너무 애쓰는 경향도 있다.

면담의 시작은 어색했다. 헨리는 자기 이름을 싫어했고 해리라는 애칭은 더욱 싫어했다. 자신을 '핼'이라고 불러달라고 했다. 그 이름을 쓰기 시작한 게 겨우 올여름부터라는 걸 알게 됐지만 그 이유는 말해주지 않았다.

그는 사우스엔드에 대해 농담을 했지만 이곳에 사는 게 좋다고 했다. 특히 해변에서 사람들 구경하는 게 재미있다고. 올여름에 많은 시간을 '친구들과' 배를 타며 보낸 것 같았다. 학교에 대해서도 별달리 나쁜 감정은 없어 보였고 교사들도 대부분 좋아한다. 자주 언급한 교사는 영어 교사인 오즈번 씨다. 그를 존경하는 게 분명하다 (메모: 오즈번을 얼른 만나볼 것).

핼이 면담에 익숙해져서 어느 정도 편안한 태도가 되자 나는 대화의 주제를 배리 고먼의 무덤에서 한 행동으로 옮겨가려고 했다. 그래서 그에게 왜 친구의 무덤 위를 뛰어다니는 이상한 행동을 했느냐고 물었다. 그러자 햌은 즉시 처음의 긴장 상태로 돌아가 고먼과 관련해서는 한마디도 하지 않겠다고 잘라 말했다. 나는 햌의 입을 열려면 단호한 태도가 필요하다는 생각에 꽤 강하게 밀어붙였다. 하지만 다그칠수록 소년은 불안해하기만 했다. 손이 떨리고 목소리가 갈라졌다. 한 순간은 정말 울음을 터뜨릴 것 같았다.

나는 그에게 네가 이 문제를 똑바로 바라보게 도와주는 게 내가 맡은 일이라고 설명했다. 법원은 네가 왜 그런 이상한 행동을 했는지 알아야 제대로 판결을 내릴 수 있고, 그 판결에 조언을 해주는 게 내 역할이라고.

햌은 내내 "아니에요. 이건 선생님과도 다른 누구와도 상관없는 일이에요"라고만 말했다. 나는 고먼 부인의 고소 내용이 사실이냐고 물었다. 그는 대답하지 않았다. 나는 다른 사람의 무덤, 더군다나 친구의 무덤을 훼손하는 건 이해하기 힘든 일이라고 말했다. 그러자 햌은 나한테 인생을 가르치는 건 자기 일이 아니라고 쏘아붙였다! 그러더니 자신은 무덤을 훼손한 게 아니라고, 그저 경찰이 그렇게 말하는 거라고 중얼거렸다. 나는 무덤 위에서 발을 구르는 것은 훼손 행동으로 여겨진다고 말했다. 게다가 배리 고먼의 무덤 옆에 있는 배리 아버지 무덤의 비석도 쓰러뜨리지 않았느냐고. 이 말에 햄은 자리에서 일어나더니 더 이상 질문하면 여기서 나가서 다시는 나를 만나지 않겠다고 소리쳤다.

나는 그를 설득해서 다시 앉힌 뒤, 지금 협조하지 않으면 너한테 힘든 일이 일어날 수 있다고 설명했다. 구금 시설에 들어가 경찰을 비롯해 정신과 의사와 다른 사회복지사들에게 계속 조사를 받게 될 수도 있고, 벌금을 내야 할 수도 있으며, 의학적 치료가 필요하다는 판정이 내려지면 보호관찰 명령하에 병원에 가서 거기 명시된 치료를 받게 될 수도 있다고. 하지만 나에게 모든 것을 이야기하면 이런 일들이 필요 없어질 수 있다고. 그러면 조건부로 방면되거나 보호관찰 명령을 받아도 나 또는 다른 사회복지사가 한동안 그를 지켜보며 아무 문제 없다는 걸 확인하는 데 그칠 거라고.

어떻든 재판은 피할 수 없고, 법정의 판결은 내가 제출하는 보고서의 영향을 받을 것이라고 말했다. 그러니 네 행동을 나에게 이해시켜주는 건 너 자신을 위한 일이라고.

햄은 어두운 얼굴로 이런 이야기를 들었다. 그러더니 내가 이야기를 마치자 "마음대로 하세요. 저는 지난 이야기는 한마디도 하지 않을 거예요" 하고 말했다.

오늘은 더 이야기해봐야 소용없을 것 같았다. 햄에게 내일 저녁

집을 방문할 테니 그때 부모님과 함께 만나자고 했다.

9월 19일. 어제 쓴 메모를 다시 살펴봄. 나의 대화 진행이 매우 서툴렀음. 내가 무엇을 걱정하는 건지도 모르겠음. 어쩌면 월요일 팀 토론의 주제로 제출할 수도 있을 듯. 핼의 사건은 매우 특이하며 내가 경험하지 못한 영역임. 두 소년 사이에 무슨 일이 있었고, 그래서 핼이 무덤에서 그런 행동을 하게 된 것은 분명해 보임. 고먼의 죽음이 핼에게 기이한 방식의 고통을 안겨준 걸까?

핼은 무덤 훼손죄로 고소되었다. 그건 모독하는 일이다. 그게 친구의 죽음을 슬퍼하는 행동일까? 핼의 두번째 무덤 훼손 사건, 그러니까 핼이 체포된, 그리고 유일하게 목격자가 있는 사례에 대한 경찰 보고서를 살펴보고 있다. 체포 경관 P. C. 허시는 보고서에 이렇게 적었다.

피고는 밤 11시 10분에 무덤에 다가왔다. 잠시 무덤 발치에 가만히 서 있더니 곧 무덤 위에 올라가 불경한 방식으로 발을 구르기 시작했다. 처음에는 느리고 조심스러웠다. 하지만 갈수록 격렬해졌다. 마침내 내가 나가서 경찰임을 알리고 피고를 체포했다. "아, 이런!" 피고는 그렇게 말하고 히스테릭하게 웃었다.

만약 내가 무덤을 모독하고자 한다면 그 위에서 발을 구르는 걸로 만족할까? 그것은 너무 빈약해 보인다.

11

배리가 자기 집이 세일링 사고 처리 전문이라고 말했을 때 그 것은 집에 푸른빛 도는 은발의 뚱뚱한 중년 부인이 있다는 뜻이 었다. 내가 물에 쫄딱 젖은 불쌍하기 짝이 없는 모습으로 현관 앞에 나타나자, 부인은 갑자기 데르비시 교도*로 돌변했다.

"배리." 부인의 목소리는 화재 경보 같았다. "이 불쌍한 아이 가 물에 빠졌구나! 너 무슨 짓을 한 거니!"

부인은 내 어깨를 잡더니 나를 어르고 뺨을 두드리고 엉킨 머리를 풀어주었다. 나는 갑자기 부인이 유괴범의 손에서 구출 해낸 다섯 살배기가 된 것 같았다.

"그 애 배가 뒤집혔어요." 배리가 계단을 올라가며 말했다.

야, 나를 이 문어 아줌마에게 두고 가면 어떡해, 나는 속으로 소리쳤다.

"배가 뒤집혔다고!" 고면 부인 ─ 부인은 배리의 어머니였 으니까 ─ 이 사이렌 같은 목소리로 외쳤다. "세상에, 보트라는 게 그래! 버비, 내가 늘 말하잖니. 보트는 위험하다고. 이 불쌍 한 아이를 봐라. 다 죽어가고 있어."

부인은 나를 돌려세우더니 계단 위로 밀고 갔다.

"욕실로 가렴." 부인이 말했다. "따뜻한 물로 목욕해야 해. 버 비 친구들이 배를 뒤집으면 나는 늘 목욕을 시켜줘. 어떤 녀석 들은 일부러 배를 뒤집기도 한단다. 우리 집에서 목욕하는 게

* (옮긴이) whirling dervish. 빙글빙글 도는 춤과 열렬한 노래로 유명한 이슬람 교파.

좋은 모양이야!" 부인은 웃다가 곧 다시 심각한 표정이 되었다. "하지만 바다에 빠지면 충격이 크지. 용케도 목숨을 건졌구나."

"이제 괜찮아요, 고먼 부인." 나는 숨을 가쁘게 쉬며 말했다.

"괜찮다니 다행이구나. 물에 빠져 죽을 뻔했지만 이제 괜찮다니! 어머니는 뭐라시니?"

"어머니요? 어머니는 모르세요."

"모르신다고! 저런, 얼마나 걱정이 되시겠니? 번호를 알려주면 내가 전화드리마."

"그러지 마세요. 어머니는 제가 바다에 나간 것도 모르세요."

"모르신다고!"

"그리고 저희 집엔 전화가 없어요."

"사내 녀석들이란 대체! 어미 생각은 눈곱만큼도 안 한다니까. 우리 버비도 똑같아. 너희 놈들은 엄마가 없어봐야 돼."

부인이 문을 홀링 열자 거대한 욕실이 나타났고——내가 영화 말고 현실에서 본 그 어떤 욕실보다 컸다——, 부인은 나를 그리로 밀어 넣었다. 우리 집 욕실은 크기가 딱 옷장만 하다. 다른 점이라면 안에 옷걸이 대신 수도관이 있다는 점뿐이다. 공간이 너무 좁아서 변기에 앉아 있을 때 누가 문을 열면 무릎이 깨지게 되어 있다. 다치는 일을 피하려면 얼른 욕조로 뛰어들어야 한다.

고먼가의 욕실은 크기만 한 게 아니라 번쩍이기까지 했다. 사방의 거울이 은밀한 곳에서 튀어나오는 조명을 반사시켰다. 욕실 어디에 서건 자신의 몸이 파노라마로 보인다. 반들거리는 타일에는 뛰노는 바다 요정들이 그려져 있고, 벽의 나머지 부분은 그리스 신들로 덮여 있었다. 푸른 대리석으로 만든 비대한 욕조와 거기 뒤질세라 술통만큼이나 깊은 세면대 위에는 구릿빛 수도꼭지가 은은한 불길처럼 빛났다. 한쪽 구석의 샤워 부스에는 수중 유리로 만든 슬라이딩 도어가 달려 있었다. 변기는 없고, 대신 불편해 보이는 세족대 같은 게 있었다. 그때까지 나는 비데라는 것을 보기는커녕 들어본 적도 없었다. 어머니는 그런 물건을 차마 입에 올리지 못할 테고, 아버지는 그런 것은 나약한 외국인이나 쓰는 수상쩍은 물건이라고 비웃을 것이다. 하지만 더욱 놀라웠던 건 바닥에 푹신한 청색 카펫이 깔려 있었다는 것이다. 우리 가족이 이걸 보면 사치스러운 것보다 더 나쁘게, 그러니까 비위생적이라고 여겼을 것이다.

욕조에는 이미 물이 쏟아지고 있었다. 배리가 그렇게 해놓은 것 같았다(그런데 배리는 어디 간 거지?). 뭉클뭉클 피어오르는 수증기에 사방이 뿌예지면서 거울들에 물방울이 맺히고 빛이 현란하게 부서졌다.

"옷을 벗고 욕조에 들어가렴." 고먼 부인이 욕조 옆에 있던 그리스식 화병을 집어 들고, 안에 든 목욕 소금을 뿌려 넣으며 말했다. 하수처리장 악취도 질식시킬 수 있을 만큼 강력한 냄새가 뿜어져 나왔다. 거품이 물결쳤다. 수증기가 연청색으로 변했다. 고먼 부인의 머릿속에는 파란색밖에 없는 것 같았다.

나는 카펫 초원에 발목을 담그고 서서 고먼 부인이 돌봄을 마치고 나가기를 기다렸다. 하지만 부인은 그대로 서서 나를 바라보았다.

"왜 가만히 있니?" 부인이 말했다. 나는 움직이지 않았다. "그래, 충격 때문이지! 그래서 아직도 정신이 얼떨떨해. 어서 그 더러운 옷을 벗으렴."

나는 여전히 움직이지 않았다. 움직일 수 없었다.

고먼 부인이 웃었다. 하이 C 음정이 그리스 신들에게 부딪혀서 흩어졌다. "내가 사내 녀석들을 모른다고 생각하는 모양이구나!" 부인은 내 티셔츠를 움켜잡고 위로 들어 올리며 말했다. "나는 아줌마고 또 엄마야. 너도 까탈스럽기가 버비 같아. 글쎄 버비는 목욕할 때 문까지 잠근단다."

"고먼 부인······" 나는 나의 토르소를 드러내려는 부인의 시도에 저항하며 말했지만, 몸을 뒤틀다가 거세게 벗겨지는 티셔츠에 목이 꽉 졸리는 바람에 문장을 맺지 못했다.

"엄마가 들어올까 봐 문을 잠근단니! 말이 되니? 나는 버비한테 그러지. 도대체 나한테 감출 게 뭐가 있다고 그러는 거니? 네 엄마인 나한테 말이야." 부인이 다시 옷을 당겼다. 셔츠가 목을 빠져나갔지만 이번에는 코밑에 걸렸다. "나는 너를 낳았어. 너한테 그때 없다가 지금 생긴 게 있니? 모든 게 그때랑 똑같아. 조금 커졌을 뿐이지." 부인이 다시 웃더니 마지막으로 힘을 주어 셔츠를 완전히 벗겨냈다. 그러고는 구석에 있는 라탄 바구니에 던졌다. 그것은 마치 「알리 바바」이야기에서 도적들이 숨어 있는 바구니 같았다. 혹시 배리가 저 안에 있나?

그런 뒤 고먼 부인은 멈추지 않고 곧장 내 청바지로 옮겨 갔다.

"고먼 부인, 저는 이런 친절에는 익숙하지 않아요." 나는 허리띠를 꽉 움켜쥐고 말했다.

"익숙하지 않다고!" 부인이 내 허리띠를 풀면서 말했다. "뭐가 문제라서? 어머니가 너한테 관심이 없으시니? 그래서 어머니한테 배를 뒤집으러 간다는 말을 하지 않은 거니?"

이제 허리띠가 풀리고 바지 앞섶도 풀렸다. 내가 다리를 꼰다거나 바닥에 주저앉는다거나 하는 필사적 저항을 시도하기도 전에, 부인은 단 한 번의 재빠른 동작으로(훈련된 동작이 분명했다) 바지와 팬티를 한꺼번에 내리더니 능숙하게 발아래로 빼냈다. 청바지와 팬티는 내 셔츠가 간 길을 따라 알리 바바를 향해 날아갔다.

고먼 부인은 허리를 펴고 서서 지금 막 나라는 조각품을 완성한 것처럼 살펴보았다. "어머니가 왜 너한테 관심이 없으신지 모르겠다." 부인은 마음에 든다는 듯 고개를 끄덕였다. "자랑스러워해야 할 텐데 말이야. 넌 잘생긴 아이야."

부인은 미소를 짓고 내 뺨을 톡톡 두드리더니 문 앞으로 갔다.

"과다 노출로 죽기 전에 얼른 욕조에 들어가렴. 차를 준비해 오마. 충격을 받았으니 뜨겁고 달콤한 차를 가져올게."

부인은 나갔다.

이런 어머니도 있기야 하겠지만, 그때까지 나는 그런 사람을 만난 적이 없었다.

12

어쩌면 나는 정말로 충격을 받았는지도 모른다. 애초의 전복 사고는 그렇다 쳐도 고먼 부인은 자라나는 청소년에게 상당한 충격이 될 것이다. 하여간 부인이 푸른 연기 속으로 사라졌을 때 내가 할 수 있던 건 그저 멍하니 뒷모습을 바라보는 것뿐이었다.

그런 뒤 딸꾹질 비슷한 게 났는데, 그것은 이내 피치카토 같은 키득거림으로 변했다. 또 걸쭉한 수증기와 증기탕 같은 실내 온도에도 불구하고 몸이 부들부들 떨렸다.

그러자 갑자기 내게는 정말로 뜨거운 목욕이 필요하다는 생각이 들었다.

안식	안도	안정
휴식	충전	소생
신생	회생	갱생
재생	재활	재건
회복	부활	복귀

내 두뇌는 정신없이 현대 영어 알파벳의 열여덟번째 글자이자 열네번째 자음인 'r'——'red'에서는 치조 반모음이 되지만——와 반복을 뜻하는 접두사 're'를 찾아 헤맸다.* 아마도 내가

---

* (옮긴이) 위의 열다섯 개 영어 단어는 모두 're'로 시작한다. 약간의 의역도 있다.

죽은 자의 대기 명단에서 아슬아슬하게 방면된 사건으로, 정말로 이성을 잃고 헛소리와 만담과 객설을 늘어놓고 있는 것인지도 모른다.

고먼 부인의 무시무시한 손길 아래 겪은 퇴행relapse은 더 말할 것도 없다.

13

나는 욕조를 보면 언제나 관이 떠오른다. 고먼가의 거대한 욕조는 고대의 석관을 연상시켰다. 무덤처럼 거대한 그 욕조는 기념비처럼 엄숙하고 각종 부속물이 달려 있었다. 손을 지탱해줄 손잡이, 비누 받침, 깔고 앉으면 크게 상처가 날 장식 사슬에 연결된 배수구 마개. 머리를 기댈 누비 쿠션이 흡착판으로 고정되어 있고, 칸칸으로 나뉜 화장품 트레이가 욕조를 가로질러 놓여 있었다. 트레이 각 칸에는 이국적 모양의 단단한 병에 담긴 로션들과 스펀지, 등 미는 솔, 손톱 솔, 수건 그리고 정체불명의 잡동사니가 가득했다. 그 틈에는 손으로 쥐면 꽥 소리가 나는 플라스틱 오리도 숨어 있었다. 도대체 누가 밤에 목욕을 하며 이것을 가지고 논단 말인가.

생각해보니 욕실 전체가 피라미드의 묘실 같은 느낌을 주었다. 이 개인 위생의 성전에서 내 착란한 정신을 적시며 앉아 있다 보니 죽음에 대해 탐구할 때 어디선가 쿠푸 왕의 대피라미드 ——모든 피라미드 중 가장 크고 훌륭한——는 500만 톤이 넘는 돌과 바위를 재료로 썼고, 높이는 146미터에 바닥은 각 변이 230미터인 정사각형이며, 면적은 5만 3,000제곱미터가 넘는다는 글을 읽은 기억이 난다. 실로 대단한 문진이 아닐 수 없다.

그토록 거대한 관을 원한 사람이라면 죽음에 대한 믿음도 깊었으리라. 요즘 사람들은 죽음에 대한 낙관이 너무도 빈약해서 가까운 사람에게도 비석 하나 제대로 세워주지 않는다(내가 죽음에 흥미를 갖게 된 것은 비석 때문이었다. 이 이야기는 나중에 하겠다. 그리고 한 비석은 지금 내가 이런 곤경에 놓이게 된 것과 부분적인 연관이 있다). 그러나 현대의 기념비 가운데에도 몇 가지 흥미로운 것들이 있다. 예를 들면 캐나다 밴쿠버의 비석이 그렇다. 그것은 막대기에 꽂은 아이스바처럼 생겼다.

종국에는 죽음이 그를 핥았다.

바로 그것이 내가 죽음에 가장 신경이 쓰이는 점이고, 그 주제에 건강한 관심(내가 보기엔 그렇다)을 갖는 중요한 이유 중 하나다. 죽음은 우리 모두에게 닥친다. 예외 없이 모두에게. 당신에게도.

14

하지만 그 증기 가득한 세정소에서 녹아내리고 있을 때 나는 죽음이 아주 가까이 있다는 것은 미처 생각하지 못했다.

몸에 온기를 되찾고 템스강의 끈덕진 오물을 씻어내자 다시 멀쩡해진 것 같았다. 믿기 어려울지 모르겠지만 그제야 고먼 부인이 욕실에 쏟은 기이할 만큼 지극한 정성이 눈에 들어왔다. 다른 사람이라면 죽음이라든가 인생의 전망 같은 사소한 문제를 고민하지 않고 매일같이 밖에 나가서 자신만만하게 친구의 배를 빌렸다가 갑작스러운 폭풍에 전복당하고, 그런 뒤 재미있어하며 구경하는 군중 앞에서 구조되고, 낯선 친구의 집에 가서 어머니 주일을 염원하는 것 같은 욕실광 어머니를 만난다고 해도 뭐가 어떻게 된 일인지 이해할 수 있을지 모른다. 하지만 나는—나는 그저 평범하다. 이런 일은 나에게 일어나지 않는다. 나는 특이하거나 이상하거나 스릴 있거나 기묘한 일은 나에게 일어나지 않는다고 믿는 사람들 중 하나다.

이런 믿음이 워낙 확고한 데다 내 인생은 맹숭맹숭 그 자체라 이야기로 만들면 듣는 사람이 지루해 죽을 거라는 생각에 익숙해서, 나는 평범하지 않은 일이 일어나도 잘 알아차리지 못한다. 아마 캘커타의 토굴*에 들어가도 붐비는 시간대의 어느 병원이라고 생각했을 것이다.

　사실 나는 사람의 실제 모습은 자신이 스스로를 어떻게 생각하느냐에 따라 결정된다는 견해를 갖고 있다. 내가 생각해낸 이론은 아니다. 솔직히 말하면, 올여름 내내 읽고 있는 커트 보니것의 책 어딘가에서 나온 말이다. 그 이론은 이렇다. 만약 내가 190센티미터 키에 파란 눈의 미남이며 세상 누구보다 멋진 노래를 만들고 부르는 천재적 능력을 갖고 있다고 스스로 생각한다면, 나는 미남에 190센티미터 기타 등등인 것처럼 행동하게 된다. 바로 그런 이유로 키 160센티미터에 진흙색 눈을 한 못생긴 평범남들이 세상 곳곳의 무대에서 몸을 비틀고 우쭐대며, 사인을 받으려고 몰려드는 팬과 자신을 얼른 스타덤에 올려주고 싶어 하는 매니저를 갈망하는 것이다. 자신을 어떻게 생각하는지가 중요하다. 우리는 겉으로 시늉하는 존재가 된다고, 그러므로 어떤 존재를 시늉할지 주의해야 한다고 보니것은 말한다.

　그것은 반대로도 작동한다. 나는 나 자신이 재미없는 놈이라고 생각하기 때문에 재미없는 놈처럼 행동하고 그래서 재미없는 놈이 된다. 훌륭하지 않은가?

　이제 호사스러운 고먼 세정소에 묻힌 나에게 돌아가보자.

　고먼 부인의 '이드'가 약간 과도하다는 사실이 인식되자 욕

＊ (옮긴이) 1756년 영국 병사 146명이 갇혔다가 하룻밤에 123명이 죽었다고 전하는 토굴 감옥. 현재 지명은 콜카타.

실 문이 걱정되었다. 나는 문을 잠그지 않았다. 그리고 부인은 (내가 제대로 들었다면) 달콤하고 김이 모락거리는 차를 가지고 돌아오겠다고 했다(그날은 정말로 물과 증기가 가득한 날이 되고 있었다). 안타깝지만 부인은 틀림없이 달콤하고 김이 모락거리는 이드도 가지고 올 것이다. 앞의 것을 맛보기 위해 뒤의 것을 다량으로 겪어야 한다면 나는 기꺼이 앞의 것을 포기할 수 있었다. 이제 곧 알게 되겠지만 사실 나는 뒤의 것도 좀 좋아한다. 하지만 그것을 얻을 상대는 내가 선택하기를 원한다. 고먼 부인은 내 선호 명단에 없었다.

나는 문을 잠그려고 연청색 바다에서 일어섰다. 내 피부는 용암처럼 뜨거운 물과 후끈거리는 불안으로 벌겋게 달아올라 있었다. 한 발을 욕조에 담근 채 다른 발을 욕조 밖으로 내디디려는 순간, 문이 열렸다. 고먼 부인의 재등장을 예상한 나는 수건을 잡아채려고 가까운 수건걸이로 손을 뻗었다. 하지만 허둥대다가 발이 미끄러지는 바람에 석관 속으로 곤두박질쳐서 욕조 밖으로 해일을 일으켰다.

하지만 약속된 차를 가지고 들어와서 다시 한번 내 서툰 손놀림을 목격한 사람은 배리였다. 수정 서툰 발놀림을.

"또 수영해? 다시 구해줄까?" 그가 말했다.

"네 어머니인 줄 알았어." 나는 위엄을 되찾기 위해 욕조를 나서기 전 마지막으로 몸을 헹구는 척하면서 말했다(왜 우리는 당황하면 바보 같은 짓을 하게 될까? 답 그건 당황하면 자신이 바보처럼 느껴지기 때문이다. 보라, 사람은 자신이 생각하는 대로 되지 않는가).

"걱정 마." 배리가 말했다. "네가 욕실에서 당하는 소리를 듣고 계단 위에서 어머니를 불러 세웠어."

"뭐가 더 괴로웠는지 모르겠어." 내가 말했다. "바다에서 배가 뒤집힌 거랑 네 어머니 손에 붙들린 거랑."

"개인적으로," 배리가 웃으며 말했다. "나라면 언제라도 배가 뒤집히는 쪽을 택하겠어."

그는 내가 놓친 수건을 집어 들어 카펫 초원으로 나서는 내게 건네주었다.

"원한다면 몸을 좀더 녹여." 그가 말했다. "내가 어머니를 막아줄게. 어쨌거나 어머니는 금방 가게에 가실 거야. 오늘은 내가 쉬는 날이라서 어머니가 가게를 보셔야 하거든."

나는 수건을 받았다. "가야겠어. 친구 요트도 정박시켜야 하고. 2시 반에는 학교 선생님하고 면담도 있어." 나는 내 젖은 옷더미로 눈길을 돌렸다. "저걸 다시 입어야 한다니."

배리가 말했다. "걱정할 거 없어. 다 준비해놨으니까. 요트는 내 요트를 정돈하면서 같이 정박시킬게. 그러니 시간에 쫓길 필요 없어. 내 방에 네가 입을 만한 깨끗한 옷들이 있어. 여기서 나가서 왼쪽 첫번째 방이야. 준비되면 내 방으로 와."

15

그런 뒤 배리의 방에서……

"다행히 너하고 내가 체격이 비슷하니까 이것들이 잘 맞을 거야."

그가 침대 위에 늘어놓은 것은 연청색 사각팬티, 가느다란 청색 줄무늬가 들어간 흰색 스웨터(프랑스 느낌, 선원 느낌), 여러 번 빨아서 낡고 바랜 연청색 청바지 그리고 파란색 양말 이었다. 이토록 심한 깔 맞춤은 내 취향이 아니지만, 얻어 입는 주제였으니……

"신발 크기는 몇이야?"

"8."

"나는 9야. 조금 기다려."

"내 거 신어도 돼. 신고 다니면 마를 거야."

배리는 작업대 같은 책상 모서리에 느긋하게 기대서 내가 옷 입는 모습을 지켜보았다. 책상은 침대 맞은편 벽 전면을 가로지르고 있었다. 부러웠다. 책상도 넓었지만 그 밑에 빼곡히 들어찬 책과 음반 그리고 고급스러운 4채널 음향 장비가.

"멋진데." 내가 고갯짓으로 음향 장비를 가리키며 말했다.

"레코드점을 하는 데서 오는 이점이지."

웨스트클리프의 런던 로드에 있는 고먼 레코드점. 나도 할인 음반을 찾아 두어 번 들른 적이 있다. 배리가 손님들을 상대하는 모습도 보았다. 작은 가게였지만 손님이 많았다. 그곳은 토요일 오전의 약속 장소로 인기였다.

배리의 방은 깔끔했다. 현대적인 가구들이 기하학적일 만큼 정교한 패턴으로 배치되어 있었다. 침대 위쪽에는 데이비드 호크니 그림의 복제본이 걸려 있었다. 캘리포니아 수영장 시리즈 가운데 하나인 「닉의 수영장에서 나오는 피터」였다. 그게 호크니 그림인 걸 알아본 것은 나도 그의 작품을 좋아하기 때문이다. 배리의 방은 호크니의 실내 풍경 그림에 나오는 방 같았다. 그가 서 있는 모습과 앉아 있는 모습도, 그날도 그 후로도 호크니 작품 속 인물들을 연상시켰다. 정물화처럼 배치된 구조의 일부 같고, 실물이라기에는 지나치게 포즈를 잡고 있으며, 아주 말끔하고 밝고 또렷하고 상쾌한. 나는 초점이 선명한 호크니 그림을 좋아했고, 무언가 수수께끼가 있다는 느낌, 계산된 엉성함 뒤에 무언가 숨겨져 있다는 느낌을 좋아했다.

배리의 눈길 아래 옷을 입는 한순간, 내가 호크니 그림의 등장인물이 된 것 같은 느낌이 들었다. 그 느낌은 좋았다. 하지만 ─이유는 모르겠는데─더불어 움찔하는 두려움도 느껴졌다.

옷은 그럭저럭 맞았다. 하지만 청바지가 2, 3센티미터 길어서 밟지 않으려면 바짓단을 접어야 했다.

"이제 됐네." 배리가 말했다. 그리고 뒷주머니에서 빗을 꺼내주었다. "저쪽 벽에 거울이 있어. 배 안 고프니?"

"조금 고파지고 있어. 얼른 집에 가서 학교 가기 전에 뭘 좀 먹어야겠어."

"아래층에 수프하고 치즈가 준비되어 있어."

나는 거울 속으로 그를 보았다. 거울아 거울아……

"지금까지도 많이 도와주었어. 이만 가는 게 좋을 것 같아."

"다 준비되어 있다니까. 어머니가 가게 나가기 전에 해놓으셨어. 네가 마음에 든 모양이야. 안 먹으면 대가가 만만치 않을걸."

나는 그에게 빗을 돌려주었다. "요트 뒤집은 사람을 보면 언제나 이렇게 해줘?"

그는 앞장서 방을 나갔다. "오늘은 내가 쉬는 날이거든. 그러니까 너를 돌봐줄 수 있어."

우리는 부엌으로 내려갔다. 욕실과 마찬가지로 부엌도 내 기준에서는 거대했고 최신 설비들로 반짝거렸다. 부엌 가운데 놓인 말끔한 나무 식탁에는 약속된 치즈와 수프보다 훨씬 많은 것이 차려져 있었다. 얇게 저민 찬 소고기가 접시 위에 점잔 빼며 앉아 있고, 드레싱을 얹은 그린 샐러드가 나무 그릇에 담겨 있었으며, 토마토, 과일, 두툼한 갈색 빵, 캔 맥주에다 스토브에서 끓는 커피를 기다리는 머그잔이 있고, 바로 그 스토브 위에서 진한 야채수프도 끓고 있었다.

"먹어." 배리가 수프 그릇을 내밀며 말했다.

두 번 권할 필요는 없었다. 요트의 전복과 고먼 부인의 목욕 치료로 나는 몹시 허기져 있었다.

16

한 가지 허기가 채워지자 다른 것이 생겨났다. 호기심이었다.

도대체 이 사람은 누구길래 나를 바다에서 구조하고 집으로 데려와서 그 엄마에게 어루만지게 하고 자기 옷을 입힌 뒤 부엌에서 식사를 시키는가?

그때까지 나는 배리를 만난 적이 없다. 그는 나를 몰랐다. 그런데 왜 이런 일을 하는가? 그냥 마음이 너무 친절해서? 그럴리가. 두 가지 중 어떤 것? 결국 그것인가?

나도 그에 대해 아는 게 없었다. 아는 거라고는 오직,

"그 가게라는 게 런던 로드에 있는 고먼 레코드 말하는 거야?"

그는 고개를 끄덕였다. "아버지가 20년 전에 시작하신 거지."

"그리고 혹시 초크웰 고등학교 안 다녔어?"

"작년 여름까지."

"수프가 맛있네."

"어머니 요리 솜씨가 괜찮아."

우리는 함께 수프를 먹었다.

내가 말했다. "그러면 학교 마치고 가게 일을 시작한 거야?"

그는 내가 대답해도 좋은 사람인지를 판단하려는 듯 식탁 맞은편에서 나를 건너다보았다. 그는 자주 그랬다. 거리낌 없이 이야기하다가 상대방이 지나치게 다가오면 가만히 바라보면서 생각한다. 그리고 괜찮다고 판단되면 대답하고 그렇지 않으면 말을 돌렸다.

나는 시험에 통과했다. "아버지가 작년에 갑자기 돌아가셨거든."

"아, 힘들었겠네." 내가 물어본 것을 후회하며 말했다.

"지금은 괜찮아."

그의 태도가 변한 걸 보면 괜찮지 않다는 걸 알 수 있었다.

그는 심호흡을 했다. "어머니와 아버지가 가게를 운영하셨어. 어머니는 경리 일을 보셨고, 아버지는 음악도 잘 알고 손님 상대도 잘하셨지. 사람들은 아버지를 좋아했어. 아버지는 마음만 먹으면 어떤 것도 팔 수 있었어. 아버지가 돌아가시자 어머니는 아버지 자리를 메울 사람을 썼는데 늘 분란만 일었어. 어머니가 볼 때는 아버지 자리를 대신할 만한 사람이 없었어." 그러더니 그는 조용히 미소 지었다. "그리고 우리 어머니하고 일하는 게 그렇게 편한 것도 아니고!…… 그래서 내가 토요일과 방과 후에 가게 일을 돕기 시작했어. 하지만 그걸로는 부족했지. 상황은 점점 나빠졌어. 결국 문제는 저절로 풀렸지. 어느 날 한바탕 싸움 뒤에 그 남자가 가게를 그만둔 거야. 그러니까 나한테는 선택의 여지가 없어졌지. 학교를 그만두고 전적으로 가게 일을 하게 됐어."

"네가 원한 건 아니라는 거야?"

"어쨌거나 열여덟 살이 되기 전에는 그러고 싶지 않았어. 어쩌면 대학에 갈 수도 있었고. 아버지는 내가 대학에 가는 걸 간절히 원하셨어. 아버지는 대학을 못 가셨거든. 나는 대학에 보내야 한다고 생각하셨어. 아버지 자신이 못 누린 혜택들을 아들에게는 누리게 해주고 싶으셨던 거지. 샐러드 좀 더 먹어."

"고마워…… 다른 사람—그러니까 식구들 중에 말이야—, 가게 일을 해줄 다른 사람은 없었어?"

"누나가 한 명 있는데 결혼해서 런던에서 살고 아이가 한 명 있어. 그리고 음악에 관한 한 누나의 지식은 「화이트 크리스마스」가 한계야."

"심하다!"

"그렇다니까!"

"하지만 조금 가혹한 일 같다. 가게 일을 돕기 위해 본의 아니게 학교를 그만두었다는 게 말이야."

그는 웃었다. "나는 돕는 게 아냐. 운영하는 거지."

"하지만 너는 공부를 계속하고 싶어 했잖아."

"가게가 가장 중요해."

"왜 그렇지? 나는 네가 무엇을 하고 싶은지가 더 중요하다고 생각해."

"가게가 우리 가족을 먹여 살리니까."

"그래, 중요해. 하지만 네 어머니가 어떻게든 해결할 수 있지 않았을까? 내가 세상을 잘 아는 건 아니지만, 어쨌건 네 어머니는 수완이 상당하신 것 같은데."

"자기 사업을 하지 않는 사람들한테는 설명하기가 좀 어려워. 학교를 그만둘 때 교장 선생님을 설득하는 것도 똑같이 어려웠어."

"나를 한번 설득해봐."

"커피 마실래, 맥주 마실래?"

"맥주를 좀더 마시겠어."

"아버지와 어머니는 맨손으로 가게를 시작하셨어. 부모님은 두 분이 언제나 함께할 수 있는 일을 원하셨고, 아버지가 음악을 좋아하셔서 레코드 가게가 정답처럼 보였지. 사업은 착실하게 성장했어. 단골도 많고 재고도 풍부하고. 두 분은 이 가게에 정말 많은 노력을 기울이셨어. 지금 우리 가게는 음악 애호가들한테 어떤 구심점 역할을 하고 있어. 가게는 정말로 아버지의 인생이었지."

"그렇다고 네 인생은 아니잖아."

"맞아. 하지만 나도 어떤 의무감을 느껴. 음악은 나한테 큰 의미가 있어. 또 가게는 우리 식구한테도 이 도시에도 상당한 의미가 있어. 이걸 무너지게 두거나 팔아버리는 건 손실이 너무 커. 나는 아버지가 시작한 일을 이어가야 한다고 느꼈어."

"그게 맞았겠지만 나는 아직도 잘 모르겠다."

"너는 부모님 일을 이어받을 생각을 해본 적 없니?"

"우리 아버지는 공항에서 수하물 관리하는 일을 하셔."

"그렇다면 공항 수하물 관리는 싫다는 거로군. 너는 뭘 하고 싶은데?"

나는 어깨를 으쓱했다. "솔직히 말하면 전혀 모르겠어. 그게 지금 내 문제야. 취직을 할 거냐 공부를 계속할 거냐. 오즈번 선생님이 오늘 면담하자고 한 건 그 때문인 것 같아."

"오지 말을 잘 들어. 너한테 조언을 해주고 싶어 할 거야."

"왜 안 그렇겠어? 주변의 모두가 그러는데."

"고기 좀 먹어. 더 먹어두는 게 좋을 거야."

"고마워. 하지만 나는 오지 선생님이 좋아."

"특이한 취향이네."

"아이들이 불평하는 건 선생님이 공부를 많이 시켜서야. 그 분은 자기가 뭘 가르쳐야 하는지 잘 알고 또 그걸 재미있게 만 드는 것 같아. 어쨌거나 내가 영문학에서 O-레벨을 통과한다 면 그건 그분 덕분이야."

"그 사람은 말이야, 영문학이 세상에서 가장 중요하다고 생 각해."

"둘이 피라도 봤어?"

"몇 번. 다 마셔."

"벌써 많이 마셨어. 고마워."

그는 식탁을 치우기 시작했다. "그 사람을 만나고 나서 어땠 는지 이야기해주지 않을래? 내 말이 맞는지 틀리는지 보게."

나는 의아한 눈길로 그를 바라보았다.

"그러니까," 그가 서둘러 말했다. "어차피 너는 옷을 가지러 다시 와야 하잖아. 어머니가 벌써 세탁기에 넣어놓았거든. 그 리고 내 옷도 돌려줘야지. 그때 말해줄 수 있지…… 그렇지?"

17

시작은 그랬다.

수정 시작은 그렇지 않았다.

앞에 적은 말들은 우리가 직접 한 말들이다. 하지만 우리 얼 굴 뒤쪽에서는 더 많은 일이 일어났다.

하지만 그것을 제대로 전달하려면 ─ 그리고 나는 제대로 전

달해야 한다. 그러지 않으면 애초에 이런 일을 할 이유가 없다
──, 나는 이해를 도와줄 두려운 고백을 해야 한다. 이런 고백
은 술에 취했거나 심리 치료를 위해 최면을 당할 때나 할 만한
것이다. 아니면 미쳤을 때. 그러니까 나처럼. 털어놓고 나면 자
다 일어나서 고개를 흔들며 후회와 고통 속에서 "아냐, 아냐!"
하고 외칠 만한 고백이다. 하지만 어쩌겠는가, 나는 이미 당신
에게 너무 많은 이야기를 했다. 나머지도 듣는 편이 좋을 것이
다. 그리고 이 부분을 건너뛰면 당신은 그동안의 일을 이해하
는 데 필요한 걸 놓칠 것이다.

　일곱 살 무렵 나는 텔레비전을 보았다. 연극이었는지 옛날
영화였는지는 잘 모르겠지만 두 소년에 관한 이야기였다. 지금
그것을 본다면 그 진부하고 형편없는 이야기에 배를 잡고 웃을
것이다. 하지만 일곱 살 때라는 아득한 옛날에는 스펀지와 알
루미늄포일로 만든 TV 속 우주 괴물조차 너무도 실감이 나는
법이다. 뉴스캐스터마저 진짜처럼 보인다. 그러니까 간단히 말
해서 일곱 살 때 우리는 세상을 믿는다.

　두 소년은 나보다 두세 살 더 많았는데, 둘이 함께 겪는 여러
가지 모험은 일곱 살짜리의 눈에 세상에서 가장 짜릿하게 느껴
졌다. 첫번째 모험에서 둘은 낡은 양철통을 줍고 그 안에는 마
법의 콩이 가득 들어 있다. 그 마법의 콩은 시간 여행을 시켜주
는 힘이 있다. 그래서 우리의 주인공들은 로빈 후드가 있는 셔
우드 숲이나 스페인 무적함대가 누비고 다니는 먼바다나 로마
시대 하드리아누스의 방벽이나 기사들이 서로 으르렁거리는

아서왕 궁정 등에 다녀왔다. 어디를 가든지 우리의 주인공들은 20세기 사람의 지식과 놀랍도록 조숙한 지성 ─ 그러니까 상식 같은 ─ 으로 모든 사람의 문제를 해결해주었다. 부끄럽지만 나는 열세 살이 되어서야 그런 종류의 엉터리 프로그램을 보지 않게 되었다. 배리가 조금 다른 상황에서 몇 번 말했듯이 나는 어떤 면에서는 늦된 면이 있다.

중요한 것은 바로 여기다. 첫번째 모험 막바지의 어느 멋진 순간에 우리의 주인공들이 아서왕의 돌에 새로이 칼을 간 뒤 그걸로 서로의 손을 긋고 피가 흐르는 상처를 맞대어 두 피를 섞는다. 둘은 서로의 눈을 깊이 바라보며 엄숙한 맹세문을 읊는다.

맹세가 끝난 뒤 주인공 한 명이 말했다. "이제 우리는 영원한 단짝 친구bosom friends야."

내가 그 말을 정확히 기억하는 건 두 가지 이유에서다. 하나는 바로 전주에 여자의 유방을 '부점bosom'이라고도 한다는 걸 알게 되었기 때문이다(부점이 남녀 모두의 흉곽을 가리킬 수 있다는 건 아직 몰랐다). 그래서 한 소년이 다른 소년을 유방 친구라고 부른 것은 유선乳腺에 새롭게 관심을 갖기 시작한 어린 소년에게는 놀라운 일이었다.

두번째 이유는 그렇게 쉽게 설명할 수 없다. 나에게 진실로 놀라웠던 건 '부점 프렌드'라는 말이 아니라 거기 담긴 생각이었다. 그것은 내가 아주 어릴 때부터 원하던 걸 말로 옮겨준 것이었다. 아무것도 거리낄 것 없는 완전한 친구, 각자가 서로를 위하고 서로가 각자를 위하는 친구, 언제나 충실하고 서로의 곁을 떠나지 않는 친구. 그렇다고 반려견을 말하는 것은 아니다.

그 시시껄렁한 TV 프로그램이 그때까지 말로 표현되지 않은 내 욕망을 말과 영상으로 옮겨주었다. 아하! 나는 아마 그렇게 혼잣말을 하거나, 아니면 일곱 살짜리 머리에 깨달음이 번개처럼 번쩍 떠올랐을 때 하는 감탄을 했을 것이다. 아하! 그러니까 다른 사람들도 그런 친구를 원하는구나! 나만 그런 게 아니구나. 그렇게 생각했을 것이다. 이 세상 어딘가에는 내가 그를 찾듯이 나를 찾는 사람이 있어. 마법의 콩이 가득한 양철통을 가진 소년이.

그 뒤로 나는 그 경이의 순간을 자주 생각했다. 내가 그걸 그나마 이해한 논리는, 내가 외동이다 보니 우정에 대한 낭만적 생각을 일찌감치 떨치지 못하고 단짝 친구에 대한 비이성적 욕망을 오래도록 품게 되었다는 것이다. 아니면 어머니가 좀더 어릴 때부터 나를 밖에 내보내 아이들한테 맞으면서 자라게 해야 했는지도 모른다. 아니면 유전적인 것이거나 내가 먹는 것 또는 먹지 않는 것과 관련된 것인지도 모르고, 또 아버지가 철저한 무신론자라서 자기 전에 기도하는 법을 배우지 못한 까닭인지도 모른다.

게다가 덧붙이건대 아무도 내게 적절한 시기에 몽정에 대해 가르쳐주지 않았는데, 어쩌면 그것도 단짝 친구에 대한 욕망이 청소년기까지 지속되어 열여섯 살이 됐을 때까지 여전히 강력하게 남아 있게 된 이유인지 모른다. 하지만 누구도 내게 텔레비전에 대해 일찌감치 경고해주지 않았다. 그것을 조금 보면 정신이 약간 타락하고, 많이 보면 완전히 타락한다는 것을. 어쨌거나 텔레비전은 그 무수한 신파적 프로그램 하나를 통해서 나에게 어떤 가능성——단짝 친구에 대한 희망——을 상상할 말과 영상을 전달했다. 커트 보니것의 말을 다시 생각해보라. 사람은 자신이 시늉하는 존재가 된다. 그러므로 내가 단짝 친구에 목을 매게 된 것은 모두 텔레비전의 잘못인지도 모른다.

어쨌거나 그때 나는 16년하고도 6개월을 살면서 단짝 친구에 대한 오랜 욕망으로 타락했지만, 진실로 단짝이라 이름할 만한 친구는 만나지 못했다. 물론 영혼의 동반자를 탐색하는 과정에서 몇 차례 근접한 순간이 있기는 했다. 예를 들면 하비가 있었다.

하비는 내가 아홉 살 때, 그러니까 함께 손을 그을 상대를 찾는 일에 2년 동안 실패하고 의기소침해져 있을 때 우리 동네로 이사 왔다. 나는 하비가 바로 '그 친구'라고 믿었다. 그리고 한동안은 모든 게 TV 속처럼 술술 풀렸다. 우리도 모험을 했다. 하지만 슬프게도 우리에게는 마법의 콩이 없었고, 모험이란 우리 집 마당 빨랫줄에 이불을 텐트처럼 걸고 그 안에서 자는 것처럼 좀더 평범한 것이었다(아, 그 모험! 그 일이 예정된 날 나는 너무 설레서 몸에 발진까지 일었다).

한밤중에 우리는 우리가 아는 최고의 농담을 주고받았다. 아홉 살짜리에게 최고의 농담이란, 당신도 떠올려보면 알겠지만 최고로 지저분한 농담이다. 그날 밤 하비하고 내가 가장 신나게 웃은 농담은 이것이었다.

소년과 소녀가 있었다. 소년이 묻는다. "너희 집에 가고 싶은
데 그래도 돼?" 그러자 소녀가 대답한다. "원래는 안 되지만 너는
내 친구니까 허락해줄게." 소녀의 집에 가서 소년이 묻는다. "네
방에 들어가고 싶은데 그래도 돼?" 소녀가 대답한다. "원래는 안
되지만 너는 내 친구니까 허락해줄게." 소년이 묻는다. "네 침대
에 같이 눕고 싶은데 그래도 돼?" 소녀가 대답한다. "원래는 안 되
지만 너는 내 친구니까 허락해줄게." 소년이 묻는다. "손가락으로
네 배꼽을 만지고 싶은데 그래도 돼?" 소녀가 대답한다. "원래는
안 되지만 너는 내 친구니까 허락해줄게." 소년이 소녀를 만지자
소녀가 말한다. "거긴 배꼽이 아니야." 그러자 소년이 말한다. "알
아, 하지만 이것도 손가락이 아니야."

우리는 그 이야기를 두 번인가 세 번인가 반복하며 진이 빠
질 정도로 웃고 그걸 연극처럼 해보기까지 했는데, 기가 막히
게 재미있던 그 놀이에 하비가 왜 금방 싫증을 느꼈는지 이해
가 되지 않았다.

우리는 한때 주인이 거의 오지 않는 어느 집 뒷마당 차고 뒤
쪽을 은신처로 삼았다. 하비 말에 따르면, 그 집 주인은 코카콜
라와 콘플레이크 죽만 먹고 사는 102살짜리 할아버지였다. 젊
고 예쁜 지역 간호사가 할아버지를 자주 찾아왔고, 나와 하비
는 그런 식단이 지닌 놀라운 힘에 대해 온갖 상상을 했다. 우리

도 한동안 직접 그렇게 먹어보기도 했는데 하비에게는 아무런 도움이 되지 않았다.

오래 지나지 않아 나는 하비에게 실망했다. 단짝 친구에 대한 하비의 생각은 하비를 위한 것일 뿐 나를 함께 생각한 것이 아니었다. 나는 내가 희생적으로 그에게 맞추어주면 하비가 진실하고 영원한 우정을 깨달을 거라는 기대를 품고 그 이기적인 녀석의 온갖 요구를 들어주었다. 하지만 비위를 맞출수록 녀석은 나를 부리는 데 맛이 들었을 뿐이다. 그때 이후 나는 많은 친구 관계가 그런 식이라는 걸 알게 되었다. 나는 우정이란 이기주의자의 졸개가 되는 일은 아니라고 결론 내렸다. 우리는 하비의 집 앞에서 쌈박질까지 벌이는 요란한 소동 끝에 헤어졌고 그 뒤로 지독한 원수가 되었다.

다음에는 닐이 있었다. 닐은 하비와의 우정이 깨지고 1년가량 지난 뒤에 만나게 되었다. 하비와의 일은 훌륭한 가르침이 되었다. 나는 의심할 줄 알게 되었다. 하비는 깔끔하고 순진하고 정직해 보이는 얼굴이었다. 그러니까 어머니들이 우리더러 좀 닮아보라고 말하는 그런 친구였다. 하지만 그 순수하고 귀여운 안면 뒤에는 교활하고 이기적인 정신이 숨어 있었다. 하비를 겪은 뒤에 나는 사람들이 겉모습과 다를 수 있다는 걸 깨달았다. 그리고 말하는 것과는 더욱더 다르다는 걸.

닐은 응석받이로 자란 비만 소년이었고 말수가 적었다. 길쭉한 데다 끝부분이 펑퍼짐해서 서양 배처럼 생긴 닐의 코는 추운 날 아침이면 때로 무른 배처럼 물을 달고 있었다. 닐도 나처럼 외동이었다. 하비를 경험한 내게 닐은 안심이 되는 친구였다. 인생은 그렇게 반짝이는 것이 아니고 닐에게는 당연히 마법의 콩이 없었다. 하지만 닐은 언제나 곁에 있었으며 자발적인 데다 충실했다. 우리는 날마다 같이 학교에 가고 TV를 보고 연을 날리고 밥을 먹고 잡담을 했다. 게다가 닐은 책을 많이 읽었다. 어느 날은 나를 동네 도서관에 데리고 가서 회원 가입을 시켜주었는데, 그때는 그게 마음에 들지 않았지만 지금 생각하면 아주 고맙다. 나 혼자였다면 절대 그런 일을 하지 않았을 것이다. 우리는 닐의 방바닥에 나란히 앉아 책에 코를 박은 채 몇 시간씩 보내곤 했다.

하지만 이런 것들이 내가 닐과 3년 동안 친구로 지낸 진정한 이유라고는 할 수 없다. 그 이유는 한 가지, 바로 집착이었다. 이번에는 내가 아니라 닐의 집착이었다. 닐은 자신이 원하는 걸 분명히 알았다. 겉으로 보면 그런 인상을 느낄 수 없을 것이다. 그 아이의 과도한 살집이 출렁거리듯 정신도 느른하게 퍼져 있을 거라고 생각하기 십상이다. 하지만 전혀 그렇지 않았다. 내가 닐에게 끌린 것은 이전까지 나를 제외한 누구도 집착하는 걸 본 적이 없기 때문이다. 그리고 무언가가 더 있었다. 닐은 집중하는 성격이었다. 그저 집착만 하는 게 아니라 거기에 자신을 완전히 바쳤다. 겉으로 볼 때 우리는 그냥 뒹굴면서 이야기를 하고 책을 읽는 것 같았지만, 우리가 나눈 이야기는 닐의 집착에 대한 이야기였고 읽은 책도 그와 관련된 책들이었다. 닐은 자기 인생을 전기 실험에 완전히 바치고자 했다. 실험은 아찔할 만큼 흥미진진한 순간을 몇 차례 만들어냈고, 그런 순간들이 닐과 함께한 길고 지루한 시간을 견딜 만하게 해주었다.

그런 엄청난 일들이 일어났던 건, 닐에게는 인간 지식의 경계선을 넘나들고 자칫 생명까지 위협하는 과학 실험은 어른이 된 뒤에야 해야 한다는 생각 같은 게 없었기 때문이다. 나와 만났을 때 닐은 이미 그 일을 시작한 상태였다. 남는 방 하나를 실험실로 꾸민 뒤 거기에 다른 사람들에게서 얻거나 사거나 훔친 장비들——종류도 크기도 다양한 전선들, 뭔지 모를 장치들, 로봇처럼 불길해 보이는 조종 장치들——을 가득 채워놓고 있었다. 때로는 집 전체가 닐의 최신 실험을 위한 시험장인 것만 같았다.

내가 도저히 이해할 수 없었던 것은 닐의 어머니가 닐을 격려하는 태도였다. 닐의 어머니는 다른 일에서는 닐을 숨 막힐 정도로 싸고돌았다. 여름에도 날씨가 흐리면 스웨터와 두꺼운 재킷과 코트를 입히고 목도리를 두르게 했다. 그리고 길을 잃을지 모른다며 닐 혼자서는 시내에 나가지 못하게 했다. 닐은 그런 일에 저항하지 않았다. 아마 그냥 귀찮았던 것 같다. 하지만 그들 모자에게 나는 하늘이 보낸 선물이었다. 닐의 어머니는 어째서인지 나를 믿었다(어머니스러운 여자들은 언제나 나를 믿는다. 고먼 부인을 보라. 아마도 내 눈빛이 슬퍼서 그런 것 같다). 그리고 나를 닐이 외출했을 때 돌봐줄 새끼 보모쯤으로 여겼다. 닐은 나와 함께 있으면 어머니가 혼자서는 못 가게 하는 금지된 장소에 가고 금지된 일을 할 수 있다는 걸 알았다. 두 사람 다 나에게 고마움을 표시했다. 닐의 어머니는 언제나 내게 아들과 비슷한 양의 음식을 먹이려고 했고 닐은 내게 실험 조수 자격을 허락했다. 그건 다른 누구도 누리지 못한 특권이었다(그런데 나는 닐의 아버지를 한 번도 보지 못했다. 상선 승무원이라서 집에 자주 오지 못했기 때문이다).

내가 닐이 하는 일을 조금이나마 이해한 것은 아니다. 하지만 실험은 흥분을 안겨주었다. 내가 처음으로 목격한 실험에서 닐은 옆집에 불을 놓았다. 그는 어떻게 해서인지 전기 본선 회로와 연결되는 어떤 장치를 만들었다. 그리고 덜덜 떠는 내 손의 도움을 받아 그 괴상한 장치를 계단 밑 벽장 속에 있는 가정 전력계에 연결했다. 모든 것이 닐의 계획대로 척척 되어간다고 생각한 순간, 요란한 소방차 소리가 나더니 닐의 집 앞에 끼이익 멈춰 서는 것 같았다. 무슨 일인가 달려 나가보니 소방차는 옆집 앞에 서 있었고, 그 집은 틈새란 틈새로 전부 연기를 뭉클뭉클 뿜어내고 있었다. 이런 말은 좀 미안하지만, 우리는 불이 꺼질 때까지 그 광경을 흥미진진하게 구경했다. 열두 살 난 아이는 꽤나 잔인한 법이다. 전기 본선을 만지작거린 닐의 장난이 어떻게 그런 대단한 결과를 낳았는지는 닐도 다른 누구도 알아내지 못했다.

한번은 닐이 부엌문 밖으로 폭발해 나간 일도 있었다. 다행히 부엌문이 뒷마당으로 열려 있었는데, 닐이 뒷마당에 요란하게 내려앉으면서 쓰레기통을 박살 냈고 그 때문에 폭발이 더욱 격렬하게 느껴졌다. 쓰레기통은 그 상태에서 회복되지 못했다.

세번째 사건은 전기와 무슨 관련이 있었는지는 기억나지 않는데, 하여간 우리는 유리관을 분젠버너에 대고 굽히고 있었다. 닐은 자신감이 넘친 나머지 유리관을 지나치게 세게 굽히다가 꺾어버렸고, 그 파편에 엄지손가락 관절 위 정맥을 베었다. 피가 새로 발굴한 유전에서 분출하는 원유처럼 솟구쳐 부엌 벽을 흥건히 적셨고, 피라면 고깃덩이의 핏물도 보지 못하는 닐은 질겁해서 금방이라도 죽을 것처럼 소란을 피웠다.

내가 무슨 생각을 하기도 전에 닐은 꽥꽥 소리를 지르며 밖으로 달려 나가, 앞으로 며칠 동안 닐의 생명을 유지해줄 식량을 바리바리 사 들고 오던 그의 엄마에게 돌진했다. 지중해 나라들에서 볼 수 있을 법한 장면이 연출되었다. 공포의 아리아 같은 목소리들이 솟구쳤고, 손들이 격하게 흔들렸으며, 사람들이 사방에서 닐을 구하러 달려왔다. 피와 격정이 용암처럼 흘렀다.

마침내 구급차가 왔고 닐은 사이렌 소리에 실려 사라졌다. 그러나 한 시간 뒤에 대중교통으로 귀가한 닐의 엄지손가락에는 민망할 만큼 작은 반창고가 붙어 있었다. 어쨌건 과학에 대한 그의 열정은 조금도 수그러들지 않았다. 저녁이 되자 우리는 다시 분주하게 완전히 새로운 전기 실험을 했는데, 그 아이디어는 닐이 병원에서 치료를 받는 도중에 얻은 것이었다. 거기서 어떤 의료 기계들을 보게 된 닐은, 나는 이해할 수 없던 용도를 완벽하게 파악하고 거기에다 자신의 독창적 설계를 더하면 기능을 더욱 향상시킬 수 있다고 확신했다.

결국 나는 닐이 천재라고 결론 내렸다. 하지만 천재들이 모두 닐 같다면 친구로서 최고라고는 할 수 없다. 분명히 재미는 있다. 방식은 기이해도 함께 지낼 만하다. 하지만 나는 닐을 통해서 내가 단짝 친구에게 바라는 것은 함께 편하게 지내는 것 이상이라는 걸 깨달았다.

그 나머지 것이 무엇인지 당시로서는 설명할 수 없었고 닐과 헤어진 뒤인 열네 살 때도 마찬가지였다. 내가 말할 수 있었던 건 그저 그것이 함께 손을 베는 일, 피를 내는 일, 친구의 상처 난 손을 움켜쥐는 일 그리고 맹세하는 일과 관련되어 있다는 것뿐이었다.

결여된 그것이 무엇인지 깨달은 계기는 닐과 붙어 지내던 생활을 그만둔 지 몇 달 뒤에 새로운 단짝 친구 후보를 만났을 때, 그러니까 사우스엔드로 이사 오기 직전에 있었다. 더욱 불행했던 그 사건을 구구절절 늘어놓아서 당신을 지겹게 하지는 않겠다. 그저 상대의 이름이 브라이언 비펀이었으며, 버스터라는 별명으로 더 많이 불렸다는 사실만을 말하겠다. 그는 나보다 두 살이 많았고 학교 럭비 팀의 로크 포워드였다. 그는 내가 만난 세 명 가운데 유일하게 내가 상대를 원해서 다가간 게 아니라 상대가 먼저 나와 친해지고 싶어 다가온 경우였다.

내가 상대를 쫓아가지 않고 상대가 나를 쫓아오는 일은 분명 기분 좋은 일이다. 그래서 나는 버스터의 럭비 경기를 보러 가겠다고 했다. 평소라면 절대로 하지 않을 일이었다. 어느 날 밤 경기가 끝난 뒤 그는 나를 체육관 뒤로 데리고 가서 서로를 위로하는 즐거움을 가르쳐주었다(아니, 버스터한테 배운다면 괴로움이라고 하는 게 더 맞을 것이다). 그것은 단짝 친구에 대한 나의 이해에 어떤 조각이 빠져 있었는지 가르쳐준 학습 과정이었지만, 안타깝게도 그 일을 통해 버스터는 별로 바람직한 상대가 아니라는 것만 확인되었다. 그의 품에 안기는 일은 우람한 이두근을 지닌 청소년 선인장에게 안기는 것 같았기 때문이다. 그 뒤로 나는 럭비 선수들을 피했다. "네가 여자애였다면 얼마나 좋았을까." 절정의 순간에 그가 한숨을 쉬듯 말했다. 내가 버스터에게 바란 것은 그가 여자였으면 하는 게 아니라 다만 조금 덜 선인장 같고 덜 위압적이었으면 하는 것이었기 때문에, 그가 생각하는 그 자신과 내가 생각하는 나 자신 사이에 결정적인 차이가 있다는 것을 얼이 빠진 상태에서도 똑똑히 깨달았다.

이런 마음 쓰리고도 민망한 고백 목록에 추가할 것이 꼭 하나 더 있다.

몇 달 전에 아무 특징 없는 우리의 종교 교사인 신성한 조 해리슨 선생님이 성경을 강독했는데, 그 대목은 놀랍게도 다윗(돌팔매로 골리앗을 쓰러뜨린 소년)과 요나단(난폭한 사울 왕의 불량스러운 아들)이 범상치 않은 관계였음을 말해주고 있었다. 요나단과 다윗의 영혼이 엮여 있다는 둥, 요나단이 다윗을 자기 영혼처럼 사랑한다는 둥의 구절이었기 때문이다.

신성한 조 선생님이 자신이 무슨 내용을 전하는지 알고 그런 건지 모르겠다. 그것은 자라나는 열여섯 살짜리들에게 읽어주라고 권장할 만한 성경의 계시는 아니었다. 특히 그 낭독자가 엄격 근엄 진지하고 근본주의적 도덕관을 지닌 신성한 조 해리슨 선생님인 데다가 교실의 규율도 엉망이라서 더 그랬다. 모두 잠에서 깨어 야유를 했고, 그 가운데는 "어우야!" 하는 가느다란 외침도 있었다. 하지만 그 순간 나는 자리에 가만히 앉아 오래전 텔레비전 앞에서 그랬던 것처럼 그 이야기를 마음에 새기고 있었다.

솔직히 말하면 그 무렵 이미 마법의 콩이라든가, 함께 손을 베는 일 같은 것은 단짝 친구의 이미지로서 힘을 잃고 있었다. 그런 것은 어린 시절의 공상으로 여겨졌다. 하지만 영혼이 엮인다는 말, 더군다나 성경에 나오는 이 이야기는 그보다 훨씬 더 매력적이었다. 그래서 나는 나중에 신성한 조 해리슨 선생님한테 정확한 출처를 물어서──그는 누군가를 전도했다고 생각했을 것이다. 그에게 뭘 묻는 사람은 아무도 없기 때문이다──「사무엘 상」 18장 이하를 혼자 읽어보았다. 그리고 다윗과 요나단이 자신들의 사랑은 '여자들의 사랑을 뛰어넘는다'라고 말했다는 걸 알게 되었다.

내 상상력은 분출했다. 지금 내가 맞닥뜨린 것이 무엇인가? 인스턴트식품처럼 가공된 마법의 콩을 지녔던 두 소년은 어느 날 저녁의 성경 읽기와 함께 유년의 안개 속으로 사라졌다. 자라나는 청소년에게 훨씬 영양가 높은 살코기가 여기 있었다.

성경이 그 일을 자세히 설명하는 것은 아니다. 성경은 원래 그렇다. 그 책은 온갖 멋진 관념을 가득 담고 우리에게 무슨 일을 해야 하는지 하면 안 되는지 말해주지만, 어떻게 해야 그렇게 하거나 하지 않을 수 있는지는 말해주지 않는다. 그래서 나는 다윗이 요나단의 죽음(죽음!) 앞에서 외친 아찔한 문장——"나를 향한 그대의 사랑은 어느 여인의 사랑도 따를 수 없을 만큼 값졌거늘"(「사무엘 하」 1장 26절)——에 마주쳤지만 그게 무슨 의미인지, 더욱 중요하게는 둘 사이에 무슨 일이 있어서 다윗이 그런 생각을 하게 되었는지는 알 수 없었다. 도대체 두 사람이 서로에게——서로와?——무슨 일을 한 것일까?

한 가지는 분명했다. 다윗과 요나단은 단짝 친구의 원형이었다. 그건 의문의 여지가 없었다. 그것은 내가 며칠 전 부두다리 밑 벽에서 본 낙서의 뜻도 해석해주었다. '브라이언은 조너선을 사랑해'라는 낙서였는데, 그 밑에 다른 사람 글씨로 '데이비드도 그랬어. 성경을 봐'라고 쓰여 있었다.* 그 후로 나는 그와 비슷한 재미있는 증거들을 더 마주쳤다. '배트맨은 로빈을 사랑해' 같은.

내 마음을 밝혀준 다윗의 외침은 몇 주 동안 머리를 떠나지 않았다. 그리고 배리 고먼이 노란 칼립소호의 조종석에서 내 청바지를 흔들던 그날도 마찬가지였다. 그러니까 당신도 깨달았겠지만 그날 내가 그렇게 순진무구했던 것은 아니다. 아무리 그럴듯하게 시늉하려 애썼다 해도——배리에게나 당신에게나.

---

* (옮긴이) 조너선Jonathan은 요나단의 영어식 발음이며, 데이비드David는 다윗의 영어식 발음이다.

18

그런 이유로 배리가 나를 구해주었을 때부터 우리가 식탁에 마주 앉아 그의 어머니가 차려준 식사를 하는 순간까지 많은 일이 수면 아래에서(우리 만남이 바다에서 이루어진 데서 기인한 표현임을 양해해주길) 벌어진 것이다. 다시 한번 설명해보겠다.

리테이크

배리가 다가온다. 나는 그가 누구인지 금세 안다. 이 학교에 전학 와서 처음 두 학기를 보낼 때 아직 학교에 다니던 그를 여러 차례 보았다. 그가 학교를 떠난 뒤에도 길에서 마주치거나 세일링하는 모습을 보았다. 그리고 그때마다 이따금 마주치는 사람들에게 흔히 그러듯이 그를 평가해보았다. 그저 그뿐이었다. 사람들 틈에서 그를 보고 '흥미롭군' 아니면 '괜찮네' 하고 생각하는 것.

하지만 나는 호감 가는 사람에게 접근해 손에 넣으려고 노력하는 성격이 아니다. 하비와 버스터를 겪은 뒤 그런 일의 결과가 두려웠다. 게다가 나는 거절당하는 것을 싫어한다. 그것은 상처가 된다. 이런 조심성의 일부는 시대에 뒤떨어진 비관적 인생관을 가진 어머니에게서 물려받은 것이다. 어머니는 열심히 구해야 얻을 수 있는 것은 자신에게 어울리지 않는 것이니 얻지 않는 게 더 좋다고 말한다. 그뿐 아니라 그것을 얻어도 보복이 앙심 품은 벼락처럼 내리친다고 말이다. 구하라, 그러면 빼앗길 것이고 그 고통은 심대하리라. 우리 어머니는 온갖 미신을 믿는다. 물론 나는 그러지 않지만, 나도 모르게 그러는 것처럼 행동할 때가 있다. 그러니까 사다리 밑을 지나간다고 불운이 닥친다고는 생각하지 않지만, 굳이 사다리 밑을 지나가는 일은 피하는 사람들처럼.

그래서 나는 상대가 여자건 남자건 상관없이 일시적인 호감에 움직이지 않는다. 하지만 배리가 다가올 때, 나는 춥고 젖고 비참하고 죽음이 오락가락하는 지경에서도 그가 마법의 콩을 가진 소년의 새로운 후보라는 걸 안다. 이 물기의 황야에서 죽을 지경에 놓이고도 나는 난파한 요트에 앉아 나의 다윗이 요나단을 얻을 일을 떠올리고, 여자의 사랑을 뛰어넘는다는 게 정확히 어떤 건지 알아내려면 시간이 얼마나 걸릴까 하고 생각한다.

나도 이런 상황의 아이러니를 안다(얼마나 똑똑한가). 하지만 소리 내서 웃지 않는다. 그럴 수 없다. 대신 나는 물에 빠진 절박한 사람의 역할로 미끄러져 들어간다. 당연히 고의는 아니고 치밀하게 계획을 세운 것도 아니다. 실제로 나는 성난 템스강에서 동결 건조되고 있으니까. 그리고 나는 최상의 조건에서도 계획을 그리 잘 세우는 편이 아니다. 이 모든 일은 그저 본능적으로 일어난다. 마치 배리가 지닌 어떤 속성이 이런 반응을 촉발시키기라도 하는 것처럼. 어쨌거나 나는 내가 연기한다는 걸 느낀다. 스스로 내 연기를 관람하는 것 같은 기분마저 든다.

게다가 그것을 즐긴다. 나 자신을 그의 손에 맡기고 기뻐한다. 그가 나에게 구조되려면 이렇게 저렇게 하라고 지시를 내린다. 나는 그가 리모컨으로 조종이라도 하는 것처럼 충실히 지시에 따른다. 그런 걸 느껴보지 못한 사람들에게 어떻게 설명해야 할까? 버스터의 럭비 경기를 보던 시절을 돌이켜보면, 그 억센 럭비 선수들의 손발이 척척 맞아떨어지는 것 같은 순간들이 있었다. 그럴 때면 전체가 한 사람이 된 것 같다고 그들은 말했다. 그런 뒤에는 도로 평소의 억세고 유쾌한 모습으로 돌아간다. 나는 그게 의문스러웠고 은근히 부럽기도 했다. 어쩌면 이 구조의 순간에 내가 느끼는, 무언가의 '사이에 있다'는 느낌이 그런 경험일까? 나는 모른다, 그때는. 내가 아는 건 나의 내면이 달아오른다는 것이다.

배리가 나를 해변으로 데리고 간다. 자기 집에 가자는 말에 저항하지만 다 가식이다. 나는 당연히 그의 집에 가고 싶다. 내가 비참하고 창피하고 충격받은 것은 사실이다(특히 해변에서 구경거리가 됐을 때는!). 하지만 내가 지은 참담한 표정은 재난이 끝나지 않았음을 표시해서 우리의 공통 관심사를 지속하기 위한 것이고, 실제로는 그만큼 괴롭지 않다. 다른 사람의 관심을 불러일으키는 데 재난을 당해 무력해지는 것만큼 강력한 건 없다는 걸 나는 전부터 눈치채고 있었다.

그래서 우리는 배리의 집에 가고, 거기서 나는 그의 어머니와 황당한 실랑이를 벌인다. 하지만 목욕은 즐겁다. 요트 전복 사고에는 목욕이 훌륭한 치료제라는 고먼 부인의 말은 옳다. 나중에 배리의 방에서 옷을 입을 때 나는 그가 나를 평가하고 있다는 걸 알아챈다. 나 또한 그를 평가하고 있다. 볼수록 그가 좋아진다. 그것은 커다란 수수께끼 중 하나다. 우리가 상대방을 좋아한다는 걸 어떻게 몇 분 만에 알게 되는 걸까? 이 사람과는 순식간에 일어나는 그런 일이 해마다 마주치는 수백, 수천 명의 사람들과는 왜 일어나지 않는 걸까? 나는 이 일에 대해 생각을 많이 해보았지만 아직도 모르겠다. 우리가 누군가를 좋아할 때 얼굴 생김새나 몸매만 보는 것도 아니고, 심지어 그 사람의 삶의 방식도 전부가 아니다. 그것은 무언가 다른 것이고 그게 무언지는 정확히 알 수 없다. 하지만 그런 일이 일어나면 그렇다는 걸 알게 되고 그걸로 끝이다. 그날 아침 그런 일이 일어났다.

그런 뒤 우리는 그의 집 식탁에서 푸짐한 식사를 하고, 나는 냉정하고 차분하고 침착해진 것처럼 행동한다. 그리고 아주 성숙한 것처럼. 하지만 실제로는 핏속에서 끓어오르는 흥분으로 온몸이 터져 나갈 것 같았다. 헤이-노니-노.

19

"다 먹었어? 더 먹을래?" 배리가 물었다.

우리는 식탁을 치우고 그릇을 식기세척기에 넣었다. 우리 집 식기세척기는 어머니다. 그리고 근무가 없는 일요일 오후에는 아버지가 그 작동을 방해한다.

"야," 그가 말했다. "네가 오즈의 마법사를 만나는 동안 내가 배들을 간수해둘게. 저녁때 우리 집에 들르는 게 어때? 오지하고 무슨 말을 했는지도 얘기해주고 같이 영화라도 보자."

"그래, 좋아."

"6시 반 정도에 와."

헤이, 노노. 노니-노.

20

그날 오후 오지 선생님을 만나자 선생님은 나를 빈 교실로
데리고 가서 내가 시험 전에 제출한 작문 숙제를 꺼내 보였다.

"네가 쓴 글이지, 로빈슨." 그가 말했다.

오지 선생님은 키가 크고 말랐지만 강단 있는 체격이고 머리
는 약간 벗겨져 있다. 그런 사람이 앞에 앉아서 병 바닥 같은 안
경알로 자신을 응시하면, 우리는 근시에 갑상샘이 과도 활성화
된 호기심쟁이 상어와 맞닥뜨린 것 같은 느낌을 받는다. 별로
아름다운 모습은 아니다. 나도 그와 만난 지 여러 주가 지나서
야 그가 학생에게 그런 부담스러운 시선을 기울이는 것은 자신
이 가진 우월한 지성으로 학생을 압도하기 위해서가 아니라 우
리의 사고력을 단련시켜주기 위해서라는 걸 알았다. "설마." 내
가 다른 아이들에게 그런 이야기를 꺼내면 아이들은 말한다.
"교장 선생님마저 오지 선생님을 겁낸다는 건 모두가 아는 사
실인걸. 또 새로 온 학생들을 아침 식사로 먹는다는 것도."

그는 나를 자리에 앉히고 내 앞에 의자를 하나 끌어다 놓았다.

"네 글을 좀 읽어주지 않겠니?"

21

H. 로빈슨, 5학년(영어 B), 짐 오즈번 선생님, 영어 숙제. 자유 작문

시간 이동

그때 나는 열세 살이었다. 그날 우리 식구, 그러니까 부모님과 나는 친척 집에 갔다. 큰아버지는 우리더러 자신의 농장 근처 들판에 파묻힌 작은 교회 묘지에 가보자고 하셨다. 우리 가족의 묘역은 무덤 다섯 기가 나란히 놓일 만한 크기였다. 낮은 대리석 담이 주위를 둘렀으며, 묘역 한쪽 끝에 서 있는 커다란 비석에 죽은 사람들의 이름이 전부 새겨져 있었다.

그 이름들은 지난 세기로 거슬러 올라갔고, 이름들 옆에는 출생일과 사망일이 적혀 있었다. 나처럼 산수를 못하는 사람들을 위해서 나이도 적혀 있었다. '찰스 로빈슨. 1898년 3월 5일 출생. 1962년 5월 10일 64세로 영면.' 열다섯 개의 이름이 나란히 포개져 있었다. 죽음의 목록.

죽은 몸들이 누운 침대를 내려다보고 있자니 갑자기 이런 생각이 들었다. 내 발밑에 사람들이 누워 있다. 나와 연관된 사람들이. 내 눈앞에는 내게서 뻗어 나가 시간을 거슬러 올라가는 죽은 몸들의 긴 줄이 보였다. 그리고 그 너머에도 다른 사람들이 있다. 나는 전혀 모르지만 이 로빈슨가의 행렬에 속한 사람들이.

나는 쿡쿡 웃었다. 엄숙한 분위기였기 때문에 어머니가 내게

나무라는 눈길을 던졌다. 내가 어머니를 부끄럽게 만들려고 한다고 생각한 것이다. 하지만 내가 웃은 건 웃겨서가 아니었다. 갑자기 시간의 영원함을 절감했기 때문이다.

이 영원한 시간은 분과 시와 날과 해로 채워져 있지 않고, 사람과 그들의 인생으로 채워져서 사방으로 뻗어간다. 수백 명, 수천 명, 수백만 명의 인생이 시간을 거슬러서도 뻗어 있고, 시간을 '가로질러서도' 뻗어 있고, 미래를 향해서도 뻗어 있다. 시간은 모든 방향으로, 세상 모든 곳에, 영원히 영원히 뻗어 있고, 사람으로 측정된다.

내가 웃은 것은 그것이 너무 거대했기 때문이다. 그 모든 시간, 그 모든 사람. 나는 짐작도 할 수가 없었다. 하지만 시간이 있다는 건 알았다. 또 사람들이 있다는 것을. 그것이 사실이라는 것을. 나는 그것을 '느낄' 수 있었다.

더는 가만히 서 있을 수 없어서 무덤들 사이를 천천히 거닐었다. 비석들에서 눈을 뗄 수가 없었다. 어떤 것들은 천천히 쓰러지는 척하는 광대처럼 비스듬히 서 있었는데, 실제로도 천천히 쓰러지고 있었다. 어떤 비석은 너무 낡고 부식이 심해서 그 위에 새겨진 이름과 날짜를 읽을 수가 없었다. 새 비석들은 반들반들 윤이 나는 단정한 모습이 잘난 척하는 것 같기도 했다.

나는 비석에 적힌 이름과 나이를 읽으면서 생각했다. 이 사람들은 모두 한때 살아 있었고 나처럼 느꼈을 것이다. 그들은 내가 지금 내 몸 안에 있는 것과 틀리지 않게 그들의 몸 안에 있으면서 그들을 보는 다른 사람들을 바라보았을 것이다. 하지만 어느 날 그들은 더 이상 자기 몸 안에 있을 수 없게 되었다. 죽었기 때문이다.

'죽는다'는 건 그런 의미인가? 더 이상 자기 몸 안에 있지 못하는 것? '64세로 영면' '80세로 영면' '36세로 영면.' 어느 비석에는 '2세 3개월로 영면'이라고 쓰여 있었다. 개월 수가 적힌 것은 아기들뿐이었다. 개월 수는 그만할 때는 중요하지만 자라고 난 뒤에는 그렇지 않다고 말하는 것처럼.

이렇게 몇 가지 일을 안다고 해도 우리가 그 사람들을 '알지는' 못한다. 그들은 우리에게 현실적인 의미가 없다. 전에도 나는 사람들이 죽는다는 것을 알았다. 하지만 그날 나는 처음으로, 그리고 갑작스레 나도 언젠가 내 몸 안에 있을 수 없게 되고, 그런 일은 언제라도 일어날 수 있다는 걸 깨달았다.

이런 생각이 들자 현기증이 일었다. 그래서 어느 비석에 걸터앉아 스웨터 안에 손을 넣고 심장을 더듬어보았다. 그게 계속 뛴다는 걸 확인하고 싶었다. 그리고 내 숨소리에 귀를 기울였다. 심장이 뛸 때마다 안심이 되었지만 곧 다시 불안해져서 다음번 박동을 기다렸다. 그리고 매번 쉬는 숨에 대해서도 마찬가지였다.

하지만 언제까지나 그렇게 안심하고 불안해하고 안심하고 불안해하기를 1분에 70번씩 할 수는 없다. 그러다가는 지쳐서 죽을 것이다. 겨우 2분 동안 그랬는데도 그 시간이 한 시간처럼 느껴졌다.

어느덧 마음이 가라앉아서 평소의 상태로 돌아왔다. 나는 부모님께 갔다. 부모님은 가족 묘지에 묻힌 친척들의 옛일을 이야기하며 웃음을 나누고 계셨다. 나는 마실 것은 없나, 집에는 언제쯤 돌아갈까, 하는 생각이 들었고 시간의 놀라운 영원함에 대해서는 잊었다.

하지만 그 뒤로 죽음은 언제나 내게 현실적인 것이 되었다. 그냥 사람들이 이야기하는 주제에 그치지 않고 바로 내 곁에 있는 것처럼 느껴졌다. 그리고 나는 날마다 내가 죽으면 시간이 어떻게 될까 하는 생각을 한다.

22

"네 글이 마음에 드니?" 오지 선생님이 평소처럼 무표정하게 물었다. 레이저 같은 두 눈도 또렷한 목소리도 자신의 의견을 전혀 드러내지 않았다.

"썼을 때는요."

"지금은?"

조심해야 한다.

"망설이지 말고 말해봐."

"지금도 마음에 들어요."

"쓰는 데 공은 많이 들였니?"

"다섯 번쯤 썼어요. 초고를요. 마지막으로 정리한 이것까지 합하면 여섯 번 쓴 거예요."

"그때마다 많이 고쳤니?"

"주로 잘라냈어요. 제가 하고 싶은 말을 더 분명하고 정확하게 전달하기 위해서요. 좀더 압축적으로 하려고요. 선생님이 가리켜주신 대로요."

"'가리켜'가 아니라 '가르쳐'가 맞지. 어떤 것들은 내가 아무리 말해도 고쳐지지 않는 것 같다. '그들은 내가 지금 내 몸 안에 있는 것과 틀리지 않게……' 이건 '다르지 않게'라고 해야 하고."

"네, 그런 것 같아요." 나는 조심스레 미소 지었다. "그러니까 아무리 말해도 고쳐지지 않는다고 하신 거요."

나의 미소는 응답을 받았다. 그는 기분이 좋은 것 같았다!

"로빈슨, 네가 쓴 언어는 귓가에서 덜거덕거려. 아무 생각 없이 그렇게 쓴 거니, 아니면 일부러 그런 거니?"

"그건 일부러 그런 거예요."

"그렇다면 별게 아니구나. 내가 나이를 먹는 게야…… 요즘 읽고 있는 책은 뭐니?"

"보니것을 조금 읽고 있어요."

"그래서 이런 미국적인 표현이 나오는구나. 그래도 이만하기를 다행이지. 『제5도살장』을 읽었니?"

"그걸 맨 처음에 읽었어요."

"그래서 죽음에 대한 이런 관심이 생겼니?"

"아뇨. 그건 몇 년 전부터였어요."

"그러면 이 소박한 작문은 픽션이니 논픽션이니?"

그런 생각은 해본 적이 없었다. 나는 어깨를 으쓱 추스르고 말했다. "제가 느낀 일들을 쓴 거지만 사건들은 제가 만들었습니다."

"그러면 픽션이라고 해도 좋겠구나. 로빈슨, 솔직하게 이야기하마."

"네?"

"이 작문은 상당한 가능성을 보여주고 있어."

이렇게 놀라울 데가. "고맙습니다."

"오해는 하지 마. 네가 문학적 천재라는 건 아니니까. 그런 것과는 거리가 멀지. 리들리, 윌슨, 카터 같은 아이들은 너하고 같은 학년인데 꾸준히 너보다 인상적인 글을 제출하고 있으니까."

그는 내 작문을 다시 집어 들고는 주르륵 훑어보았다.

"하지만 내 수업을 들은 뒤로 많이 늘었어."

그는 주머니에서 연필을 꺼내 글에 밑줄을 긋기 시작했다(그가 가지고 다니는 연필은 언제나 똑같은 연필인 것 같다. 언제나 끝이 뾰족한 몽당연필이다. 새 연필인 경우도 없고 끝이 무딘 경우도 없다. 하지만 그가 연필 깎는 모습을 본 사람은 아무도 없다. 그는 언제 새 연필을 쓰고, 또 그 몽당연필들은 언제 끝까지 닳아버리는 걸까?).

"'들판에 파묻힌' 이 말은 너무 상투적이라 빼는 게 좋겠구나. '죽은 몸들의 긴 줄'은 줄줄이 누운 시체들을 연상시키지만, '로빈슨가의 행렬'은 시체들이 촘촘히 줄을 선 모습을 연상시켜. 이미지가 충돌해서 효과가 감소되지……"

그는 한 문단씩 공격해 나갔다.

"……마지막 문장은 괜찮은 마무리지만 앞 문장과 너무 동떨어져 있어. 아마 별 의미 없는 접속사가 문제 같다. 너는 접속사로 문장을 시작하는 일이 많은데, 접속사는 현명하게 써야 해. 내가 볼 때 이 마지막 문장과 그 앞 문장은 좀더 확실한 내용으로 연결되는 게 좋을 것 같다."

어느덧 나는 의기소침해지고 반항심이 생겼다.

"무슨 말씀이신지 설명해주시겠어요?"

"그래, 한번 보자…… 이건 어떨까. '그 뒤로 죽음은 내게 현실적인 것이 되었다. 내 곁에 계속 존재하면서 내가 죽으면 시간이 어떻게 될지 궁금하게 만드는 어떤 것.'"

"그러면 더 유려하기는 한데 재미는 없어지는 것 같아요."

오지 선생님이 미소 지었다. "어쨌거나 나는 '하지만'과 '언제나'처럼 중복되는 표현을 뺐어. 그리고 '사람들이 이야기하는 주제에 그치지 않고'라는 힘없는 표현도 뺐고. 하지만 이 경우 논쟁의 여지가 있다는 건 인정하마. 어쨌거나……" 그는 손목시계를 보았다. "5분 뒤에 수업이 있다. 그리고 너한테 하고 싶은 말이 하나 더 있어." 그는 연필을 도로 주머니에 넣었다. "9월 이후 어떻게 할지 결정을 내렸니?"

나는 고개를 저었다. "전혀요."

"부모님은?"

"아버지는 취직하기를 원하시는 것 같아요."

"직접 말씀은 안 하시고?"

"긴 말씀은 없었죠."

"어머니는 네가 가장 원하는 일을 하라고 하시지?"

나는 웃었다. "네."

"아버지가 특별히 권하시는 직업은 있니?"

"공항에 일자리를 알아봐주실 수 있다는 식의 말씀은 있었어요. 아버지는 공항에서 수하물 관리 일을 하시거든요."

"그런 일에 마음이 끌리니?"

"아뇨."

"너한테 끌리는 건 뭐니?"

"그게 문제예요. 딱히 끌리는 게 없어요."

"공부를 계속하는 건 어떠니?"

"그것도 싫지는 않아요. 저는 학교가 좋아요. 그래도 똑같은 문제가 남아요. 어떤 과목을 공부할지, 그다음에 무얼 할지 모르겠어요."

오지 선생님은 일어섰다. "내 두 푼짜리 조언은 이렇다, 로빈슨, 앞으로는 더 말하지 않으마. 네가 6학년에 진급하겠다고 결심한다면 내 영문학 교실에 기쁘게 받아들이겠다. 너는 문학에 소질이 있고 안목이 발전하고 있다고 생각되니까. 내가 볼 때 너는 분명히 학교에 도움을 주는 학생이 될 거야. 그래서 네가 공부를 계속하는 쪽을 바라고 있어. 또 그게 얼마만큼의 가치가 있건 간에, 네가 인생길을 결정하기 전에 좀더 성숙하고 자기를 돌아보는 시간을 갖는 게 좋을 수도 있고. 네 경우는 어설픈 취직보다는 공부를 더 하는 게 도움이 될 거라고 생각한다."

나는 간신히 말을 내뱉었다. "말씀 감사합니다."

그는 다시 한번 그 상어 같은 미소를 지었다. "하지만 영문학 전공은 아주 어리석은 일이라는 말을 덧붙여야겠구나."

"네?"

"영문학을 공부하면 교사가 되는 것밖에는 별다른 자격이 생기지 않거든. 너는 가르치는 걸 좋아하니?"

"그런 것 같지는 않아요. 하지만 저널리즘 쪽은 생각해봤어요."

"신문이란 걸 한 번이라도 들여다본다면, 너조차도 저널리스트들이 영어에 대해서 거의 아는 게 없고 문학에 대해서는 백치라는 걸 알 수 있을 게다. 최고의 저널리스트는 다른 분야의 전문가들이지. 예를 들면 정치 —20세기의 종교인— 나 산업 같은 것 말이다. 네가 생각이 있다면 과학 연구의 기쁨을 누리거나 컴퓨터 기술의 오묘함에 빠지는 쪽이 더 좋을 거야. 그런 쪽은 잘하는 편이니?"

"과학은 좀 관심이 있어요. 하지만 잘한다고는 할 수 없어요."

그는 복도로 앞장서 나갔다.

"깊이 생각해서 내 조언을 받아들일지 말지 결정하기 바란다. 필요하면 다시 와서 상담해도 좋아."

그는 자신감 있는 걸음걸이로 성큼성큼 사라졌다. 그 모습은 언제나 내게 피로감을 안겨주는데 오늘은 얼얼한 느낌까지 전해주었다. 요트 사고, 고먼 부인, 배리, 이제 오즈번 선생님까지. 아침에 일어나기 전에 오늘의 운세라도 봐야 했을까?

하지만 몸속에서 흥분이 팽팽 울렸다. 무엇보다 오즈번 선생

님이 자신의 6학년 교실에 합류할 것을 독려——진실로 '독려'
——하는 일은 그리 흔하지 않다. 대개의 경우 그는 교실이 텅
빈다고 해도 너희는 안 받겠다는 식으로 말한다. 물론 거기 받
아들여졌다고 안심할 수는 없다. 그의 수업은 대개 열 명 안팎
으로 시작하지만 첫 학기가 끝나기도 전에 절반으로 준다. 일
부는 수업을 따라가기가 지적·정서적으로 힘들어서, 또 일부
는 즉각 추방의 형태로. 작년에 그의 수업을 그만둔 니키 블레
이드는 오지의 영문학 연구 수업을 일주일간 듣느니 차라리
KGB*에서 고문을 받겠다고 말했다.

　6학년에 올라가서 영문학을 공부한다는 생각은 전혀 해본 적
이 없었다. 하지만 집으로 걸어가는 동안 그 가능성을 가늠해보
았다. 그런 제안을 받는 건 분명 기분 좋은 일이었다. 그렇다고
내가 결심을 하는 데 무슨 도움이 된 것은 아니다. 유일한 결심
은 그날 저녁 배리에게 그 이야기를 해보겠다는 것뿐이었다.

---

* （옮긴이）구소련의 정보기관.

2부

한 번, 꼭 한 번 그대와 함께한 것이 발견되고서

그대의 모든 길탈이 나에게 덮어씌워졌도다.

———존 던

JKA 보고서

헨리 스펄링 로빈슨

9월 19일. 가정방문.

로빈슨가는 작고 낡은 집들이 있는 맨체스터 드라이브에 있다. 나는 그들이 사우스엔드에 이사 온 직후 그 집을 방문한 적이 있다. 로빈슨 부인이 고향을 떠난 여파로 몇 가지 문제가 있었기 때문이다. 그녀는 그동안 의지하고 살던 친지들과 멀어지면서 외로움과 스트레스를 겪었다.

집은 내가 마지막으로 보았을 때와 똑같았다. 단정하고 깔끔하며 관리가 잘되어 있다. 일주일에 한 번씩 대청소를 하고 1년에 두 번씩 안팎을 새로 칠하는 것 같아서 보는 사람을 조금 부끄럽게 만드는 그런 집이다.

작고 여윈 몸집의 로빈슨 부인은 지금은 아들 문제로 18개월 전에 만났을 때만큼이나 불안해했다. 의사는 부인이 재판이 끝날 때까지 견딜 수 있도록 최근에 신경안정제 처방량을 늘려주었다.

로빈슨 씨는 중키에 왜소한 골격이지만 약간 살집이 붙었고 머리도 약간 벗겨져 있다. 성격은 격한 편이다. 아직 북부 지방 말투가 남아 있는데 흥분하면 더욱 두드러진다. 그가 문을 열어주었다. 부모 모두 예의 바르고 친절하며 내게 도움이 된다면 무슨 일이든 하겠다는 태도를 보인다.

내가 집에 갔을 때 핼은 위층의 자기 방에 있었다. 처음에는 로빈슨 씨 혼자 이야기를 했다. 자신도 아내도 지금 벌어진 일을 이해할 수 없다고 했다. 법정에 나가면 핼이 지금 상태에서 깨어나 '정신을 차릴' 거라 희망했다고. "아이는 지금 좀비 같아요." 로빈슨 씨가 말했다. 화가 났다기보다는 당혹스럽고 또 지친 것 같았다. 로빈슨 씨도 로빈슨 부인도 핼에게서 아무 이야기를 끌어내지 못했다. 아들은 그저 대부분의 시간을 방에 틀어박혀 있거나 바닷가를 거니는 것 같다고 했다. 부모로서 그들은 당연히 핼의 건강과 미래를 심각하게 걱정하고 있다.

중간에 로빈슨 씨가 갑자기 이제 핼도 충격을 받을 때가 되었다고 말했다. 자신들이 지금껏 아이에게 너무 잘해주고 너무 무르게 대한 것 같다고. 나는 로빈슨 씨에게 핼은 이미 많은 충격을 받았다고, 우리가 할 일은 아이가 안정감을 찾고 말문을 열게 하는 것이라고 했다.

그런 뒤 핼이 체포될 때까지 무슨 일들이 있었는지 물었지만, 그들은 이미 보고된 것 이상의 어떤 사실도 알지 못했다.

그러고 나서 로빈슨 부인이 이야기를 시작했다. 부인은 핼이 다정하고 사려 깊은 성품으로, 오늘날 흔한 10대들과는 다르다고 했다.

아이는 똑똑하고, 아마도 그게 문제인 것 같다고 말했다. 자신과 남편은 핼이 하는 말을 반도 알아듣지 못해서 아이를 따라잡을 수 없다는 것이다. 그리고 상당히 강한 어조로 자신들은 사랑하는 아들을 위해 최선을 다할 것이고, 설령 무슨 일이 있었다 해도 분명 타당한 이유가 있었을 것이기에 아들의 편에 굳게 설 거라고 덧붙였다.

어느새 로빈슨 부인이 참지 못하고 울기 시작했다. 로빈슨 씨가 아내를 달랬지만 당황한 기색이었다. 약간 진정이 되자 부인은 자신이 볼 때 핼은 — 부부는 모두 아이를 헨리라고 불렀다 — 아직 친구의 죽음으로 인한 충격을 극복하지 못한 것 같고, 이상해 보이기는 하지만 아마도 그것이 핼이 표지에서 그런 행동을 한 이유가 됐을 거라는 의견을 전했다. "배리 코먼을 만난 뒤로 헨리는 많이 변했어요." 나는 그게 정확히 무슨 뜻이냐고 물었다. 부인은 자신도 잘은 모르지만 핼이 이야기를 하기만 하면 다 밝혀질 것 같다고 했다.

이야기를 하면서 로빈슨 부인은 내내 손으로 옷을 비틀었고, 말하는 게 너무 힘들다는 듯 무겁게 한숨을 쉬었다. 나는 부인을 달래기 위해서 화제를 돌려 핼이 이제 어떻게 하는 게 좋을 것 같은지 물었다. 로빈슨 씨는 한 가지는 분명하다고 했다. 계속 집에서만 뒹굴어서는 안 된다는 것이다. 그것은 핼에게도 아내에게도 아무 도움이 안 된다고. 그는 핼이 일자리를 구해야 한다고 생각했다.

로빈슨 부인은 자신은 어떻게 하는 게 좋은 건지 모르겠지만, 오즈번 선생이 핼에게 공부를 계속할 것을 권했다고 말했다. 로빈슨 씨는 오즈번 선생의 생각에 반대했다. 나는 오즈번 선생에 대해 물었다. 로빈슨 부인은 지난여름에도, 그리고 핼이 체포된 뒤에도 오즈번 선생이 많은 도움을 주었다고 했다. 지금 그들 부부는 학교와 만날 때마다 오즈번 선생에게 도움을 받는다고 했다. "교장 선생님은 늘 바쁘고 우리가 그분 시간을 축낼 수 없기" 때문이라고. 그 말을 듣자 오즈번 선생을 만나는 게 좋겠다는 생각이 더 확고해졌다. 나는 이미 22일 오전 10시 15분에 그와 약속을 잡아놓았다.

　　일단은 이 정도로 충분할 것 같았고, 이야기를 더 하면 로빈슨 부인이 감당하기 어려워 보였다. 그래서 나는 핼을 따로 만나도 되겠느냐고 물었다. 로빈슨 부인이 먼저 위층에 올라가서 핼에게 나를 방에서 만날 수 있겠느냐고 물었다. 핼은 좋다고 했다.

　　핼은 작은 손님방 하나를 서재 비슷하게 꾸며놓고 있었다. 책상과 책장은 잡동사니들로 직접 만든 것이었다. 낡은 휴대용 타자기도 있고, 고급스럽지만 오래 쓴 전축도 있고, 음반과 테이프도 꽤 많았다. 핼은 혼자 음악을 듣고 있다가 내가 들어가자 스위치를 껐다. 커트 보니것의 소설 『슬랩스틱』이 책상 위에 놓여 있었다.

　　대화를 원만하게 시작하기 위해서 나는 왜 보니것을 그렇게 좋아하느냐고 물었다. 그는 보니것의 인생관과 유머가 마음에 든다고 했다. 그리고 『슬랩스틱』에 나오는 농담 몇 가지를 읽어주었다. 나는 그 책을 안 읽었다고 말했다. 그는 지금껏 읽은 보니것의 책 가운데 이렇게 이해가 안 되는 책은 처음이라고 했다. 보니것이 무슨 말을 하려는 건지 도통 모르겠다고 했다.

나는 핼이 계속 책 이야기를 하게 부추겼다. 말하는 모습이 아무것도 감추는 기색 없이 자연스러웠기 때문이다. 아이는 표현력도 좋고, 부담 없이 말할 때는 상당히 열정적인 모습도 보인다(나도 핼과 나누는 대화가 즐거웠다. 이런 식의 면담은 나한테 익숙한 것이 아니다!).

핼은 갑자기 책 맨 앞의 한 구절을 내게 읽어주어야 한다고, 그게 모든 걸 요약하고 많은 걸 설명해준다고 했다. 그리고 그 구절을 읽었다(나는 그 책을 빌려 가지고 왔다. 그렇게 하면 아이와 우호적 관계를 맺는 데 도움이 될 것 같았고, 또 그 대목이 아이에게 큰 의미가 있으니 좀더 자세히 살펴보는 게 좋을 것 같아서였다). 보니것은 로럴과 하디 시리즈에 대해 쓰고 있었다. 핼은 그걸 TV로 즐겨 보는 모양이다.*

* (옮긴이) 로럴과 하디는 1920~40년대에 미국에서 활동한 코미디 듀오다.

그들의 영화에는 사랑이 거의 없다. 사랑이 주제가 된 적은 한 번도 없다. 내가 인생을 논할 때 사랑을 빼고 이야기하는 게 자연스럽게 느껴지는 것은, 아마도 대공황기에 어린 시절을 보내면서 로럴과 하디에게 중독되고 거기서 가르침을 받았기 때문인 것 같다.

그것은 나에게 중요해 보이지 않는다.

중요해 보이는 것은 무엇인가? 신뢰를 가지고 운명과 거래하는 것이다.

나는 사랑과 관련해서 얼마간의 경험이 — 어쨌거나 내가 볼 때는 — 있지만, 내가 가장 좋아한 것은 쉽게 말해서 '일상적 도덕감'이라고 할 수 있는 것이다. 나는 어떤 이들에게 얼마 동안 아니 어쩌면 상당히 오랫동안 잘해주었고, 그러면 그 사람들도 내게 잘해주었다. 거기 꼭 사랑이 관련되지 않아도 그랬다.

"바로 그거예요. 그게 핵심이에요." 핼이 말했다. 나는 그게 인생 전반을 말하는 건지, 아니면 지금 그가 처한 곤경을 말하는 건지 물었다.

그러자 핼은 물러서서 잠시 날카로운 눈초리로 나를 바라보았다. 나는 실수했다는 걸 깨달았다. 그는 다시 가벼운 태도가 되었다. "똑똑한 사회복지사 선생님은 어디 갔나요?" 그런 뒤에 체포와 관련된 이야기는 하지 않을 거라고 다시 한번 잘라 말했다. 나는 그에게 부모님이 걱정한다는 것과 그렇게 입을 다물고만 있으면 재판에 아무런 도움이 되지 않는다는 걸 납득시키려고 한동안 노력했다. 하지만 그는 더 이상 말하기를 완강하게 거부했다.

나는 핼에게 또다시 실수를 했다는 사실에 스스로 화가 났다. 하지만 이 사건은 내가 지금껏 다룬 사건들과 너무도 달라서 어떻게 하는 게 좋을지 알 수가 없다. 다음 주 토론 때 핼의 사건을 제출해야 할 것 같다.

22일 오후 2시 반에 내 사무실에서 핼을 보기로 약속함.

1

"버비야, 오늘 아침에 요트를 뒤집은 애가 왔구나." 그날 저녁 고먼 부인이 문을 열고 노래하듯 말했다. 흥분제를 먹은 안개경보 같다.

"들어오라고 해요."

그의 목소리가 부엌에서 카레 냄새에 실려 왔다.

고먼 부인이 앞장서 가면서 말했다. "버비는 참 나쁜 아이야. 오후에 가게에 나왔지 뭐니. 쉬는 날인데 말이야. 그러면 안 된다고 내가 늘 말하지. 한 주도 빼놓지 않고 계속 말해. 그렇게 일만 하다가는……"

"안녕." 내가 인사했다. 그는 식탁에 앉아 있었고 식사는 거의 끝나갔다.

"옷 고마웠어." 나는 빈 의자에 옷 꾸러미를 내려놓았다.

"그런데도 자꾸 일하러 나온다니까. 쉬는 날에!" 고먼 부인이 말했다.

"냄새 좋은데." 내가 말했다.

"너도 먹을래?"

"방금 먹었어. 어쨌든 고마워."

"일하러 나온다면 쉬는 날이 무슨 소용이야?" 고먼 부인이 식탁을 치우고 그릇을 수돗물 아래 딸그락거린 뒤 식기세척기에 포개 넣었다. "불쌍한 제 아버지보다도 나빠. 이 애 아버지는 노예처럼 가게에 묶여 있었거든. 20년 동안. 그러고는 어떻게 됐어? 죽었잖아." 부인은 나를 돌아보았다. "나는 네가 버비 친구라고 생각했어!" 그러더니 손가락으로 내 코끝을 톡톡 친 뒤 "그런데 이게 뭐야!" 하고 말했다.

나는 고먼 부인의 행동을 장난으로 여겨야 할지 어째야 할지 몰라 배리에게 눈빛으로 도움을 청했다.

하지만 배리는 희생양 앞의 코미디언처럼 말했다. "어머니 말에 대답해봐. 네가 내 친구냐고?"

내가 반문했다. "내가 네 친구야?"

"몰라." 그가 과장된 기색으로 말했다. "나는 그렇게 생각하는데 그 생각이 맞는 거니?"

"네가 그렇게 생각한다면……"

"……그러면 너는 내 친구가 맞는 거지. 어쨌거나 확실하게 말할 수 있을 것 같다……"

"……내가 네 친구라고."

"봐요, 어머니." 그가 두 팔을 앞으로 뻗으면서 말했다. "애도 우리가 친구라고 생각한대요. 나도 그렇게 생각하니까 우리는 친구가 맞아요."

고먼 부인은 경멸을 감추지 않고 콧방귀를 뀌었다. "대단한 친구로구나! 쉬는 날 함께 놀지 않고 친구를 일하러 보내다니. 놀고 쉬어야 할 시간에."

"애는 제가 가게에 가는 줄도 몰랐어요, 어머니. 약속이 있었다고요. 핼의 잘못이 아니에요."

"핼……?" 고먼 부인이 내게 온 관심을 돌렸다. 브론토사우루스가 노려보는 것 같은 느낌이었다. "'핼'이라고! 무슨 이름이 그래? 무슨 줄임말이니? 핼…… 핼리벗* 같은 거야? 물고기 이름을 사람 이름으로도 쓴다는 말은 들은 적이 없는데."

"셰익스피어한테서 나온 이름이에요, 어머니."

"셰익스피어? 셰익스피어 이름은 윌리엄이잖아. 핼리벗이라는 이름도 있었어?"

"왜 공연히 그러세요?"

"헨리 4세요, 고먼 부인."

"셰익스피어 이름이 네 개였다고?** 거창하기도 해라! 세번째 이름은 뭐였니?"

"그게 아니에요, 어머니." 배리가 참을성 있게 말했다. "핼은 헨리의 줄임말이에요."

---

* (옮긴이) 넙치.
** (옮긴이) 헨리 4세를 가리키는 'Henry the Fourth'는 '헨리가 네번째'라는 뜻으로도 해석될 수 있다.

"물고기 이름이 아니라니 다행이구나. 물고기하고는 비슷해 보이는 구석이 없는데 말이야." 부인은 젖은 두 손으로 내 머리를 잡고 이마에 빨판 같은 키스를 했다. "먹음직스러워 보이기는 한다만."

"어머니, 식사도 다 하셨잖아요." 배리가 식탁에서 일어나며 말했다. "그런데 지금 「카드를 선택하라」 할 시간 아니에요?"

"벌써? 세상에, 설거지도 안 끝났는데!"

"우리가 할게요. 그런 다음에 저하고 헬은 같이 영화 보러 갈 거예요, 괜찮죠?"

"그래, 그러럼. 재미있게들 놀아라." 부인이 나가자 갑자기 부엌이 두 배로 넓어진 것 같았다. "하지만 버비," 부인이 계단에서 안개경보 같은 목소리로 외쳤다. "외박하면 안 돼, 알았지?"

배리는 윙크하고 어깨를 으쓱해 보인 뒤 대답했다. "알았어요."

"그리고 헬……"

나는 부엌문 앞으로 갔다. 부인의 얼굴이 계단 난간 위에 둥실 떠 있었다. "네, 고먼 부인?"

"배리가 약속을 지키게 해주럼." 부인은 10메가헤르츠의 주파수로 속삭였다. "넌 버비 친구잖아. 그리고 착한 아이고. 아침부터 알아봤어. 너는 믿을 수 있어. 버비한테는 친구가 필요해. 버비가 알고 있는 어떤 녀석들은…… 버비를 나쁜 길로만 꼬인단다—"

배리가 내 뒤로 다가와서 어깨에 한 팔을 얹고 기댔다. 나는 처음으로 배리의 냄새를 맡고 깨끗한 몸의 온기를 느꼈다.

"어머니, 그러다가 프로그램이 다 끝나겠어요." 배리가 놀렸다.

고먼 부인은 입을 오므리고 우리를 바라보았다. "이제 나한 테 남은 건 배리뿐이란다, 헬." 부인이 말했다. "저 애 아버지는 ――"

배리의 손이 내 어깨를 눌렀다. 아무 말도 하지 말라는 신호.

잠시 침묵. 유리를 향해 날아가는 벽돌. 그러더니 고먼 부인 이 웃었다. 벽돌은 깃털 총채가 되었다.

"하지만 너희 둘이 함께 있으니 보기가 좋구나." 부인은 그렇 게 말하고 계단을 쿵쿵 올라갔다.

2

왜 저러시는 거지?

"신경 쓰지 마." 배리가 묻지도 않은 말에 대답했다. "내가 너 무 일에 매여 있다고 생각하셔서 그래. 어머니한테는 가게 일 이 노동이거든."

"너한테는 아냐?"

"말했잖아. 나는 가게 일이 좋아. 음악도 좋고 사람들도 좋아. 물건 파는 것도 좋고." 그러더니 일부러 탐욕스러운 미소를 지 어 보였다. "돈도 좋지."

"누군들?"

배리는 고먼 부인이 식기세척기에 포개 넣은 그릇들을 다시 정리했다. 그는 마법사처럼 동작이 날렵한 친구였다. 나는 도움이 되고 싶어서 이런저런 것들을 건네주었다.

"영명하신 오지 선생님은 어땠어?" 그가 말했다. "너의 빛나는 미래를 위해 마스터플랜을 펼쳐주시든?"

"그냥 나더러 6학년 영문학 교실에 들어오라는 말만 하셨어!"

접시들이 쩔그렁거린다. 뭔가 신경에 거슬린 모양이다.

"설마!"

"뭐 하러 거짓말을 해! 그러더니 곧바로 영문학은 나 같은 천재한테는 아무 소용 없을 거라고도 하셨어."

"정말 그렇게 말했어?"

"대강 그런 뜻이었어."

"교활한 사람!"

"왜?"

"뻔하잖아? 오지가 너한테 자기 6학년 교실에 들어오라고 했다며? 너는 그 흔치 않은 제안에 기분이 우쭐해졌겠지?"

"그래."

"그래 놓고 그 공부는 아무 소용이 없을 거라고 말한단 말이야. 너는 그 말을 듣고 '이분은 정직하시구나! 믿어도 되겠어'라고 생각했겠지?"

"그렇다고 할 수 있어."

"하지만 너한테 그런 말을 하는 건 '무단출입 금지'라는 표지판을 걸어놓는 거나 마찬가지야. 그러면 머리가 있는 사람은 누구나 거기 무단출입할 만한 게 있을 거라 생각하고 기회를 노리게 되지. 게다가 콩알만큼이라도 능력이 있는 사람은 무언가 하지 말라는 말을 들으면 즉시 그 일을 하게 되어 있어."

"그래서?"

"그러니까 그 사람이 너를 시험하는 거야. 경고를 했는데도 네가 미끼를 덥석 문다면, 정말로 그걸 원한다는 걸 알게 되는 거지."

"그건 좋은 거 아냐?"

"좋은 거지. 멋진 거야. 사도가 한 명 더 늘어나니까."

"아, 이제야 충격이 느껴지는군."

"그 사람이 워낙 유머가 충만하잖아. 하지만——오지 말은 다 사실이야, 바보야!"

"영문학에 미래는 없다?"

"그래, 바로 말했어."

"그 말을 한 건 선생님이지. 나는 아직 마음을 못 정했어."

"아, 사나운 북방 족속이여! 그리도 강하고 그리도 독립적이구나!"

나는 그에게 행주를 던졌다.

"너희 남방 족속은 한바탕 웃음거리일 뿐이야." 내가 말했다.

그는 얼굴에서 행주를 떼어내 들고 식탁을 돌아 나에게 다가왔다. "성미가 보통이 아니시군." 그러면서 내 허벅지를 향해 행주를 후려쳤다.

나는 식탁을 빙글 돌아 행주를 피하고 의자를 방패처럼 움켜 잡았다.

곧 우리는 놀이터의 아이들처럼 킬킬댔다.

"함부로 던지지 마." 내가 말했다. "이 중요 부위는 앞으로도 써야 하니까."

"그걸 쓸 일은 내가 더 많을걸." 그가 말했다.

"나한테 하고 싶은 말 있어?" 내가 젖은 행주 공격을 의자로 막으며 물었다.

"별건 없어." 그가 말했다. "하지만 우리가 친구가 될 거라는 생각을 했어."

"어쩌다 그런 생각을 하게 된 거지?" 내가 말했다.

그는 갑자기 공격을 포기하고 행주를 내 얼굴로 던졌다. 의자를 내리고 행주를 치우니 그가 나를 빤히 바라보고 있었다.

"아니야?" 그가 물었다.

나는 한참을 달려온 것 같은 느낌이 들었다. "너는 말을 수수께끼처럼 해." 내가 말했다.

그는 돌아서서 식기세척기의 스위치를 올렸다.

"너만 좋다면 집에 계속 있어도 돼. 그러니까 영화 안 봐도 된다고."

그가 등을 돌리고 있는 게 다행이었다. 정직한 표정을 짓기가 점점 어려워졌다.

내가 말했다. "영화 보러 가는 쪽이 더 좋아."

"신문에서 지금 상영작들이 뭐가 있는지 봐." 그는 부엌문을 향해 가면서 말했다. "나는 화장실 좀 갔다 올게."

그는 도망치듯 달려 나갔다.

3

내가 이 일을 어떻게 받아들였는지 아는가? 마법의 콩이 '반품 보증' 문구를 달고 진열대에 나타난 것 같았다. 그래서 갑자기 5,000미터를 질주한 것 같은 증상이 나타났다.

이번 주 상영작 목록이 눈에 잘 들어오지 않았다. 머릿속에서는 드럼이 하드록 리듬을 두드리고 가슴속에서는 $C_9H_{13}NO_3$*가 차올라서 두 눈이 고동치듯 불끈거렸다. 그건 놀라운 일이 아니었다. 나의 리듬 방망이가 힘을 받고 있었다.

내가 잘못 짚은 것일 수도 있었다. 그로 인해 흥분은 더 커졌다. 틀릴 가능성이 있는 일은 언제나 그렇다.

이런 상태로 제복을 빼앗긴 성가대 소년처럼 두 손을 앞에 모은 채 사우스엔드의 인파를 뚫고 극장에 가야 할까? 나는 똑바로 서 있기도 어려웠다. 이래서는 아무것도 할 수 없다.

그래서 세 번 심호흡을 하고 외성기를 엄숙하게 다스리고 눈을 재정비하니, 그제야 신문이 초점에 들어왔다.

"포르노 아니면 SF." 그가 돌아오자 내가 말했다. 그사이에 얼마간의 평정이 회복되었다. "두 가지 중에서 골라야 돼."

---

* (옮긴이) 아드레날린.

"나는 SF." 그가 마지막으로 부엌을 둘러보면서 말했다. "포르노는 이미 머릿속에 가득해서 따로 볼 필요가 없어."

4

그는 집 앞에 멈추어 섰다.

"네가 괜찮으면 오토바이를 탈 수도 있어. 나한테 스즈키가 한 대 있거든."

"나는 상관없어."

"그냥 걸어가자. 헬멧이 하나뿐인 데다 시내에 나가면 경찰이 귀찮게 구니까. 오토바이를 타면 전부 폭주족인 줄 알거든. 하지만 네 헬멧도 하나 사두어야겠다."

"내 걸? 어디 갈 데가 있어?" 내가 말했다.

"만들면 있지." 그가 말했다.

우리는 시내 방향으로 해변 산책로를 걸었다. 밀물이 들어서 해수욕객은 드물었다. 하지만 바다를 보러 나온 사람은 많았다. 폭풍 뒤의 날씨는 서늘하고도 온화했다.

"그러니까 너는 오지한테 인생을 갖다 바치려고 하는 거지?" 얼마 후에 배리가 말했다.

"말했잖아. 아직 마음을 못 정했어." 내가 말했다.

"그렇게 될 거야."

"어떻게 알아?"

"네 여윈 얼굴은 예술 쪽에 가까워 보여."

"칭찬인지 뭔지 모르겠는걸."

"어쨌건 9월까지는 여유가 넘치겠네."

"아버지가 그냥 두시지 않을 거야."

"돈을 벌라고 하시는구나."

"아르바이트라도 하라고 하셔."

"맞는 말씀이야. 학생 놈들은 게을러터졌거든!"

"네, 할아버지!"

"아까 네가 간 다음에 그 생각을 했어."

"빠르기도 하셔라. 나는 아직 아버지 될 생각도 안 했는데."

"하하." 그가 웃었다. "유머 감각 죽이네. 내 말은 네가 게으르다는 거 말이야. 그런데 네가 하고 싶은 일은 뭐야?"

"다 좋고 다 싫어."

그는 걸음을 멈추더니 산책로 가장자리 난간 밖으로 몸을 내밀고 바다를 내다보았다.

"월화수, 4시부터 6시까지, 토요일 종일 어때?"

나는 머리가 둔해서 그게 무슨 말인지 이해하지 못했다.

"어디서?"

"고먼 레코드점이지."

이건 정말로 기습이었다.

"농담하는 거야?"

"가게를 보고, 물건을 정돈하고, 손님들을 상대하고 그런 일이야."

"왜?" 나는 그를 가만히 바라보았지만, 그는 내게 고개를 돌리지 않고 전망만 내다보았다.

"사람이 필요하거든. 어머니는 경리 일에는 귀신이지만 다른 일에는 기대할 수가 없어. 오후 늦게가 가장 바빠. 새 음반을 듣고 싶어 하는 사람들은 대개 젊은 친구들이고 어머니는 그런 사람들을 감당하지 못해서. 토요일은 최악이지. 나 혼자는 버거워."

나는 잠시 아무 말도 하지 않았다. 그리고 배리 옆의 난간 밖으로 몸을 내밀고 바다를 바라보았다. 머릿속에 빛이 퍼지는 느낌이 들면서 또 한 번 유사한 증상이 나타났다. 그가 원하는 게 가게 조수일 뿐이라면, 직업소개소에 가서 적성도 맞고 경험도 있는 사람을 얼마든지 찾을 수 있을 것이다.

다시 시내를 향해 걷기 시작했을 때 내가 말했다. "나는 가게 일을 해본 적이 없어."

"금방 배울 수 있어."

"하지만 너네 어머니 말씀도 들어봐야 하잖아."

"아까 못 들었어? 너를 믿으신다잖아. 이유는 모르겠지만 말이야! 어쨌건 전적으로 찬성하실 거야."

"생각해볼게."

"튕기지 말고 그냥 한번 해봐." 그가 팔을 잡아 나를 자기 앞에 돌려세웠다.

나는 강요당하는 것 같아 불편해졌다. 그게 배리의 가장 큰 단점이었다. 무언가를 원하면 얻을 때까지 밀어붙였다. 마음대로 되지 않으면 삐치고 뚱해지고 심술을 부렸다. 그때는 그걸 몰랐지만 알았다고 해도 상관하지 않았을 것이다. 어쨌건 나는 재촉당하고 싶지 않았다.

내가 말했다. "배리, 말했잖아. 시간을 달라고. 마음의 준비가 돼야 무슨 일이라도 하지."

"알았어, 알았어, 진정해!"

"네가 지금 나한테 일자리만 제안하는 건 아니지?"

"너는 잘할 거야. 천부적이라니까. 그냥 많이 웃고, 예의 바르게 행동하고, 흥분하지 않으면 돼. 필요한 건 그게 다야. 정말이야. 손님들은 널 좋아할 거야."

"내 말은 손님들 이야기가 아니야."

"그럼 뭐야?"

"이거 진실 게임이야?"

배리는 다시 걷기 시작했다. "네가 그렇게 생각하고 싶다면."

"좋아. 문제는 너야. 내가 생각하는 문제는."

"내가 문제라고! 내가 뭘 했길래?" 그리고 과장된 익살!

"배리, 그만해. 알면서 왜 그래. 너는 지금 너무 재촉하고 있어."

"뭐 하러 시간을 낭비해?"

"말했잖아. 나한테는 생각할 시간이 좀 필요하다고."

"좋아, 좋아. 더 이상 말 안 할게. 하지만 한번 해봐. 며칠만이라도? 일주일은 어때? 우리는 훌륭한 팀이 될 거야."

"내일 말해줄게."

"좋아."

5

모든 일에는 어떤 순간이 있다. 돌이킬 수 없는 지점, 한 걸음 더 내디디면 다시 돌아올 수 없다는 걸 아는 순간. 지금 나는 그것을 안다. 그때 배리를 통해 알게 되었다. 언젠가 오지 선생님이 내게 시구절 하나를 보여주었다. 그 구절이 압축적으로 말해준다. 그것은 오지 선생님이 나더러 계속 읽어보라고 하는 T. S. 엘리엇의 장시 「황무지」의 한 대목이었다. 그 내용은 다음과 같다.

> 한순간의 굴복이 가진 무시무시한 힘은
> 한 시대의 분별로도 돌이킬 수 없도다.

그런 일은 "그래" 하는 한마디 말이 얼마든지 우리 인생을 바꾸어놓을 수 있는 순간에 일어난다. 가슴속이 울렁거린다. 적어도 나는 그렇다. 머릿속에서 두뇌가 녹는다. 입속의 혀는 상피병에 걸려 당장 목을 막아버릴 것 같다. 입은 강직되어 벌어지지 않고 손에선 쥐가 난다. 하복부가 긴급 설사를 예고해서 화장실을 찾아 고개를 두리번거린다. 하품이 잦아지고 히죽거리는 웃음, 말 더듬, 킥킥 웃음, 딸꾹질, 전율, 오한, 안면 경련도 잦아지고, 사람들 앞에서 긁기 민망한 곳이 가려워지고, 느닷없이 방귀가 터져 나온다.

모험을 하려고 한다는 이유만으로 내 몸이 나에게 선전포고를 하는 것 같을 정도다. 물론 여기 위험한 일은 없다. 내가 그 사람을 어떻게 생각하는지, 그에게 무엇을 원하는지, 그 사람이 나에게 뭘 원했으면 하는지 처음 털어놓는 것만으로는.

내가 그렇게 느끼는 건 아는 것이 힘이기 때문이다. 누군가 나를 알게 되면——그에 대한 내 진짜 감정을 알게 되면——, 내가 스스로를 밝히면, 그들은 나를 알고 장악하게 된다. 나에 대해 소유권을 갖는다. 나는 내가 다윗과 요나단을 알기 시작한 무렵 성경에서 발견한 구절처럼 그들의 손에 들어가게 된다.

마법 콩의 소년들은 이런 일에 대해 이야기하지 않았다. 피 흐르는 손을 잡고 영원한 우정을 맹세할 때 서로의 눈을 바라보면서도 정신이 혼미해지지 않았다. 안타깝게 덧붙이자면, 다윗도 요나단이 자신을 그의 영혼처럼, 또 여자의 사랑을 뛰어넘는 방식으로 사랑해주기를 바라는지 어떤지 생각해보는 데 24시간이 필요하지 않았다. 만약 필요했다 해도 그런 말을 하지 않았다. 그런 일을 비난할 수는 없다. 그것은 교지에 실을 만한 일도 아니고 방과 후 귀갓길에 수다 떨 만한 일도 아니다. 하물며 성경 기자에게 고백해서 후세에 기록으로 남길 만한 일은 더욱더 아니다. 영웅은 그렇게 약한 재료로 만들어지지 않는다. 영웅은 우유부단해서는 안 된다. 매력 덩어리가 다가와 친구가 되자고 했다고 설사 따위를 해서는 안 된다. 그런 일이 알려지면 누가 그들을 영웅이라 믿겠는가?

어떤 영웅도 아닌 나는 그날 저녁 영화관에 들어가 그 암흑의 고치 속에 앉게 된 게 기뻤음을 인정한다. 공공장소 안의 사적 공간. 표 한 장의 값을 치르고 결과가 있는 현실을 결과가 없는 현실과 교환하는 일. 그곳은 4채널 심장박동의 자궁이고, 그 점막 위로 미래 세계의 영상이 감질나게 꼬물거렸다.

내 곁에는 태중 친구가 샴쌍둥이처럼 어깨, 팔, 허벅지, 무릎을 붙이고 있다. 지금은 이 정도 거리로 충분하다. 휴식하는 데는 충분하다. 정지 영상, 개봉 임박 작품의 스틸 사진 같다.

모든 사람은 이따금 휴식이 필요하다.

나는 하루치로는 충분하고도 넘치는 현실을 겪었다. 영화 속 허구야말로 내가 원한 것이었다. 나는 잠시 관객이고 싶었다.

그리고 그걸로 그날 하루가 끝났으면 좋겠다고도 생각했다. 영화를 보고 집으로 돌아가서 그날 하루를 편안히 마무리하면 좋겠다고.

하지만 인생은 그렇게 되지 않는다.

나는 '술꾼'을 고려하지 못했다.

그리고 배리에 대해서도. 그는 포기할 줄을 몰랐다.

언제고.

6

곳: 사우스엔드 하이스트리트

때: 22시 45분. 목요일, 여름.

등장인물: 북적이는 휴가 인파, 대체로 젊고 건강하며, 문명화된 호모사피엔스를 다른 짐승들과 구별해주는 유쾌한 예의를 갖추고 있다. 경쟁 패거리 집단들의 조롱이 늦은 밤 분주한

거리 위로 날아다닌다. 그들은 이따금 여기저기 유리창을 깨는 방법으로 바다에 인접한 이 놀이터에 대한 애정을 표현한다. 이곳은 그들에게 집 바깥의 집이다.

영화관을 나온 배리와 나는 이 즐거운 무리 틈을 비집고 보행자 구역을 지나서 철교 아래를 지난 뒤, 부두다리로 이어지는 하이스트리트 한구석에 이른다. 교통이 매우 번잡한 그곳 타일러스 대로 모퉁이에서 우리 앞에 '술꾼'이 비틀거리며 나타난다. 그의 얼굴은 무언가에 집중한 듯 멍한 표정이고, 헝겊 인형 같은 몸은 체내에 음주측정기를 주저앉힐 만한 알코올이 들어 있음을 알려준다. 그는 무슨 의도가 있는 것 같지만, 그게 무엇이건 간에 술이 그것을 불러일으키는 동시에 실행할 힘을 빼앗아가고 있다.

그는 알아서 척척 길을 비켜주는 행인들 틈을 지나 비틀비틀 보도 경계석까지 이른다. 자신의 행동이 어떤 위험을 불러오는지 생각해볼 틈도 없이 그는 고요한 수영장으로 다이빙하는 사람처럼 도로 위로 머리를 들이박는다.

다행히 교통은 장례 행렬처럼 느리게 움직인다. 술꾼은 고꾸라져서 자동차 두 대 사이에 널브러진다.

끼이익, 브레이크 소리. 빵빵, 경적 소리. "밟고 지나가버려!" 유쾌한 휴양객들이 건너편에서 농담을 한다.

사람들은 무슨 일이 있었냐는 듯 하던 일을 계속한다. 실제로 그 시간대 사우스엔드 하이스트리트에서 벌어지는 일을 생각해보면 그건 전혀 별일이 아니다.

하지만 배리는 도로로 달려가서 술꾼을 일으켜 세우고 보도로 끌어 올린다. 나도 배리를 도와 술꾼을 일으켜 세운다.

"수영할 거야." 술꾼이 허우적거리며 말한다. 그 동작은 우리의 손을 빠져나가려는 움직임으로도 보이고 자유형 팔동작을 하는 것으로도 보인다.

"여기서는 수영 못 해요." 배리가 말한다.

"이 사람을 어떻게 할 거야?" 내가 배리에게 묻는다.

술꾼에게서는 퇴비 같은 냄새가 나고, 나는 이런 인간 가스 공장 곁에 오래 머물고 싶지 않다.

"안전한 곳에 데려다줘야지."

"시체 안치소는 어때?"

"말끝마다 죽는 이야기야."

"냄새도 안 나? 벌써 썩고 있어."

술꾼은 공의 움직임을 한 박자 늦게 따라가는 테니스 경기 관객처럼 대화를 듣다가 말한다. "물이 빠졌어?"

"빠졌어요." 배리가 말한다.

우리는 다시 그를 움직이려고 하며, 아기와 술꾼은 신이 보살펴준다는 통설을 새로이 시험해본다.

"나 레이에서 수영해야 돼." 술꾼이 말한다. ◆

◆ 아직 사우스엔드에 와보는 기쁨을 누리지 못한 사람들을 위해서 레이를 설명해보겠다. 레이는 이 해변 휴양지에서 상당히 중요한 지형이다. 사우스엔드에서는 조수가 멀리 밀려 나간다. 어떤 이들은 하구 건너편까지 밀려 나간다고 한다. 어쨌건 조수가 빠져나가면 지역 주민들, 특히 젊은이들의 놀이가 시작되는

"집이 어디예요?" 배리가 큰 목소리로 천천히 말한다. 귀먹은 사람이 아니라면 아기나 외국인 그리고 주정뱅이에게만 쓰는 말투다.

"애크니." 술꾼이 잠깐 생각해보고 말한다.

"기차 타고 집에 가야 하잖아요?" 배리가 말한다. '곤경에 놓인 아이를 달래는 어른'의 말투다.

술꾼은 배리의 웃음 띤 얼굴을 향해 술에 젖은 기묘한 웃음을 짓는다(이럴 수가, 배리는 지금 이 일을 즐기고 있어! 나는 생각했다). "기차 보내버려." 그는 장난꾸러기 소년처럼 말하고 킬킬 웃는다.

"하, 참!" 나는 냉정이 흔들리는 것을 느끼며 말한다. "이러다가는 밤새 여기 있게 될 거야. 그냥 두고 가자. 왜 신경을 쓰고 그래?"

"그냥 두고 가면 다칠 거야. 봤잖아."

데, 바로 물러간 물결이 남긴 갯벌 흙 속을 700~800미터 걸어서 레이거트Ray Gut('가오리 창자'라는 뜻―옮긴이)라는 절묘한 이름이 붙은 깊고 물살 센 수로까지 가는 것이다. 여기서는 오직 용감한 사람과 어리석은 사람만이 수영을 한다. 물살이 위험할 만큼 세기 때문이다. 사람들은 모두 그보다는 모래도 섞이고 질척거림도 덜한 레이뱅크 쪽으로 가서 진흙 가득한 소풍이나 술 파티를 벌이고(그리고 짐작하겠지만 그 밖에도 여러 가지를 하고) 다시 진흙 속을 걸어 돌아온다. 자칫 출발이 늦었다가는 빠른 속도로 밀려드는 조수 때문에 모래 둑에 갇혀 있다가 익사할 가능성도 있다. 그러므로 이 소풍에는 상당한 스릴도 있다. 술에 취해 그곳에 가는 것은 그리 현명한 일이 아니다. 하지만 현명한 취객이라는 말을 들어본 적이 있는가?

"그러거나 말거나!" 나는 이런 말을 한다는 데 답답함을 느끼며 말한다. "자기가 자초한 일이잖아. 자기 힘으로 해결하라고 그래."

기억하고 있겠지만 이런 이야기를 하는 동안 우리 곁에는 사람들이 바쁘게 지나간다. 도로에서는 자동차들이 우리 두 사람을 위협하며 지나간다. 밤이다. 나는 피곤하다. 사람들 말대로 너무 긴 하루였다.

"아까는 그런 말 안 했잖아." 배리가 쏘아붙인다. "아침에 내가 너를 도와주었을 때는."

나는 생각한다. 첫 싸움. 이렇게 기쁠 수가!

"아, 고마워!" 나는 최대한의 냉소를 담고 그 위에 분노를 약간 얹어서 말한다. "갤러해드 경*이 또다시 구조를 와주셨군요. 정말 멋져요!"

배리가 나를 노려본다. 술꾼은 다시 메트로놈처럼 흔들린다.

배리가 말한다. "나한테는 이 사람이 술 취한 거랑, 욕조에서 오리 인형도 제대로 못 띄우는 네가 혼자 남의 요트를 타고 나간 일이 그렇게 달라 보이지 않아."

나는 할 말을 잃는다. 그리고 분노, 불쾌감, 원망, 상심, 서글픔, 좌절, 무력감, 초조함 속에서 주제 파악의 과제를 떠안는다. 그래서 뚱해진다.

내 인생은 얼마나 풍요로운가. 이 모든 것이 한순간에 일어

* (옮긴이) 아서왕 전설의 용맹한 기사.

난다.

"술 마쉬자." 술꾼이 말한다.

"늦었어. 이제 술집도 다 문 닫았어." 배리가 이제 '무뚝뚝한 어른'이 되어 말한다.

"아냐." 술꾼이 '고집불통 아이'가 되어 말한다. 그는 다시 우리의 손을 빠져나가려고 한다. 우리는 보도에서 까치발 탱고를 추다가 가게 앞에 부닥치고 나는 계단에 정강이를 긁힌다. 통증이 화를 돋운다.

"네가 어떻게 생각하건 상관 안 해." 내가 소리친다. "이런 장난은 그만하고 싶어."

"너는 가! 내가 알아서 할 테니까." 배리가 말한다.

그가 알아서 할 거라는 걸 나는 안다. 그 강하고 유능한 손길이 싫어진다. 그날 나는 그 손길을 종일토록 겪었다.

7

바로 그 순간, 길 건너편 인파 속에서 순찰 중인 '청색 제복'이 보인다. 모자에 달린 배지가 네온 빛에 반짝인다. 가슴에는 무전기가 반짝인다. 새로운 구원의 기사다.

"기다려." 나는 배리에게 말하고 그가 말릴 틈도 없이 얼른 자리를 떠난다. 오늘 하루 중 처음으로 능란한 문제 해결 솜씨를 발휘할 기회다.

"경찰관님, 여기 좀 도와주세요." 나는 목소리에 최대한의 준

법정신을 담아 말한다.

"꼭 필요한 일이 아니라면 사양합니다." 경관은 사실은 농담이라고 말하는 듯 살짝 웃는다. 경찰서 매점의 생활은 폭소가 일상인 모양이다. 아마 나는 경찰이 되어야 할지도 모르겠다(물론 나는 이 직업도 권유받았다. 교장 선생님은 자신이 볼 때 지금 영국에서 번성하는 것은 범죄뿐이니 경찰은 장래가 유망한 직업이라고 했다. 그러나 용감한 오지 선생님은 그런 논리라면 범죄단에 가담하는 게 더 유망하다는 결론이 나온다고 지적했다. 교장 선생님은 쓴웃음을 짓고 화제를 돌렸다. 사회학을 전공한 교장 선생님은 언어에 약하고 논리는 가망 없는 수준이다).

나는 청색 제복에게 선의를 보여주려고 가벼운 미소를 짓고 말한다. "저기 취객이 있는데요, 자꾸 차도로 뛰어들려고 해요. 저 사람을 안전한 곳으로 데려가주실 수 있나요?"

"아니, 안 돼." 청색 제복은 내가 강력 박하 향으로 그의 구내염이라도 덧낸 것처럼 숨을 흡 빨아들인다. "그런 일은 도와줄 수가 없겠는걸."

"하지만 그냥 두면 사고가 날 거예요. 우리가 밤새 옆에 있어 줄 수도 없고요."

"내가 너라면," 경관이 비밀이라도 털어놓듯 말한다. "네 친구를 해변에 데려다 놓겠다. 거기서 잠을 자게 말이다."

"그 사람은 제 친구가 아니에요. 그냥 취객일 뿐이에요."

청색 제복은 놀라움을 표시한다. "그 사람이랑 같이 있다고 하지 않았니?"

"그래요, 하지만……"

"그렇다면 당연히 친구가 맞지. 친구들이 옆에서 돌봐주고 있는데 술 좀 취했다고 시민을 체포할 수야 없지. 그런 걸 기소장에 어떻게 쓰겠니?"

나는 처음으로 카프카의 『소송』이 이해된다. 내가 말한다. "하지만 우리는 친구가 아니에요. 어쩌다 보니 그 사람이 차에 치여 죽는 걸 막아주었을 뿐이에요. 꼭 친구 사이여야 그런 일을 하는 건 아니잖아요."

"그야 그렇지만 그래도 우정 어린 행동임은 분명하지. 게다가 그 사람이 죽지도 않았잖아."

"그건 우리가 살려주었기 때문이죠."

"그렇구나. 하지만 그렇다는 증거는 없지?"

셜록 홈스가 여기 있었다.

"좋아요." 내가 말한다. "그러면 이렇게 말하죠. 우리가 어떻게 하면 좋을까요? 그 사람을 그냥 내버려 둬서 다시 도로로 뛰어들게 할까요?"

청색 제복이 내 팔을 잡는다. 그리고 내 귀를 향해 고개를 숙이고 말한다. "학생, 이제 솔직하게 말할게."

우리의 훌륭한 경찰이 솔직하지 않을 때도 있단 말인가? 그걸 이제야 알게 되다니! 이제 어떻게 해야 인간 영혼의 본바탕이 선량하다는 믿음을 회복할 수 있을까? 밤이 너무 잔인해져 간다.

나는 어떤 충격적인 진실이든 들을 준비를 갖춘다.

"젊은 친구," 경찰관이 말한다(호칭이 학생에서 젊은 친구로 바뀐다). "네 친구를 체포하면 경찰서로 데려가서 기소하고 가두어야 해. 그런데 내가 자리를 비운 사이에 여기 진짜 악당이 나타날지도 모르는 일이야. 그리고 네 친구를 법정에 세우려면 나는 오늘 밤 야간 근무를 해놓고도 내일 아침 일찍 일어나야 해. 이 친구 재판 일을 하다 보면 오전이 훌쩍 지나갈 텐데 내일 오전은 내가 비번이거든. 그러니 네 친구가 술기운이 좀 있다지만 네가 잘 돌봐주고 있는데 내가 분란을 일으킬 필요가 어디 있겠니? 취객을 보는 대로 체포한다면 나는 일을 끝내지 못할 게다."

오늘 밤 나는 풍선 같다. 한순간 부풀어 올랐다가 다음 순간 푹 꺼지는. 다시 한번 바람이 빠져나간다.

"그렇다고 그냥 두고 갈 수는 없잖아요!" 내 목소리에는 이제 처절함이 깃든다. 게다가 청소년기 특유의 째지는 소리까지 비어져 나온다. "그러면 차에 치여 죽을 테고 경관님한테 더 큰 문제가 될 거예요. 그 사람은 걷는 건 고사하고 서 있지도 못해요. 그러니까 해변까지 끌고 갈 수도 없다고요."

"그러면 해결책을 알려주마, 애야." 순경이 말한다. 이제는 '애야'가 되었다! "하지만 이건 비밀이다. 누가 물으면 나는 아무 상관 없는 거다."

"좋아요. 계속 이러고 있을 수는 없으니까요."

"네 친구를 저기 클리프타운 로드 모퉁이로 데리고 가렴."

"그렇게 하는 것만으로도 힘들 거예요. 그리고 그 사람은 제 친구가 아니라니까요."

"그래도 해낼 수 있을 게다. 내가 5분 후에 그리로 가마."

내가 돌아갔을 때 배리는 술꾼을 가게 유리창에 기대 세운 채 붙들고 있었다.

"배 타러 가자." 술꾼이 말한다. "물이 들어왔을 거야."

배리가 나에게 말한다. "뭐 하러 경찰한테 이야기하고 난리야?" 유리가 미끄러워서 배리는 '우리 친구'를 잡고 있느라고 안간힘을 쓴다.

"도움 좀 받으려고 한 것뿐이야." 내가 날카롭게 말한다. "이 악취 덩어리를 클리프타운 로드까지 데리고 가야 돼."

"왜? 경찰에 넘기려고?" 배리가 묻는다.

"넘기고 싶어도 못 해. 경찰은 우리를 그렇게까지 도와주지 않아."

술꾼이 부끄러운 미소를 짓는다. "저기," 그가 비밀을 털어 놓듯 슬며시 웃으며 우리 둘 모두에게 기댄다. "재미난 일이 있어."

"그게 뭔데?" 배리가 꾹 참으며 말한다.

"나 오줌 쌌어!" 술꾼이 축구 도박이라도 이긴 것처럼 의기 양양하게 통보한다.

"잘했어, 친구." 우리 친구보다 몰골이 더 나아 보이지도 않는 사람이 지나가며 말한다.

배리가 크게 웃는다. "수영하러 가겠다더니!"

"그랬지!" 술꾼이 말한다. 그러더니 두 사람은 그 말이 20세기 최고의 유머라도 되는 양 함께 웃는다.

"제발 보내버리자." 내가 말한다.

배리가 정색한다. 그의 행동은 점점 술꾼만큼이나 예측이 불가능하다. 어쩌면 우리가 들이마시는 공기 속 술기운 때문인지도 모른다.

"그만 좀 투덜거려." 그가 말한다. "왜 그러는 거야? 네가 다치기라도 해? 어디 갈 데라도 있어? 그래, 가고 싶다면 가. 신경 안 써."

나는 칭얼거리듯 말한다. "도대체 왜 이 사람한테 이렇게 신경 쓰는 거야?"

"이유가 궁금해?"

"그래, 젠장!"

"왜냐하면 이 사람은 도움이 필요하니까. 그리고 우리가 옆에 있었으니까. 다른 누구도 알고 싶어 하지 않았으니까. 재미있으니까. 신경 쓰고 싶었으니까. 그렇게 하고 싶었으니까. 이 사람이 좋으니까! 됐어? 이제 마음에 드니? 산상수훈이라도 해줄까? 이 사람을 클리프타운 로드에 데려가 말아?"

우리는 그를 클리프타운 로드로 데리고 갔다. 불협화음 속에서. 행인들의 놀림감이 되면서. 지독한 냄새를 풍기면서. 하지만 어쨌건 거기 도착했다.

8

그날 밤 나는 알게 됐다. 우리의 자부심이 달걀 껍데기만큼 허약하다는 걸 깨닫는 데는 오줌을 질질 싸는 취객과 멀쩡한 정신으로 동행하는 것만 한 게 없다는 것을.

나는 나도 모르는 새 시내의 비교적 멀쩡한 화장실에 적힌 낙서를 떠올리면서 그걸로 스스로를 위안하고 있었다.

현실은 알코올 결핍이 빚어내는 환상이다.

나는 마신다. 그러므로 나는 존재한다. 나는 취했다. 그러므로 나는 존재했다.

죽음 전에 삶이 있는가?

이 가운데 마지막 낙서가 경찰과의 회합 장소로 비틀거리며 가는 내게 특히 큰 기쁨과 용기를 주었다.

9

우리의 친절한 지역 순찰 경찰관은 10분 늦게 나타난다. 경찰 시간이라는 걸 엄수하는 모양이다.

그는 아무 말도 하지 않고 길 아래쪽에 있는 기차역 입구를 향해 플래시를 세 번 흔든다.

택시가 우리 앞에 미끄러져 와서 선다.

"늘 가는 곳." 청색 제복이 운전사에게 말한다.

"토하는 건 아니겠지?" 우리가 '우리 친구'를 안에 밀어 넣을 때 운전사가 말한다. "그런 걸 치우고 싶지는 않아."

청색 제복은 규칙적인 걸음으로 천천히 멀어진다. 그의 눈에는 택시와 우리 비틀거리는 삼총사가 아오라 행성의 26차원에 있는 것처럼 보이는 것 같다. 태만한 공무원은 보고 싶은 것만 본다. 아니면 넬슨 제독의 정신을 발휘하는 것인가? 고맙지만 오늘 밤은 안 되겠어, 하디.*

10

"만약 토하면 창밖으로 그 사람 머리를 빼줘." 우리가 자리를 잡고 앉자 택시 운전사가 말한다.

하지만 술꾼은 놀다 지친 아이처럼 택시가 출발하기도 전에 코를 곤다.

나는 배리를 본다. 배리는 왜 그러냐는 듯 눈썹을 치켜올린다. 내가 '몰라' 하는 표시로 어깨를 으쓱해 보이자 그는 웃는다. 그는 다시 이 일을 즐기고 있다. 이 친구는 도무지 만족이라

---

* (옮긴이) 넬슨 제독은 부사령관 시절 퇴각하라는 깃발 신호를 못 본 척하고 전투를 계속한 것으로 유명하다. 하디는 그의 충실한 부하다.

는 걸 모르네, 하고 나는 생각한다.

그 말은 더없이 적절했다. 그는 만족을 몰랐다.

우리는 곧 어디로 가는지 알게 되었다.

기차역에서 부두다리까지는 700~800미터도 되지 않는다. 부두다리는 한때 수많은 사계절 휴양지 중 사우드엔드의 고유한 특징을 자랑할 수 있게 해준 상징의 입구다. 블랙풀에는 탑이 있다. 브라이턴에는 궁이 있다. 사우스엔드에는 세계에서 가장 긴 부두다리라는 낡은 유물이 있다.

택시는 길가로 가더니 어둑어둑한 모퉁이에 멈춰 선다.

"모두 내려." 운전사가 밖으로 나가서 술꾼이 기대어 자는 문을 열어젖히고 그를 아무렇게나 끌어낸다.

"좀 도와주지?" 그가 말한다. 술에 취하지 않은 우리 두 사람은 그곳이 종착지라는 사실이 얼른 이해되지 않아서 가만히 앉아 있었다.

"여기 서는 거예요?" 배리가 '우리 친구'를 안에서 밀어내면서 묻는다.

"그럼 어디로 가?" 그렇게 뻔한 걸 묻느냐는 투로 택시 운전사가 반문한다.

배리와 내가 그를 따라 내려서 보니, 운전사가 술꾼을 차에 기대 세우고 능숙한 동작으로 그의 주머니를 뒤지고 있다. 술꾼은 저항하지 않는다. 그 상태로는 지금 아무것에도 저항할 수 없다.

"뭐 하시는 거예요?" 배리가 정색하고 묻는다.

"요금을 받아야지. 왜? 네가 낼래?" 운전사가 말하고 웃는다.

그는 술꾼의 뒷주머니에서 지갑을 꺼낸다. 지폐가 두툼하게 들어 있다.

"아주 편하군." 운전사가 돈을 자기 주머니에 넣으려고 하면서 말한다.

"이거 뭐예요!" 배리가 강경하게 말한다.

운전사가 손을 멈추고 우리를 삐딱하게 바라본다. 그리고 조롱을 담은 말투로 "걱정 마세요, 선생님. 그쪽도 챙겨줄 테니까" 하고 말한다.

"이봐요." 배리가 말한다. "무슨 생각인지 모르겠지만 돈을 빼 가시면 안 되죠."

배리는 이제 자살을 도모하는 술꾼을 구해내는 데 만족하지 못하고 우리 둘이 함께 살해당할 길을 모색하고 있다. 나는 충실한 부하로서 나 역시 배리만큼이나 용감한 것처럼 그의 곁에 다가가 선다. 내가 무엇을 증명하려고 하는 걸까? 속으로 묻는다. 내가 진실로 그의 친구라는 것? 그렇다면 그가 어딘가에 마법의 콩을 감추고 있기를. 사태가 곤란해지면 얼른 그걸 문질러서 20세기로 돌아와야 하니까. 나는 피부가 약하다. 맞으면 잘 멍든다.

운전사는 이제 의심스러운 표정이 된다. "뭐 하자는 장난이지?" 그가 말한다.

"돈을 도로 넣어요." 배리가 말한다. 설령 그가 속으로는 겁이 났다고 해도 겉으로는 그런 티가 나지 않는다.

"아, 알겠군." 운전사가 말한다. "돈을 도로 넣게 하고는 내가 간 다음에 너희 둘이 나누려는 거지!" 그는 요란하게 웃는다. "기막힌 장난인걸! 훌륭해!"

"좋을 대로 생각하세요. 하지만 돈은 도로 넣어요." 배리가 말한다.

"꺼져!" 운전사가 말한다.

그가 술꾼을 밀치자, 술꾼은 무른 토마토를 담은 비닐봉지 같은 모양과 소리로 땅바닥에 고꾸라진다. 운전사는 다시 택시에 오르려고 한다.

배리가 문을 향해 고개를 숙이고 말한다. "좋아요. 좋을 대로 해요."

운전사는 손마디를 우두둑 꺾는다. 그리고 앙다문 입 사이로 "똑똑한 놈이로군" 하고 말한다.

"등록 번호 HX 96310." 배리가 무표정하게 말한다. "내 기억이 맞다면 친절하게 아저씨를 불러준 경관은 번호가 SO190이에요. 우리를 다시 경찰서에 데려다주는 게 어때요?"

운전사는 잠시 우리 둘을 번갈아 바라본다.

"우리가 아주 제대로 만났군." 그가 나에게 말한다. 내가 관객에 지나지 않는다는 말투다. 그리고 배리에게 말한다. "어린 놈이 영악하구나. 사기꾼 이야기는 많이 들었다만 네놈이 최악이야."

"최악이건 뭐건 상관없어요. 돈이나 원래대로 돌려놓아요."

배리가 말한다.

"사기꾼들 나이가 점점 어려져." 운전사는 이제 혐오스러운 표정으로 우리 둘을 한꺼번에 본다. "여기 있다. 치사한 돈 가져가라." 그는 지폐 다발에서 10파운드 한 장을 빼낸 뒤 나머지를 우리 발밑에 쓰러져 코를 고는 몸통 위로 던진다. 그러고는 배리를 밀치고 차에 올라탄다. "어쨌거나 여기까지 온 요금은 받아야지." 그가 유리창 틈으로 지폐를 흔들며 말한다. 그런 뒤 시동을 걸고 빠른 속도로 차를 후진시킨다. 이어 "네 녀석들 잊지 않겠다"라고 소리치며 떠난다.

11

그 속도가 무언가를 암시해주었다. 우리는 택시가 해변 산책로 저편으로 사라지는 것을 어리벙벙하게 바라보았다.

그러다 발밑에서 이는 꿈틀거림에 정신이 돌아온다.

"네가 다리 쪽을 들어." 배리가 돈다발을 술꾼의 바지 주머니에 쑤셔 넣으며 말한다. "부두다리 아래 해변 의자에 뉘어야겠어." 우리는 시체 도둑처럼 술꾼의 처진 몸을 들고 씨름하며, 되도록 사람들 눈에 띄지 않을 장소를 찾는다.

"나 죽었어?" 우리가 가설 침대에 눕힐 때 그가 신음하며 말한다.

"아직 안 죽었어요." 내가 말한다.

"죽은 거 같아." 그가 말한다. 그는 이제 술 취해 울먹이는 단계에 도달했다.

"아침에 깨어나면 더 죽을 맛일걸." 배리가 말한다. "잘 자요. 여기서는 괜찮을 거야."

하지만 그는 듣지 않는다. 이미 다시 코를 골고 있다.

우리는 선 채로 그를 내려다본다. 나는 그 사람이 배리보다 그다지 나이가 많지 않다는 걸 처음으로 알아차린다. 20대 초반 정도 같다. 잠이 들자 이목구비가 반듯해졌다. 취기로 뒤틀린 표정이 사라졌다. 잘생긴 청년이다. 또렷한 얼굴에 균형 잡힌 살집. 잠자는 그의 모습은 평온하다. 머리카락만 헝클어져 있을 뿐이다.

배리가 고개를 숙이고 '우리 술꾼'의 머리를 정성껏 정리해준다.

그때 잠자는 남자의 머리를 정돈해주며 흐뭇해하는 배리를 보고서 나는 그가 왜 그 남자를 구해주었는지 깨달았다. 그리고 왜 나를 구했는지도.

JKA 보고서

헨리 스펄링 로빈슨

9월 21일. 09:30. 햄이 전화를 해서 내일 약속을 지킬 수 없으니 오늘 만나는 것은 어떠냐고 물었다. 이유를 묻지 않는 게 좋겠다 싶어서 그러자고 했다. 그가 원한다면 당장 이야기를 듣는 게 좋을 것 같았다. 그는 또 우리가 굳이 사무실에서 만나야 할 이유가 있느냐고 물었다. 내 사무실은 '비인간적이고 형식적'으로 느껴진다고 했다. 나는 만날 만한 다른 장소를 여러 곳 제안했다. 그는 모두 마음에 안 들어 했다. 그러더니 부두다리 끝 아니면 어린이 보트장의 보트에서 만나자고 했다! 결국 해변 산책로 근처 공원의 빅토리아 여왕 동상 앞에서 10시 30분에 만나는 것으로 결정되었다.

...

내가 갔을 때 햄은 이미 와 있었다. 그는 내가 다가오는 걸 보지 못한 채 동상 옆 잔디에 앉아 근처에서 뛰어노는 아이들을 보고 있었다. 나는 화단 뒤쪽 가설 휴게실에서 두 명의 노인 사이에 앉아 동상 반대편의 그를 지켜보았다. 그가 긴장하지 않은 상태에서 하는 행동을 관찰해보면 무언가 얻는 게 있지 않을까 싶었다.

그는 아이들을 보며 웃고 아이들에게 공을 다시 던져주고 했다. 아이들은 자꾸자꾸 햄 쪽으로 공을 '놓쳤다.' 햄은 아이들의 관심을 즐거워했지만 놀이에 끼어들지는 않고 아이들 행동에 반응해주기만 했다. 가만 보니 내가 헬을 관찰하면서 얻는 것만큼 그도 아이들을 관찰하면서 무언가를 얻는 것 같았다! 문제가 뭐건 아니 뭐였건, 그렇게 자연스럽게 노는 모습을 보니 헬에게 걱정할 만큼 심각한 심리적 문제는 없을 것 같다는 생각이 든다.

멎 분 후 그에게 다가갔다. 그는 잠시 동안 농담도 하며 가벼운 태도를 보였다. 그리고 어제 내가 빌려 간 보니것의 책에 대해 물었다. 나는 아직 시간이 없어 못 읽었다고 거짓말했다.

그게 문제예요, 그가 말했다. 이런 공식 조사는 늘 시간이 부족해서 아무 이야기도 할 수 없어요.

나는 그에게 무슨 일로 급하게 면담을 요청했느냐고 물었다. 그는 지금 상황을 생각해보니 그동안 있었던 일을 말하는 게 좋겠다는 결론이 나왔다고 대답했다. 하지만 내가 그에게 적절한 시간을 주어야 하고, 또 공식 면담에서는 아무것도 말할 수 없다고 했다. '기록으로 남기지 않을 것'을 전제로 내 사무실이 아닌 곳에서 말하고 싶다고, 하지만 집은 부모님이 있어서 안 된다고 했다.

그런 말을 듣자 그가 이제 정상적으로 행동한다는 데 안도감이 들었다. 그러니까 그는 내가 이 사건에 전적으로 몰두하기를 바랐고, 다른 누구보다 자신에게 더 많은 시간을 내주기를 바라고 있었다. 나는 이것 말고도 다루어야 할 사건들이 더 있다고 말했다. 그리고 기록으로 전혀 남기지 않는 것도 불가능하다고 했다. 어쨌거나 그가 지금까지의 일을 나에게 설명해야 내가 상황에 걸맞은 조치를 법원에 권유할 수 있다는 것도.

그는 그 점을 생각해보겠다고 했다. 하지만 나를 '앳킨스 선생님'이라고 부르는 것은 싫다고 했다. 나는 내가 널 핼이라고 부르니까, 원한다면 너도 나를 주디스라고 불러도 좋다고 했다.

나는 다른 약속이 있어서 사무실로 돌아가야 한다고 말했다. 그리고 나와 한 약속을 잘 생각해보고 다음번에 만날 때 처음부터 다시 시작하자고 했다. 내일 오후 2시 30분 토마시 커피숍으로 약속을 잡았다. 그 전에 오즈번 선생을 만날 예정이니 좀더 준비를 갖출 수 있을 것 같다.

내가 일어서자 핼은 약간 부루퉁한 것 같았다. 하지만 나는 오늘 만남이 성공적이었고 우리의 관계도 적절한 경로에 올라선 것 같다고 느꼈다.

12

나는 침대가 좋다. 인정하지 않을 수 없다. 처음부터 그렇지는 않았다. 하지만 몇 년 전, 대략 열네 살 때부터 나는 침대를 좋아했다. 그러니까 내가 술꾼 사건 다음 날 12시(정오)에야 일어난 것은 1시(01:00!)에 집에 들어갔기 때문만은 아니다. 또 사랑 가득한 나의 아버지가 오전 7시 50분에 그리 신통치 않은 구실로 내 방에서 질주하는 코뿔소 떼를 흉내 내고 출근한 것도 그 때문이다. 아버지는 예전부터 아침에 그런 장난을 많이 했다.

사랑 가득한 아버지는 나의 늦잠 애호 성향에 반대하는 캠페인을 벌인 것이다. 나도 뜻은 있다는 걸 보여주기 위해, 그리고 이런 가벼운 충돌이 자칫 고성이 오가는 사태로 이어지는 일을 막기 위해 숙련된 기상 동작을 실행한다. 나의 레퍼토리에는 여덟 가지 버전의 '기상 동작'이 있다. 그 전날에는 '헉! 무슨 일이야?' 버전을 활용했다. 벌떡 일어나서 유령이라도 본 것처럼 기겁한 표정을 짓는 것이다. 효과적이고 설득력 있었다. 그건 의심할 여지가 없다. 아버지 얼굴에 퍼지는 만족스러운 미소가 그걸 말해주었다. 이 버전의 유일한 단점은, 그렇게 소리치면서 벌떡 일어나면 늦잠을 달콤하게 만들어주는 포근하고 안락한 비몽사몽 지경에서 번쩍 빠져나오게 된다는 것이다. 나는 정말로 잠이 깼다. 다시 잠이 오지 않자 결국 아버지가 이겼다는 사실에 툴툴대면서 일어나야 했다. 그로 인해 나는 그 잊을 수 없는 목요일 아침 10시 반이라는 시각에 바닷가를 배회하다가 지금까지 말한 그 예기치 못한 사건들을 겪게 된 것이다. 이걸 보면 일찍 일어나는 벌레가 새에게 잡아먹힌다는 것을 다시 한번 알 수 있다.

오늘은 같은 실수를 반복하고 싶지 않았다. 그래서 이번에는 느리고 조용하고 나른한 기상 동작을 연기했다. 그다지 연기가 많이 필요하지도 않았다. 어제의 모험으로 나는 정말로 기진맥진해 있었기 때문이다.

아버지가 말했다. "이제 깼구나."

"음……?"

"하루 종일 침대에서 뒹굴 생각 마라." 아버지가 문 앞에서 말하고 "어머니도 일해야 해"라는 자못 생뚱맞아 보이는 말을 덧붙였다.

나는 입을 오므려 허공에 입맞춤 소리를 낸 뒤 힘없이 손을 흔들고 끙 소리를 냈다. 아버지는 만족스럽게 떠나며 계단 위에서 "저렇게 게을러서야!" 하고 중얼거렸다. 혼잣말인 듯했지만 내 귀에도 이를 만큼 큰 소리였다.

13

나는 한동안 잠에서 깼을 때와 똑같은 자세로 태아처럼 웅크리고서 자궁의 온기와 안락함을 느꼈다. 그리고 생각했다. 어쨌거나 생각해볼 건 많았다. 마법의 콩을 가진 소년의 모습, 고면의 몽타주. 머릿속에 떠도는 영혼의 동반자의 유혹적인 환영

이 몸까지 움직였다.

30분 동안 우리는 밤낮없이 모든 것을 함께했다. 나는 생각했다. 그럴 수 있을까? 그렇게 될까? 제발 그렇기를! 하지만 질문을 하면 소원 성취의 환상은 깨진다. 개연성 없는 것, 불가능한 것, 가망 없는 것, 현실의 온갖 허점이 인식되기 때문이다. 모든 환상은 만들어지는 과정에서 무수한 구멍이 생겨나고 그 구멍으로 현실이 침투한다. 그래서 나는 톨킨◆과 그가 만든 괴물, 멍청이, 마술 반지의 환상 세계를 싫어한다. 물론 그 안에 감추어진 성적인 함축도. 그의 친구가 쓴 사자와 마녀와 옷장 어쩌고 하는 이야기*도 마찬가지다. 그 사람 이름이 뭐더라— 루이스. 열 살 때 그 멍청한 작품에 홀딱 빠진 한심한 선생이 우리에게 그걸 읽어주었을 때 나는 토할 뻔했다. 그때 다른 아이들 대부분이 감동받은 나머지, 아슬란이라는 사자가 죽었을 때 온통 아아아 우우우 하며 눈물을 글썽거려 놀랐던 일이 아직도 기억난다. 나는 혼자 조용히 흐뭇해하며 웃었다. 나는 그 이야기가 어떤 풍자일 거라고 생각했는데, 나중에 그게 죽도록(정말 죽도록) 진지한 작품이라는 말을 듣고는 어안이 벙벙해졌다.

◆ 오지 선생님에게 이 이야기를 했다. 그러자 그는 "그렇게 바보는 아니지. 그 환상으로 떼돈을 벌었으니까" 하고 말했다. "바보가 더 큰 바보들 덕에 부자가 되었네요." 내가 말했다. 그가 웃으며 말했다. "너한테는 아직 희망이 있어. 하지만 톨킨에 대한 판단은 잘못이야. 시간이 지나서 지혜가 쌓이면 알게 될 거야." 털썩 (톨킨은 『반지의 제왕』 3부작을 쓴 영국 작가다―옮긴이).

* (옮긴이) 〈나니아 연대기〉.

하지만 마법 콩 소년의 환상과 그 환상을 깬 질문들로 돌아
가보자. 나는 몸을 움직여서 내가 '시체 자세'라고 이름 붙인 자
세를 취했다. 등을 대고 누운 채 두 발을 모아 발가락을 위로 향
하게 하고 두 손을 가슴에 X자 모양으로 엇갈린 자세. 삼가 명
복을 빕니다.

어제 겪은 일들이 한 장면 한 장면 영사되었다. 프랑스 영화
처럼. 요트 전복에서 술꾼과 헤어진 뒤까지의 모든 일이. 하지
만 순서도 뒤엉키고 모든 게 뒤죽박죽이었다. 어떤 장면은 슬
로모션이 되고, 최고의 순간들, 의아한 순간들, 생각해봐야 할
순간들은 반복 재생되었다. 그 긴 하루는 우리가 술꾼을 부두
다리 아래 눕히고 함께 걸어 나오는 장면으로 마무리된다. 우
리는 그 남자에 대해서도, 그날 하루 동안 벌어진 많은 일에 대
해서도 한마디도 하지 않았다. 배리의 집까지 가는 동안 우리
는 거의 내내 침묵 속에서 걸었다. 나는 그게 좋았다. 그건 우리
가 함께 있으면서도 무슨 말을 해야 할지 고민하지 않아도 된
다는 뜻이었으니까. 그런 순간에 어설픈 말은 모든 것을 망칠
수 있었다.

그는 나더러 같이 들어가자고 했지만 나는 싫다고 했다. 너
무 피곤했다.

우리는 문 앞에서 헤어졌다.

"잊지 마. 기다릴게." 그가 말했다.

"뭘?"

"네 대답. 가게에서 일하는 거. 내일 9시부터 종일 가게에 있

을 거야. 결정하면 전화해.”

“알았어.”

“와서 말하면 더 좋고. 같이 점심을 먹는 거야. 어때? 아주 사무적으로 느껴지는데!”

“생각해볼게.”

“너는 생각이 너무 많아.”

“나도 알아. 나중에 보자.”

“그래 안녕.”

“잘 자.”

마지막 장면. 달빛 속으로 걸어 들어간다.

모두가 ‘아아아!’ 하고 감탄한다.

나는 머릿속 비디오를 재생하고 또 재생해보았고, 그럴 때마다 현재의 나는 과거의 나를 현재의 나에게서 조금 더 분리시켰다. 나는 과거의 나를 냉정하게 관찰한다. 정신 기술로 배리의 눈, 입, 손, 몸의 움직임, 목소리의 근접 촬영분을 엄선해서 모호한 의미를 탐색하고 많은 것을 발견한다. 육체로 이루어진 어휘를.

전율이 인다. 위험 때문인가? 열정 때문인가? 이것이냐 저것이냐. 자유롭게 선택하세요. 배리에게는 위험, 나에게는 열정. 어쩌면 둘 다일지 모르고, 그 사실은 내게 전율로 인한 전율을 안겨준다. 나는 고환에 저릿함을 느끼면서 몽롱하고 안락한 비몽사몽 속으로 빠져들어 갔다.

14

야유 소리와 가늘고 긴 외침에 다시 수면으로 떠올랐다. 바람은 동풍일 것이다. 시각은 10:40. 학교 운동장에서 맨체스터 드라이브로 뭉텅이 뭉텅이 날아오는 쉬는 시간의 소음. 열렬한 감정의 회전초.

내 몸은 아직도 시체 상태였다.

시체가 되는 건 어떤 것일까? 하지만 그게 무슨 상관인가. 중요한 것은 시체 안에는 아무도 기거하지 않는다는 것이다. 그들은 돌아올 수 없는 영역으로 떠났다. 그건 안타까운 일 같다. 나는 내 몸을 좋아하는 편이다. 이것을 떠나게 된다면 아쉬울 것이다. 하지만 정말 그럴까? 그때쯤이면 내 몸은 시들어서 피부는 검버섯이 피고 늙은 나무껍질처럼 쭈글쭈글할 것이다. 입에서는 쓰레기 소각로 냄새가, 몸에서는 하수구 냄새가 날 것이다. 머리카락은 개코원숭이 엉덩이처럼 숱이 듬성듬성해질 것이다. 코는 불그죽죽 핏줄이 서고, 게다가 구멍 난 풀 통처럼 콧물이 줄줄 샐 것이다. 나는 갈고리 같은 손에 지팡이를 움켜쥐고 슬리퍼를 신은 앙상한 발로 비틀비틀 걸을 것이다. 흐린 눈과 멍한 정신은 아무것도 분별하지 못하고, 다른 어떤 것도 아닌 오직 노년의 고통으로 눈물 흘릴 것이다. 나는 오줌도 가리지 못할 것이다. 음식도 흘려서 구멍 난 카디건에 곰팡이가 필 것이다. 길에 나가면 아이들이 나를 비웃고 놀릴 것이다.

텅 빈 두개골 속에서도 생각들은 꼬물거릴까? 그때도 말을 가지고 장난을 칠까? 장난을 칠 만큼 많은 말을 기억하고는 있을까? 그때도 머릿속에 영상이 뛰어들어 몸을 불끈 일으킬까? 그때도 피가 솟고 힘줄이 팽팽해질까? 존재하지 않으려는 열망 같은 것 말고 내가 무얼 알기는 할까?

그때가 되면 누가 나에게 치근덕거리기는 할까? 늙어 꼬부라진 남녀가 내게 눈길을 줄까? 그리고 그때는 그 누가 물에 빠진 나를 구해주고 반짝이는 노란 요트에서 내 바지를 흔들어줄 것인가?

15

그럴 사람은 없다.

그 무렵 내 곁에 남아 있는 사람들은 죽은 내 몸의 살과 뼈가 땅속 2미터 깊이에 안장되거나, 불타는 화로 속에서 처리하기 쉬운 분량으로 졸아드는 순간을 기다리고 있을 것이다. 100그램 가량의 고운 회색 재는 달걀 삶기용 모래시계를 만들면 딱 좋을 것이다.❖ 그리고 그때 사람들이 흔들어주는 것이라곤 적

❖ 나는 아직 내 시신을 매장할지 화장할지 결정하지 못했다. 어떤 종교 집단은 화장에 강력히 반대하고 다른 종교 집단은 매장에 반대한다. 그러므로 신이 보내는 다중 음성에는 답이 없다. 그런 권위 있는 조언이 없다 보니 땅속에서 썩어 벌레 밥이 되고 민들레 거름이 되는 쪽이 나을지, 앞에서 말한 재가 되어 바람에 흩어지는 쪽이 나을지 결정할 수가 없다. 때로 땅에 묻혀서 뼈만이라도 자리를 보존하다가 미래의 어떤 가능성—예를 들어 부활 같은—에 대비하고 싶다는 생각이 드는 것은 일종의 원시적 본능 때문일 것이다. 하지만 내가 가진 사회의식은 세상에 폐가 되기를 거부한다. 그러니까 모든 사람이 죽은 뒤 몸을 누일 2제곱미터

절한 문구를 새긴 묘비나 명판이 전부일 것이다.

'시원하게 잘 가다' 또는 '마침내 가다'

묘비명은 교회 묘지를 다녀온 이후(1부 단편 21 참고) 줄곧
내 관심사였다. 나는 묘비명을 수집한다. 집배원 무덤에서 발
견한 이런 묘비명은 어떤가? '그는 유실되지 않았다. 먼저 발송
됐을 뿐.' 아버지는 우리가 북쪽 지방에 살 때 집 근처 묘지에서
이런 묘비명을 보았다.

어디에 있더라도
네 안의 바람을 풀어놓아라
나를 죽인 것은
바람이었으니

아버지가 이걸 기억한 건, 아마도 이 문장이 아버지의 잦고 폭
발적인 감정 분출을 정당화해준다고 생각했기 때문인 것 같다.

남짓의 토지를 원한다면, 이 나라는 머지않아 무덤으로 뒤덮인 거대한 묘지가 될
것이다. 게다가 땅속에서 썩어가는 시신은 아무리 잘 관리한다고 해도 이미 상태
가 좋지 않은 상수도에 추가적 문제를 끼칠 거라는 은근한 우려도 있다. 지금 말
할 수 있는 것은 그저 내가 명이 다하기 전에 결정하게 되었으면 좋겠다는 것뿐
이다.

어떤 묘비 문구들은 정말로 믿을 수가 없다.

여기 애니 맨Annie Mann이 누워 있다.

늙은 여자old woman로 살다가

고故 맨Old Mann이 되었다

그리고

해마다 맥주beer를 마시다가

결국 관bier에 실려 갔구나

16

다시 ── 침대로. 내가 다음 순간 인식한 것은 진공청소기가 방 바깥에서 윙윙대고 있다는 것이었다. 어머니가 아침마다 전기 백파이프로 하는 대청소다. 내 방문의 페인트는 열렬한 청소의 탈을 쓴 그 강력 타격에 희생되었다. 그것은 나의 지속되는 수면 상태에 대한 어머니의 불안 심리를 알려준다. 그렇다고 어머니가 아버지 같은 캠페인을 하는 것은 아니다. 오히려 반대로 어머니는 언제나 내가 가장 행복한 일을 하기를 원한다 ── 만약 그것이 '하느님이 주신 모든 시간'을 침대에 누워 보내는 것이라면 그렇게 내버려 둘 거다. 그러므로 어머니가 나에게 얼른 일어났으면 좋겠다는 소망을 표시하는 것은, 순전히 아버지가 예상치 못한 일로 집에 돌아왔다가 아직도 내가 '뭉개고 있는' 걸 발견할까 봐 걱정이 되어서다. 그리고 어쨌건 아버지가 퇴근하면 어머니에게 내가 하루 종일 어떻게 지냈는지를 묻는데, 그 질문 중에는 내 정확한 기상 시각도 포함된다는 걸 어머니는 알았다.

어머니가 불쌍하다.

17

나는 욕실에서 15분을 보내며 거울에 비친 '아름다운 몸'을 최대한 배려의 시각으로 관찰했다.

솔직히 말하면 내 무릎 모양은 그리 만족스럽지 않다.

욕실 거울은 반신 사이즈밖에 안 되고 면도하기 좋은 높이에 걸려 있다. 하반신을 관찰하려면 물구나무를 서야 하는데, 그러면 특정 신체 부위들이 아름답지 않게 늘어질뿐더러 제대로 볼 만큼 자세를 오래 유지하기도 힘들다. 아니면 욕조 가장자리에 올라서야 하고 이것은 상당한 위험을 동반한다. 우리 집 욕조는 가장자리가 좁은 데다 휘어져 있어서 줄타기 곡예 같은 걸 펼쳐야 하는데, 자칫하다가는 균형을 잃고 욕조에 떨어져서 뼈가 부러질 수 있고 더 나쁘게 반대 방향으로 미끄러지면 다리를 욕조 가장자리에 걸친 채 넘어질 수도 있다.

아마도 머지않아 무릎을 공개해야 할 상황이 생길 게 분명하기에 —생각해보니 나는 어제 이미 낄낄대는 구경꾼들 앞에서뿐 아니라 더욱 중요하게는 배리 앞에서 그 일을 세 번에 걸쳐 실행했다——, 미리 내 팔다리의 모양을 살펴보고 미래의 상황에 대비해 나를 어떤 식으로 선보여야 할지 결정해두는 편이 좋다고 생각했다. 그래서 욕조 가장자리에 올라서서 관찰을 시작했다.

내 무릎의 문제는 위치가 너무 아래쪽에 있다는 것이다. 그래서 둔부와의 비례로 볼 때 허벅지가 지나치게 길어 보인다. 내가 볼 때 엉덩이는 엉덩뼈 능선 안에 날렵하게 잘 자리 잡고 있다. 내 엉덩뼈 능선은 어떤 남자들의 경우라면 너무 도드라져 보이겠지만 내게는 아주 적당하다. 물론 넙다리 네 갈래근이 형태도 멋지고 그 위를 덮은 피부도 매끈하다면, 길이의 비례가 좀 맞지 않는 것은 적어도 앞에서 볼 때는 별문제가 되지 않을 것이다. 심지어 성기 주변을 돋보이게 할 수도 있다. 그 부분의 풍채가 당당해서 눈길을 잡아끈다면.

나는 불안한 디딤판이 허용하는 한도에서 최대한 여러 각도로 그 부분을 살펴보았다. 전체적으로 성기의 형태 자체는 나쁘지 않았다. 물론 질적으로뿐 아니라 양적으로도 조금 더 풍부했으면 좋았겠다는 생각은 든다. 하지만 직근과 측근은 괜찮았다. 내측근은 잘 발달했지만 무릎 바로 위쪽이 너무 빈약해 보여서 슬개골의 앙상함이 두드러지고, 그 결과 허벅지의 길이까지 강조되는 것 같다.

나는 왼팔로 욕조 옆 벽을 짚어 몸을 지탱한 다음, 왼쪽 무릎을 들어 올려 거울에 측면을 비추어 보았다. 그러자 앙상한 슬개골이 둥글어지고 꽤 매력적인 박근 선이 드러나면서 훨씬 나아 보였다. 하지만 사람들에게 내 무릎을 최상의 각도로 보여주고 칭찬을 듣자고, 바지를 한쪽 다리에만 입고 벗은 다리를 든 채 바닷가를 돌아다닐 수는 없는 일이다.

뒷모습을 확인하기 위해서는 뒤로 돌아 거울에 등을 비추고 조심조심 고개를 돌려 보아야 했다. 이런 제한되고 흔들거리는 자세로 본 바에 따르면, 내 무릎 뒤쪽은 오금근의 도움을 크게 받아서 일부 사람들에게 보이는 앙상함을 피할 수 있었다. 하지만 제대로 보기가 어려워서 허리를 굽혀 다리 사이로 거울을 보려고 했다. 이 일에는 상당히 숙련된 균형 잡기 기술이 필요했다.

내가 몸을 접어 다리 사이로 고개를 내밀려는 순간, 어머니의 진공 고뇌기가 욕실 문을 두드렸다. 나는 중심을 잃고 욕조 속에 떨어졌고, 몸의 다양한 각도가 딱딱한 에나멜 내벽에 부딪혔다.

"괜찮니, 헨리?" 어머니가 진공청소기의 소음과 추락 소음보다 더 큰 소리로 외쳤다.

그날 아침 더 이상의 해부학 탐색은 포기해야 했다. 그러나 그 후 몇 주 동안 나는 몸을 탐색하고 싶어져도 그런 수고를 할 필요가 없게 되었다. 배리네 집의 거울 가득한 욕실을 사용할 수 있었기 때문이다. 그 거울들 앞에서는 부자연스러운 자세를 취할 필요도 없고 어떤 위험에 부닥칠 염려도 없이 가능한 모든 각도에서 온몸 구석구석을 최대한 근접 조사할 수 있었다.

18

부엌에서 아침을 먹고 있는데 어머니가 행주를 가지고 나타났다. 어머니는 멍한 표정으로 찬장 문을 톡톡 두드렸다. 신경쇠약자가 보내는 깃발 신호.

"커피 한잔하시지 그래요?" 내가 말했다.

"그러는 게 좋겠다." 어머니가 말했다.

어머니는 커피를 타서 ──언제나처럼 우유 반, 물 반──, 내 맞은편에 앉았다. 행주는 금방이라도 쓸 것처럼 손에서 놓지 않았다.

"아직 커피 시간이 안 됐는데." 어머니가 죄책감 어린 표정으로 말했다.

"그냥 마시고 싶을 때 마셔요." 내가 말했다.

어머니가 찻잔을 입에 댔다. "너무 비싸. 어처구니가 없어. 어떻게 뻔뻔하게 그런 가격들을 매기나 몰라."

침묵. 나는 토스트를 다 먹었다.

"너도 날마다 이렇게 늦잠만 자면 안 돼." 어머니가 행주로 식탁 가장자리를 두드리며 말했다. "아버지가 화가 많이 나셨어."

"제가 늦잠 자는 걸 아버지가 어떻게 아시죠? 출근하셨잖아요."

"집에 오면 언제나 물어보시거든."

"그러면 말하지 마세요."

"그건 안 돼. 거짓말을 할 수는 없어. 네 아버지한테는. 옳지 않은 일이야."

어머니는 식탁 가장자리를 조금 더 문질렀다.

그러더니 "아버지는 네 생각을 많이 하셔. 너한테 가장 좋은 걸 주고 싶어 하고 네가 잘되기를 바라셔."

어머니는 앉은자리에서 손을 뻗어 스토브를 문질렀다. 우리 집 부엌은 대부분의 사물이 식탁에서 손을 뻗으면 닿는 거리에 있다.

그러더니 "어제 너는 새벽 1시가 넘어서 들어오더구나. 이제 그러면 안 돼, 헨리. 아버지가 용납하시지 않아."

어머니는 일어서서 다시 한번 찬장 문을 공격하다가 자리에 앉았다. 그런 뒤 커피를 마시고 다시 식탁 가장자리를 문질렀다.

"얼른 네 마음을 정해야 해." 어머니가 말했다. "뭘 해야 할지 말이야. 아버지는 네가 아무 일도 안 하면서 하루 종일 누워 뒹구는 건 안 된다고 하셔. 너한테 임시 일자리를 알아보라고 하셨잖니. 이렇게 지내면 안 되니까. 네가 정말 뭘 하고 싶은지 파악할 때까지 말이야."

나는 접시를 옆으로 치웠다. "어머니는 제가 뭘 해야 한다고 생각하세요?"

어머니는 행주에서 먼지 조각을 떼어냈다. 청결 용구를 청결하게. "나도 알고 싶다, 얘야. 하지만 그런 건 도무지 모르겠어."

"학교를 계속 다닐까요?"

"아버지는 네가 좋은 데 취직하는 게 가장 좋다고 생각하시지."

"하지만 어머니 생각은요?"

어머니의 침묵은 이 종이의 한 면만큼이나 길었다. 그러더니 피로한 듯 가볍게 고개를 한 번 저었다. "네가 행복해지는 일이라면 무엇이든 좋단다. 중요한 건 그것뿐이야."

"어머니는 늘 그렇게 말씀하시죠. 하지만 저는 무얼 해야 행복해질지 모르겠어요. 해보지 않고는 모르는 일 아닌가요?"

어머니는 흥 하고 코로 바람을 들이켰다. "그래, 하지만 너만 그런 건 아니야. 다른 사람들도 대체로 잘 몰라. 끝까지 못 찾기도 하고. 그걸 찾는 사람은 운이 좋은 사람들이지. 원하는 걸 알고 그걸 손에 넣는 사람은 더 운이 좋고."

행주가 파닥거렸다. 우리는 아무 말 없이 앉아 있었다.

"오즈번 선생님은 저더러 6학년에 올라가서 영문학을 공부하라고 말씀하세요."

어머니는 나를 바라보았다. "그걸 공부하면 무슨 소용이 있는데?"

나는 웃었다. "별 소용은 없다고 하시던걸요."

"이상한 말씀이구나. 소용도 없는 걸 공부하라고 하시다니."

"직업을 구할 때는 말이에요."

"직업이 제일 중요해."

"그렇죠."

침묵. 식탁 위를 문지르는 행주.

"나도 학교 다닐 때 영어를 잘했단다." 어머니는 내게 미소 지었다. "시를 잘 쓴다고 선생님들이 칭찬하셨어. 맞춤법도 정확했고. 그런데 그건 너한테 물려주지 못한 것 같구나." 어머니가 웃었다.

"저라고 모든 걸 다 잘할 수 있나요?" 나도 함께 웃었다.

어머니가 일어나서 내 빈 접시를 싱크대로 옮기고 식탁을 훔친 뒤 다시 앉았다.

"하지만 나는 책 읽는 건 좋아하지 않았어. 그건 너하고 달랐지." 어머니의 시선이 내 얼굴 위를 떠돌았다. "그건 누구한테서 물려받았는지 모르겠구나." 마치 독서가 전염병이라도 된다는 듯이.

"아버지가 허락해주실까요?"

어머니는 다시 흥 하고 코로 바람을 들이켰다. "네가 직접 물어보렴. 내 생각에는 허락해주실 것 같다. 그게 너한테 좋다고 생각하신다면."

다시 처음으로.

내가 말했다. "어쨌건 결과가 나올 때까지 아르바이트할 거리는 있어요."

어머니는 대번 생기를 띠었다. "정말이니? 어디서?"

"고면 레코드점이요. 점원 보조로요."

"런던 로드에 있는 것 말이니? 어떻게 그런 일을 구했니?"

"어저께요. 어젯밤 저랑 늦게까지 밖에 있었던 친구가 배리 고면이거든요. 그 친구가 어머니하고 같이 가게를 운영해요."

"어쩜! 자세히 얘기해주렴. 일은 언제 시작하니? 급료는 얼마나 돼?"

나는 일어섰다. "자세한 건 아직 몰라요. 오늘 가서 알아봐야 돼요."

"나중에 다 얘기해줘야 해. 아버지도 기뻐하실 게다. 너를 그렇게 쉽게 채용하다니 네가 그 사람들 마음에 들었나 보구나."

"네." 내가 말했다. "저를 마음에 들어 하는 건 맞는 것 같아요."

JKA 보고서

헨리 스펄링 로빈슨

9월 21일. 다음 주 팀 토론에 이 사건을 주제로 제출할까 하는 문제를 포함해 수와 이 사건을 논의했다. 수는 그러지 않는 편이 좋겠다고 했다. 대신 핼이라는 소년과 이 사건의 특이한 성격 때문에 내가 놓쳤을지도 모르는 객관적 정황들을 함께 살펴보기로 했다.

목적

1. 핼이 왜 그런 행동을 했는지 알아낸다.

2. 그런 행동에 대한 핼의 태도를 알아낸다.

3. 핼이 자신의 미래를 어떻게 생각하는지 알아낸다.

4. 핼의 배경을 파악한다.

이 사건과 관련된 우리의 법적 의무와 책임.

다음 내용을 담은 보고서를 법원에 제출하는 것:

1. 우리가 파악한 사건의 내용.

2. 핼에게 어떤 처분을 내릴지에 대한 조언.

우리는 핼이 위험한 상태는 아니며, 나의 견지대로라면 정신과

의사나 기타 전문가의 개입도 필요하지 않은 사건이라는 데 동의
했다.

유일한 어려움은 햄이 자신이 한 일을 말하려고 하지 않는다는
것이다.

지금까지 햄에게 서툴렀다는 나의 우려에 대해서도 의논했다.
수는 근거 없는 걱정이라고 했다. 하지만 보고서를 좀더 자세히 작
성해서 면담이 끝날 때마다 둘이서 작업의 진척을 의논해보자고
했다. 나는 동의했다. 나는 이 사건이 왠지 불편한데, 수가 함께
지켜본다면 한결 편안해질 것이다.

19

집 근처의 공중전화에서 배리에게 전화를 걸었다.

"좋아!" 배리가 말했다. "오늘은 좀 바쁘네. 점심을 같이하긴 어려울 것 같다. 5시쯤에 가게로 와. 급료하고 기타 등등을 결정해야지. 그런 다음 기념으로 신나게 노는 거야. 어때?"

"알았어, 좋아."

배리의 뒤에서 안개경보가 울린다.

"잠깐만, 어머니도 너한테 하시고 싶은 말씀이 있대."

"헬? 안녕. 그래, 아줌마야. 우리 가게에서 일한다고! 배리가 말해줬어. 정말 기쁘구나! 이제 내가 그 버릇없는 애들을 상대할 일이 훨씬 줄어들 테니 말이다. 그리고 버비한테 좋은 친구도 생기고 말이야. 넌 하늘이 보낸 선물이야. 헬 — 듣고 있니?"

"네, 고먼 부인."

"하지만 너한테 불만이 하나 있어."

"불만이라고요?"

"어젯밤에 말이야. 버비를 너무 늦게까지 붙들지 않겠다고 약속해놓고서. 4시가 뭐야! 너무 심했잖아."

"4시요?"

"그래, 알아! 너희는 아직 젊으니까 시간 같은 건 쉽게 잊지. 나도 젊을 때가 있었어. 우리 남편은 함께 춤추자고 나를 붙들어놓기 일쑤였지. 때로는 밤을 새워서 말이야. 정말 멋진 시절이었어! 하지만 너는 약속했잖니, 헬! 버비는 아침부터 일해야

하는데 그렇게 늦어서야 되겠어? 너도 여기서 일하다 보면 알
게 될 거야."

"죄송합니다, 고먼 부인, 저는──"

"하지만 너무 마음 쓰지는 마. 그렇게 큰일은 아니니까. 이제
그만하마. 버비가 내가 너무 수다를 떨어서 가게 일에 지장을
준다고 말하는걸. 이 녀석은 나를 종 부리듯 한다니까. 너도 알
게 될 거야! 그러면 나중에 보자."

"헬?"

"응?"

"오늘 밤에 설명해줄게, 괜찮지?"

"그래."

"우리는 잘 해낼 거야."

"맞아."

"샬롬."

"안녕."

20

나는 어떻게 된 일일까 생각해보았다. 술꾼에게 돌아간 것
같았다.

그리고 그 짐작은 맞았다. 그날 저녁 가게에 들렀을 때 배리
가 말해주었다. 그 흥미로운 이야기는 잠시 후에.

그는 자학 개그로 이야기를 가볍게 넘기려고 했다. 그 불쌍한 이교도(!)를 돈과 함께 그냥 두고 온 게 영 불안했다고 한다. 지나가던 사람이 강도 짓을 할 수도 있고 택시 운전사가 돌아올 수도 있을 것 같았다고. 그래서 다시 돌아갔더니 아니나 다를까 누군가가 술꾼 주변을 어슬렁거리고 있었다. 배리는 '우리 친구'를 깨워서 그가 정신이 들 때까지 계속 대화(?)를 나누었다.

그가 말하지 않은 내용은 말한 내용만큼이나 흥미로울 것이다. 그는 상습적으로 사탕을 훔치면서 가장 최근의 사건을 생전 처음 있는 일처럼 말하는, 그러면서 아무도 그 말을 믿지 않는다는 걸 이미 아는 아이 같았다. 어쨌거나 배리는 이야기라면 간단한 농담조차 제대로 하지 못했다. 그는 기억력도 별로였는데 그건 거짓말을 잘하는 데 필요한 능력이다. 그는 언제나 순간을 살았기 때문에 기억력은 필요하지 않았다.

나는 아무 말도 하지 않았다. 적절히 호응해서 웃어주려고 했지만 낙심한 표정을 감출 수 없었다. 그런 건 나하고 아무 상관 없는 일이어야 했다. 그런 일을 미리 생각해보았다면, 나는 아무 상관 없는 일이라고 장담했을 것이다. 하지만 상관이 있었다. 마법의 콩을 앞에 두고 서로에게 영원한 충성을 맹세한 소년들처럼, 그때 나는 충실함이 단짝 친구의 중요한 속성이라고 생각했다. 나는 그것을 말없이 주는 선물로 기대했다.

배리는 내 얼굴에 깃든 우울한 기색을 모를 수 없었다. 아마도 그래서 나를 오토바이에 태우고 나갔던 것 같다. 그것은 떠들썩하게 노는 방식으로 문제를 해결하려는 어린애 같은 시도였다. 그 결과도 잠시 후에.

나는 전화기를 내려놓고 전화 부스 바깥에 서서 10분 동안 무슨 일이 있었을지 생각해보았다. 생각하면 할수록—실제보다 훨씬 더 나쁜 상상들이 춤을 추었다—, 나는 더 우울해졌다. 한동안 거리를 배회하며 나의 우울감을 곱씹었다. 그리고 이런 나 자신에게 놀랐다. 이런 감정을 느끼는 내가 한심했다. 배리를 또는 나를 어떻게 대해야 할지 도무지 알 수 없었다. 나중에 배리의 해명을 들을 때도 여전히 멍한 상태였다.

그때로부터 여러 주가 지난 지금도 내가 그런 일에 더 잘 대처할 수 있을지 모르겠다. 아마 그때만큼 화가 나고 배신감이 들지는 않을 것이다. 나는 그때보다 강해졌다. 그렇게 생각하고 그렇기를 희망한다. 또 친구가 내가 원하는 모습이 아니라 자신의 본래 모습으로 살아가는 것을 좀더 너그럽게 바라볼 수 있게 된 것 같다.

하지만 인생의 기이한 점 하나는, 한 번 경험한다고 다음번에 더 잘한다는 보장이 없다는 것이다. 이 세상에 완전히 똑같은 경험이란 없기 때문이다. 우리는 경험을 통해 변화한다. 하지만 매번의 새로운 경험은 예전의 일들만큼이나 대처하기 어렵다.

21

우울할 때는 잘못된 일들을 하게 된다는 걸 알고 있는가? 그리고 옳은 일이라도 잘못된 방향으로 한다는 걸. 사태는 점점 나빠지고 우리는 좌절의 소용돌이 속으로 더 깊이 빨려 들어간다.

그날 오후 일어난 일이 그랬다. 생각을 다른 데로 돌리고 남는 시간을 활용해볼 요량으로 나는 학교에 가서 타이크 선생님을 만났다. 타이크 선생님은 나의 '목양 상담' 교사였다. 학교에서는 학생들의 개인적 관심 ─ 자살 충동을 느낀달지 발톱을 물어뜯는달지, 그 밖에 여러 방식으로 인간적인 특징을 드러내는 일 ─ 을 이해하고 돌봐주기로 되어 있는 교사들을 그런 명칭으로 불렀다. 목양 상담 교사가 있다는 사실은, 내가 양치기 앞에 선 한 마리 양이 된 것 같다는 느낌을 줄 뿐이었다. 어쩌면 그게 이 제도의 본래 의도인지도 모른다. 어쨌거나 타이크 선생님의 목양 능력은 정유 공장 같고 상담 능력은 불도저 같았다. 그녀는 넓게는 영국 사회 전체, 좁게는 초크웰 고등학교 같은 남성 중심 사회에서 남성 우월주의 ─ 이에 대해 그녀는 남성의 흔적이 한 방울만 떨어져도 가만히 있지 못하는데 ─ 에 맞서는 최선의 방법은 스스로 최악의 남성 우월주의를 구현하는 것이라고 믿는다. 이길 수 없으면 한패가 되라는 원칙에 따르는 것 같다. 아니면 그렇게 하면 적어도 호르몬은 되찾는다고 생각하는 것 같다. 여기서 확실히 알 수 있는 건, 타이크 선생님 역시 자신이 말하는 대로 된다는 것이다.

나는 그 우울했던 오후에 어리석게도 타이크 선생님의 손아귀에 나를 던지고 말았다. 그녀는 내가 진로지도를 받고 오지 선생님의 6학년 영문학 교실에 진급할지 말지 결정할 때 거치는 관료적 행로에서 최초로 만나야 하는 사람이었기 때문이다. 행로의 마지막에는 교장 선생님이 있다. 교장 선생님과 나 사이에는 네 개의 장애물이 있다. 타이크 선생님, 학년주임 교사, 진로지도 교사 그리고 6학년 주임 교사다. 이들 모두가 미래에 대한 내 희망에 동의해주면, 어떻게 결정 나건 교장 선생님은 2분간의 면담을 거쳐 고무 스탬프를 찍어준다. 그게 안 되면 처음으로 돌아간다. 알려진 바에 따르면 결심이 아주 확고한 학생만이 일주일 만에 이 과정을 끝낸다. 이 돌격 과정에 걸리는 평균시간은 석 주다. 그러므로 빨리 시작하는 편이 좋았다.

"무슨 일이니?" 내가 찾아가자 타이크 선생님은 뱀 같은 웃음을 띠고 말했다. 그러고는 서류 캐비닛 서랍을 열어 내 이름이 적힌 얇은 황색 서류철을 꺼낸 뒤 책상에 앉아서 나더러 옆의자에 앉으라고 손짓했다.

"교장 선생님을 만나 뵈어야 할 것 같아서요." 나는 정면공격으로 허를 찌르면 아무런 방해 없이 꼭대기에 이를 거라는 희망을 품고 말했다.

그녀의 미소가 희미해졌고 나는 실수했다는 걸 깨달았다. 아까 말했듯이 우울할 때는 일을 그르치게 된다.

"내가 할 수 없는 어떤 일을 교장 선생님이 하실 수 있다는 거지?" 그녀는 끝을 편 클립으로 손톱을 다듬으면서 말했다.

나는 의자에서 불편하게 몸을 움직였다. "6학년에 진급할까 생각하고 있어요."

선생님의 눈썹이 움찔하는 걸 보고서 나는 이 말이야말로 그녀의 허를 찔렀다는 걸 깨달았다. "그건 반가워해야 할 말이로 구나. 무얼 공부할 생각이니?" 그녀가 말했다.

"영문학이요."

"영문학? 도대체 어떤 바람이 그런 바보 같은 생각을 불어넣 어준 거지?"

나는 발끈하는 마음이 들어(다시 한번 잘못했다. 냉정을 유 지해야 했다) 차갑게 말했다. "바람이 아니라 사람이었습니다. 오즈번 선생님이요."

"그렇군." 그녀의 미소가 완전히 사라졌다. "그러면 네가 지 금까지 영문학이 네 장래 인생에 어떤 가치가 있는지 나한테 밝히지 않은 어두운 비밀이라도 있니? 아니면 그냥 시라든가 그런 게 좋은 거니?"

"영문학에 관심이 있어요."

"관심은 나도 있어. 하지만 관심만으로 미래를 걸 수는 없지. 유용한 일을 하는 게 더 좋지 않을까?"

"문학은 유용하지 않은가요?"

"유용하지 않지. 물리학이나 화학, 수학, 의학 같은 것하고는 달라. 이 세상에는 그런 걸 아는 사람들이 필요해. 시인이야 없 어도 지장 없지."

"꼭 그런지는 잘 모르겠는데요."

"그 일을 두고 다투지는 말자."

무뚝뚝한 침묵이 최선의 반응 같았다.

그녀는 눈살을 찌푸렸다. "교사가 될 생각은 아니겠지?"

"네."

역력한 안도. 그녀는 미소 지었다. "다행이구나. 그러면 얘기 해보자꾸나." 그녀는 직책으로 인한 강제적 관심을 보이며 말을 이었다. "네가 하고 싶은 일은 어떤 거니? 그리고 흥분하지 마. 내 질문은 그저 직업과 관련해서니까."

"직업과 관련해서요?"

내 질문에 담긴 속뜻은 타이크 선생님을 비껴갔다. 어쩌면 모른 척한 것일 수도 있다. "네가 가질 직업 말이야." 그녀는 크나큰 인내심을 보이며 말했다.

나는 숙고하는 척했다. "모르겠어요."

그럴 줄 알았다는 고갯짓. "모른다고!"

"잘 모르겠어요."

"잘 모르겠다고!" 차가운 초록색 눈동자가 나를 다시 한번 거칠게 훑었다. 그녀는 의자에 앉은 채 몸을 조금 움직여서 청새치 주둥이처럼 날카로운 팔꿈치를 책상 위에 올렸다.

"로빈슨, 너한테 한 가지 말해줄 게 있어."

별로 좋은 소식은 아닐 게 분명했다. "무언가요?"

"너는 나약해."

이 말은 나의 우울에 놀라운 효과를 발휘했다.

그녀의 말은 끝나지 않았다. "영문학은 정말로 너한테 맞을 거야. 너는 아직도 시를 읽으면서 눈물을 흘릴 테니까." 그녀는 겨드랑이를 긁었다. 어쩌면 적절한 반사작용 같다고 생각했다. "나는 지난 1년 동안 너를 관찰했어." 그녀는 내 서류철을 톡톡 두드렸다. "넌 주로 쓸모없이 빈둥거리며 시간을 보내더구나. 스포츠도 좋아하지 않고, 교내 체육대회라도 벌어지면 도서관으로 숨어버렸어. 사회성도 없고 무언가 주도적으로 하려는 의욕도 없어. 내가 보건대, 네가 잘하는 건 토론회에서 건방진 연설을 하는 것과 교지에 멍청한 글을 싣는 것뿐이야."

나의 부루퉁한 침묵은 추가 자극만 더해주는 것 같았다.

"오즈번 선생님이 너한테서 뭘 보셨는지 모르겠다. 물론 그분이 원한다면 그분한테 갈 수 있겠지. 하지만 내가 우호적인 추천을 해줄 거라 기대하지는 마. 너는 냉혹한 현실을 깨달아야 해. 인생이 어떤 건지 알아야 해. 너는 취직을 하는 게 좋아. 내가 볼 때는 네가 학교를 2년 더 다닌다고 학교에 좋을 일은 하나도 없어. 세금은 좀더 좋은 일에 쓰여야지."

나는 잠시 가만히 앉아서 그녀가 이야기를 마치고 내 마음이 진정되기를 기다렸다. 그녀의 이야기는 끝났지만 내 마음은 진정되지 않았다.

"더 하실 말씀은 없나요?"

"더 듣고 싶니?" 그녀의 뱀 같은 미소가 돌아왔다. "마조히스트로구나. 예술합네 하는 사람들이 다 그렇지."

오후의 종료를 알리는 종이 울렸다. 타이크 선생님은 내 인생과 관련된 서류들을 섞어 넣고 서류철을 덮었다. 그런 뒤 자리에서 일어나 서류철을 서랍에 떨구고 서랍을 닫았다.

"됐어." 그녀는 책상 옆에 서서 손가락으로 자동차 열쇠를 돌리며 말했다. "마음이 바뀌면 다시 오렴."

나는 바다를 보러 나갔다.

22

"바다가 '상당히' 멋있네? 그렇지?"

그녀는 초크웰 기차역 바로 아래쪽, 해변과 산책로를 분리해주는 낮은 돌담에 앉아 있었다. 돌아보니 발톱에 페디큐어를 칠한 조그만 두 발이 보였고, 이어 타이트한 청바지를 입은 가느다란 두 다리, 그리 크지 않은 가슴을 덮은 빨간 티셔츠, 삼각형의 작은 얼굴, 짧게 자른 금발 머리가 보였다. '상당히'라는 말을 고무줄처럼 특이하게 늘여서 말하는 데서 영국 사람이 아니라는 걸 알 수 있었다.

나는 고개를 끄덕이고 다시 바다로 시선을 돌렸다.

그녀는 벽에서 내려와 내 옆의 모랫바닥에 앉았다.

"잠깐 얘기 좀 해도 좋을까?"

나는 평소에는 낯선 사람과 이야기하는 걸 별로 좋아하지 않는다. 아무 상관 없는 사람들과 예의를 갖춰서 나누는 시시한 대화가 싫다. 하지만 지금처럼 아는 사람들이 정신적 고통을 줄 때, 모르는 사람이 대화를 청하는 건 도피처가 된다. 아무것도 아닌 일을 두고 떠들고 싶다. 이럴 때 시시함은 위안이 된다.

"좋아." 내가 대답했다.

"영어 공부 때문에." 그녀가 눈썹을 치켜올리며 — 연필로 그린 것 같은 갈색 눈썹이 예뻤다 — 말하고 고개를 저었다. "상당히 서툴러서."

"잘하는데, 뭘."

"그렇게 생각해?" 그녀는 환하게 웃었다. "기분 좋다. 여기 온 지 이틀, 아니 사흘밖에 안 됐어."

"어느 나라에서 왔어?"

"노르웨이. 내 이름은 카리야."

"안녕, 카리. 나는 헬이야."

우리는 악수했다. 바닷가 모래밭의 희극적 상견례.

"헬이라고?"

"헨리의 약칭이야. 나는 헨리라는 이름이 싫어."

"헬이라, 좋은데. '아주' 좋아." 카리는 '아주'라는 단어도 길게 늘여서 말했다. "사우스엔드도 좋아." 그리고 템스강을 보며 미소 짓고 이어 편하게 자리를 잡았다. "기분 좋은 곳이야."

"전에도 영국에 온 적 있어?"

"한 번. 그때는 버밍엄이었지." 그녀는 나쁜 냄새를 맡은 듯한 표정을 지었다. "버밍엄은 사우스엔드만큼 좋지 않아." 우리는 웃었다. "네가 괜찮다면 햇빛 목욕을 하고 싶어."

"상관없어. 네 마음대로 해." 내가 말했다. "그리고 그런 건 일광욕이라고 해."

그녀는 두 손을 엇갈려서 티셔츠 아랫단을 움켜쥐고 위로 들어 올렸다. "일광욕." 그녀는 셔츠를 머리 위로 벗으며 말했다. "고마워. 내가 틀리면 가르쳐줘. 나는 그렇게 해야 빨리 배워."

"넌 지금도 잘해." 나는 카리의 유연한 팔다리와 목 뒤로 묶은 빨간 천 조각에 감싸인 조그만 가슴과 햇볕에 그을린 매끈한 피부를 보며 말했다.

그녀는 가벼운 동작으로 지퍼를 내리고 바지를 벗었다. 다리 사이를 아슬아슬하게 가린 천 조각이 내 시선을 날씬한 두 다리로 이끌고 갔다.

나는 몇 번이나 침을 삼켜야 했다.

"너도 일광욕 안 할래?" 카리는 벗은 옷을 둘둘 말아 머리 뒤에 베개처럼 괴고 모래 위에 누웠다. "그렇게 옷 쓰고 있으면 안 더워?"

"옷은 입는다고 해." 나는 간신히 말했다.

"그래, 맞아. 맨날 헷갈려." 카리가 킥킥 웃었다.

나는 시계를 보았다. "나 곧 약속이 있어."

그녀는 나를 불편할 정도로 똑바로 바라보았다. "상당히 좋은 사람인가 보네."

"친구야. 여름 아르바이트를 구해줄 것 같거든."

"그러면 상당히 좋은 친구겠는걸."

"잘 모르겠어." 내가 말했다.

그런데 무슨 이유인지 그렇게 말하자 우울감이 조금 가셨다. 게다가 상당히와 아주를 고무줄처럼 늘이는 카리의 말투는 재미있고 섹시한 데다 배리를 연상시키기도 했다. 배리도 말투가 독특했다. ㅅ, ㅈ 같은 치찰음을 발음할 때 혀가 입 앞쪽이 아니라 옆쪽으로 가는 듯한 소리가 난다─아니 났다, 젠장. 그 소리는 이제 다시는 나지 않으니. 그건 혀 짧은 소리가 아니라 말에 힘을 강하게 주는 방식이었다. 그러면 발음과 입의 움직임이 섹시해졌다. 생각이 거기 미치자 나는 더 이상 오전의 전화, 타이크 선생님, 또 밤중에 찾아간 술꾼의 일로 침울해하고 있을 수가 없었다. 술꾼은 돌아갔을 것이다. 나는 아직 거기 있었다. 배리는 나를 만나기 전부터 하던 대로 행동했을 뿐이다. 나를 만났으니 이제는 달라질 것이다. 우리는 팀이 되고 짝이 될 것이다. 배리가 직접 그렇게 말했다. 내가 어제 배리의 요구대로 그의 집에 갔다면 그는 술꾼에게 돌아가지 않았을 것이다. 그가 같이 있어 달라고 했을 때 그를 두고 떠난 것은 내 잘못이었다. 이제는 그런 잘못을 반복하지 않을 것이다.

이런 생각들이 머릿속을 울리는 가운데 카리가 거의 벌거벗은 몸으로 옆에 누워 일광욕하는 모습을 보고 있자니, 나는 당장 배리 곁으로 가고 싶어졌다. 함께 일광욕을 하고 싶은 사람은 배리였다.

나는 일어나서 옷에 묻은 모래를 털었다.

"나중에 다시 만날 수 있겠지? 그러길 바랄게." 카리가 말했다.

"그래, 나도." 그런 일을 기대하지 않으면서 내가 대답했다.

"나는 오페어*야. 초크웰 대로의 분홍색 집에서 지내. 그 집 알아? 철교 근처거든. 아니면 다른 동네에 사니?"

---

* (옮긴이) 가사, 특히 아이 보는 일을 도와주는 대가로 숙식을 제공받으며 외국어를 공부하는 사람.

"아니, 이 동네 살아. 그리고 그 집도 알아. 그러면 꽤 오래 있 겠네."

카리는 일어섰다. 몸이 피리처럼 날씬했다. "6개월 예정이야. 더 있을 수도 있어. 그 집 사람들이랑 잘 맞으면. 상당히 괜찮은 사람들이야. 잘될 것 같아."

"그래, 나는 여기 자주 와."

"그래, 잘 찾아볼게."

몸을 반쯤 돌려서 가다가 나는 손바닥을 펼쳐 들어 인사했 다. "그럼 안녕."

23

액션 리플레이

나는 고개를 돌려 카리를 본다.

그녀가 나를 보고 있다.

나는 다시 고개를 돌린다.

그녀가 돌담에서 내려와 내 곁에 앉는다, 바짝.

나는 그녀를 본다.

그녀도 나를 본다.

우리는 함께 바다를 본다.

내가 그녀를 본다.

그녀도 나를 본다.

그녀는 옷을 벗고 나는 그걸 바라본다.

우리는 서로를 바라본다.

나는 배리를 생각한다.

나는 그녀를 보며 일어선다.

그녀는 나를 보며 일어선다.

나는 그녀를 보며 멀어진다.

그녀가 나를 보며 손을 흔든다.

나는 다시는 그녀를 볼 일이 없을 거라 생각하며 돌아선다.

그것은 완전한 착각이다.

JKA 보고서

헨리 스펄링 로빈슨

9월 22일 10:15. 초크웰 고등학교 영어과 주임 교사 J. 오즈번 씨와 만남.

학교 비서의 안내를 따라 작고 어두운 방에 들어가니 오즈번 씨가 기다리고 있었다. 밖에는 햇빛이 쨍쨍한데도 방에는 냉기가 느껴졌다. 오즈번 씨가 탁자 맞은편 의자를 가리켰고 우리는 의례적인 인사를 나누었다.

오즈번 씨는 마치 내가 열세 살로 돌아간 듯한 느낌을 안겨주는 교사다. 행동은 정확했고, 사시 기미가 있는 날카로운 갈색 눈동자가 두꺼운 안경 안쪽에서 번득였다. 그는 짧게 말했고 발음은 명료했지만 r 발음은 자주 굴리거나 긁히는 소리가 났다.

오즈번 씨는 내가 이 약속을 잡으려고 전화를 걸었을 때 이미 자신은 할 말이 전혀 없으며 자신과 만나는 건 시간 낭비일 뿐이라고 못을 박았다. 그리고 대화를 시작할 때 다시 한번 그 말을 반복했다. 그는 나더러 왜 자기가 도움이 될 거라고 생각했느냐고 물었다. 나는 그가 헬을 잘 알 것 같아서라고 말했다. 그는 왜 그런 생각을 하게 됐느냐고 물었다. 나는 헬과 부모님의 말을 듣다 보니 그런 생각이 들었다고 했다.

오즈번 씨는 자신이 로빈슨 가족을 도운 것은 사실이지만, 그렇다고 핼을 잘 안다고는 할 수 없다고 했다. 그 말을 듣고 나는 핼을 잘 아는 사람은 아무도 없는 것 같다고, 하지만 어쨌건 나는 핼과 배리 사이에 무슨 일이 있었기에 핼이 고먼의 무덤을 훼손하게 되었는지 알고 싶다고 말했다.

오즈번 씨는 잠시 말이 없었다. 그러더니 자신은 사회복지사들에게 할애할 시간이 없다고 했다. 사회복지사라는 사람들은 동기도 그렇고 '지성도 의심스럽다'고 했다. 나는 그가 사회복지사를 어떻게 생각하건, 법원은 나에게 이 사건의 진상을 알아내 핼의 미래와 관련된 조언을 해줄 책임을 맡겼다고 했다. 오즈번 씨는 이 모든 일은 자신과 아무 상관이 없으니 나더러 로빈슨과 이야기를 하라고 했다. 나는 그러려고 했지만 핼이 친구의 죽음에 대해서도 그 뒤의 사건에 대해서도 입을 꾹 다물고만 있다고, 하지만 핼의 이야기를 들어보니 오즈번 씨는 사연의 일부라도 알 것 같다는 생각이 들었다고 했다.

"내가 안다고 해봅시다." 오즈번 씨가 매우 고사다운 어조로 말했다. "그렇다고 해도 나는 그 이야기를 비밀로 간직할 겁니다." 그는 차갑게 덧붙였다. "업무상 비밀 엄수라는 건 잘 알고 계시지 않습니까?" 나는 물론 잘 안다고, 업무상 비밀 엄수는 내 직업의 임무 중

하나라고 말했다. 그는 그런 임무는 성직자나 의사, 사회복지사뿐 아니라 교사에게도 해당된다고 말했다.

나는 오즈번 씨에게 어떤 말을 듣건 비밀을 지킬 거라고 했다. 그는 그것은 논점을 벗어난 말이라고 했다. 비밀을 한번 말하면, 설령 그 상대가 업무상 비밀 엄수의 임무가 있는 사람이라고 해도 더 이상 비밀이 될 수 없다는 것이다. 어쨌거나 자신은 그런 이야기가 어느 컴퓨터나 서류철에 들어가지 않을 거라고 생각할 만큼 바보는 아니라고 했다. 사회복지사들의 일이 그런 것 아닙니까? 사람들에 대한 서류를 만드는 것? 그러지 않으면 어떻게 보고서를 작성하겠습니까?

우리는 당연히 서류를 만든다고 했다. 하지만 그것은 사건에 관계된 사회복지사 외의 누구에게도 공개되지 않는다고 했다. 그렇다면 그것은 누구라도 마음만 먹으면 볼 수 있는 자료가 되는 거라고 오즈번 씨는 말했다. 절대적으로 안전한 서류는 없다고. 물론 나도 그 말을 이해한다!

나는 더 이상 그와 이야기하는 것은 소용이 없다는 생각이 들었다. 오즈번 씨는 논쟁을 위한 논쟁을 좋아하는 사람 같았고, 핼이 지닌 태도 일부가 어디서 오는지도 알 것 같았다. 나는 오즈번 씨 입장을 이해한다고 말했다. 하지만 핼에 대해서는 어떻게 생각하십니까? 똑똑한 학생인가요?

6학년에 진급하고 추후에 대학에도 갈 수 있을 만큼 똑똑하다고 오즈번 씨는 대답했다. 나는 그 말을 아주 티 나게 노트에 기록했다.

선생님께서는 아직도 핼이 고먼의 죽음 때문에 괴로워한다고 생각하시나요? 물론입니다, 오즈번 씨가 대답했다. 고먼과 로빈슨은 몇 주 동안 아주 친하게 지냈으니까요. 그건 모두가 알고 있습니다. 그 아이가 고통과 충격을 받는 건 당연하죠. 핼에게 필요한 건 자신감을 되찾는 겁니다. 아니면 처음으로 그걸 찾아야 하는지도 모르죠. 오즈번 씨는 그러려면 로빈슨이 빨리 학교로 돌아와서 자신이 깊은 관심을 갖는 공부와 활동에 전념할 수 있어야 한다고 했다.

오즈번 선생님은 핼이 정말 문학에 깊은 관심이 있다고 생각하시나요?

그 아이는 관념들에 관심이 많습니다. 오즈번 씨가 말했다. 핼이 볼 때 그걸 가장 잘 표현하는 수단이 문학인 거죠.

나는 오즈번 씨와 핼이 지난 몇 주 동안 정기적으로 만난 것이 문학 이야기를 하기 위해서였느냐고 물었다. 그는 그렇다고 대답했다. 하지만 그런 만남이 정규 수업이나 동료 학생들과의 친교를 대신할 수 있는 것은 아니었다고 했다.

나는 동의하지만 문제가 하나 있다고 했다. 문제라면 오직 관료 조직의 문제일 뿐이라고 오즈번 씨가 말했다. 나는 그것보다 좀더 어려운 것이라고 했다. 핼은 법원도 쉽게 이해하지 못하고 공중도덕에도 반하는 범법 행위로 기소되어 있습니다. 저는 보고서를 통해서 이 사건을 설명하고, 사실에 근거해서 합리적인 조언을 해주고 싶습니다. 하지만 무슨 일이 있었는지 알지 못하면 그렇게 할 수 없습니다. 로빈슨은 그 일에 대해 입을 닫고만 있습니다. 그리고 로빈슨 말고 이 사건에 대해 아는 사람은 제가 볼 때는 오즈번 선생님뿐인 것 같은데 선생님은 저를 도와주지 않겠다고 하시는군요, 하고 나는 힘주어 말했다.

오즈번 씨는 잠시 생각에 잠겼다. 나는 그에게 이 사건이 다음 주에 다시 법정에 회부된다는 사실을 일러주었다. 그때까지도 내가 아무것도 모르면 나는 핼이 협조하지 않는다는 보고서를 제출할 수밖에 없고, 그러면 법원은 아마도 핼을 보호시설에 보내서 정신과 의사, 경찰, 사회복지사들에게 집중 조사를 시킬 거라고.

오즈번 씨는 노기를 띠었다. 그런 결정은 말도 안 되고 그 자체로 범죄행위라고 했다. 나는 나도 법원도 다른 선택의 여지가 없다고 했다. 실정법 아래서 다른 방법은 없습니다. 불법 행위는 처리되어야 하고, 그 행위를 해명할 추가 정보가 없는 상태에서 법원이 할 수 있는 일은 범법 행위자를 처벌하는 것뿐입니다.

오즈번 씨는 의자에 뻣뻣하게 앉아 나를 노려보았다. 잠시 침묵이 흘렀다. 그러더니 그는 어떻게든 핼이 직접 사건을 설명하는 게 중요하다고 했다. 또 핼이 이 일을 너무 고민하고 있어서 그게 걱정이라고 했다. 장기적으로 보면 그건 법원이 내리는 어떤 조치보다도 더 나쁠 수 있지만 자신은 핼이 보여준 신뢰를 깰 수는 없다고 했다. 자신이 아는 걸 말한다면 그건 신뢰를 깨는 일이고, 어지간해서는 그런 일을 하고 싶지 않다고 했다.

내가 그의 말에 동의하자 오즈번 씨는 그렇다면 제안을 하나 하겠다고 했다. 만약 내가 법원에 조언할 때 어떤 추가 조치가 내려지건 일단 핼을 학교로 돌려보내도록 권고해준다면, 자신이 최대한 핼을 설득해서 그동안의 일을 말하게 하겠다고 말이다.

나는 거래는 할 수 없다고 했다. 그는 이 말에 웃으면서 텔레비전 이류 범죄 드라마 대사 같다고 했다. 하지만 나도 핼이 보호시설에 가지 않고, 또 핼 자신이 원한다면 학교를 계속 다니는 쪽이 미래를 위해 좋다고 생각한다고 말했다. 만약 핼이 그걸 원하고 그의 이야기 가운데 추가적 범죄 행위를 암시하는 것이 없다면, 나는 조건부 석방이나 보호관찰 명령을 추천할 수 있다고.

보호관찰 명령을 받으면 핼은 한동안 당국의 감시를 받고 필요한 경우 도움도 받지만 그 이상 공식 조사는 없을 겁니다. 하지만 제가 그런 조언을 제대로 하려면 핼을 아는 책임 있는 사람의 도움이 필요합니다. 나는 단호하게 덧붙였다. 선생님께서 그런 도움을 베풀어주시고, 필요하다면 핼을 위해 법원에 나와주시겠습니까?

오즈번 씨는 물론 그러겠다고 했다.

그래서 오즈번 씨는 핼을 만나서 내게 이야기를 하라고 설득하기로 했다. 그리고 다음 주 화요일에 나와 다시 만나서 의논을 하기로. 그때쯤이면 오즈번 씨의 영향력이 핼에게 통했으면 좋겠다.

24

내가 도착한 것은 5시 30분이었고 가게 문은 닫혀 있었다. 고 먼 부인은 집에 가고 없었지만 배리의 모습은 유리창 너머로 환히 보였다. 그는 레코드 재킷을 진열하는 시늉을 하고 있었다.

그는 지나치게 밝은 태도로 나를 맞더니 문을 잠갔다.

"그게, 어제 일은 말이야……"

그리고 이야기를 했다. 나는 시큰둥하게 들었다. 그도 그걸 알아차렸다. 하지만 그가 설명하려 애쓸수록 나는 반응하기가 더 힘들어졌다.

"설명할 필요 없어." 내가 마침내 말했다. "나랑 아무 상관 없는 일이잖아."

나는 이런 거짓말이 싫었지만 그래도 배리 앞에 서자 마음이 부드러워졌다. 내 기분이 어떻건 그가 무슨 일을 했건 언제나 아무 상관 없었다. 그를 보는 것만으로도 충분했다(언제나? 마지막 한 번만 빼면 언제나. 그에게 저항과 분노가 일었던 그때만 빼면).

"좋아." 그가 말했다. "이제 잊어버리자. 그리고…… 눈 감아봐. 깜짝 선물이 있어!"

"무슨 일을 하려고 그래?"

"그냥 시키는 대로 해! 눈 감으라니까."

나는 웃으면서 눈을 감았다. 계산대 뒤에서 무언가 부스럭거리는 소리가 났다.

"빨리해. 질질 끌지 말고!" 내가 말했다.

"알았어…… 거의 다 됐어…… 자, 눈 떠봐!"

그는 내 눈앞에 반짝이는 빨간색 헬멧을 내밀었다. 바이저가 달린 날렵한 모습이 검투사의 투구 같았다.

"자! 부릉부릉을 위해!"

나는 꼼짝하지 않고 그것을 바라보았다.

"받아. 네 거야. 써봐!" 그가 말했다.

그래도 내가 꼼짝하지 않자, 그가 "이리 와!" 하고는 헬멧을 내 머리 위로 들어 올려서 뒤집힌 어항처럼 씌워주었다. 그러고는 뒤로 물러서서 "멋있어" 하고 감탄한 뒤 바이저를 내려주었다. "얼굴을 가리니까 더 좋고!" 그는 새 장난감이 생긴 아이처럼 웃었다. 그리고 그것은 어느 정도 사실이었을 것이다.

"이걸 가지고 뭘 해야 하는 거야?" 내 목소리가 헬멧 속에서 웅웅 울렸다. 나는 바이저를 올렸다. "나는 오토바이가 없어, 바보야!"

"참아. 조금만 기다리면 생길 거야." 그는 내 손을 잡고 가게 안쪽 방으로 데리고 갔다. 사무실 겸 창고로 쓰는 방 같았는데, 조명은 벽 위쪽에 난 통풍창과 전구 두 개가 다였다. 그가 말했다. "그리고 그 전에도 나랑 같이 여기저기 다닐 수 있어. 뒷자리 탑승자도 안전을 도모해야지. 법에 그렇게 돼 있으니까. 여기, 벽에 거울이 있어. 한번 봐."

25

머리의 은신처.

가면.

가면극을 위한.

얼굴이 없는 배리의 뒤통수도 틀 안에 있다.

거울 안에 겹친 두 몸의 나머지 부분은 틀 밖에 감추어져 있다.

손도 역시, 거울은 보여주지 못하는 것, 거울은 말하지 못하는 것을 굴절시킨다. 말은 거기 없다.

그 단단하고 텅 빈 표면에서는 아무 말도 나오지 않는다.

하지만 이 공간을 보라. 우리는 그것이 말하게 할 수 있다.

그렇다.

정말로.

26

그런 뒤 나처럼 조용한 녀석에게 대단한 밤이 시작되었다.

"같이 타고 나가자." 배리가 말했다. "오토바이 말이야! 새 헬멧에 바람을 쐬어줘야지. 네 자유의 마지막 밤을 즐겨보자고. 내일부터는 노동자가 될 테니까."

"그래, 좋아."

그는 사무실 문 뒤에 준비되어 있던 반짝이는 파카 두 벌을 가져와서 각자 입게 하고 매끈한 오토바이 부츠를 신었다. 거기에 우주인 모자 같은 헬멧을 써서 짜릿한 속도에 맞설 준비를 마친 뒤, 가게 뒤에 세워져 있던 반짝이는 스즈키 250 오토바이를 끌고 나왔다. 주행거리계에 1,600킬로미터가 찍혀 있고 관절 마디들에서는 깨끗한 기름 튀는 소리가 났다.

"타본 적 있어?" 그가 물었다.

"처음이야."

"잘 들어. 땅에 발을 대지 마. 무슨 일이 있어도 발판 위에 올려놓고 있어야 해. 몸에 힘을 빼. 오토바이가 기우는 쪽으로 몸을 기울여. 저항하지 말고 그냥 나한테 맡겨. 그리고 나를 꼭 잡고 있어야 해."

27

스즈키 250은 뻔뻔한 속도를 기념하는 조각가의 모형이다. 그리고 배리의 뒤에 앉아 가는 일은 죽음을 도로에서 몰아내려는 광인을 끌어안는 일이었다.

내가 뒤에 앉자 그는 내 허벅지 밑에 손을 넣어 나를 바짝 끌어당겼다.

"급정거를 하면 나 때문에 크게 다칠 텐데." 내가 엔진 소리 위로 외쳤다.

"드디어 출정이다!" 그는 어깨 너머로 소리쳤다. "간다. 꼭 붙들어."

런던 로드를 달린 뒤 신호를 기다려 사우스본 가로로 얌전히 우회전했다가 얼른 좌회전해서 중앙분리대가 있는 프린스 대로로 스며든 다음, 런던행 간선도로에 올라 갈빗대를 덜덜 울리는 뿌연 시야 속을 달렸다.

시속 110킬로미터를 넘어가자 나는 배리의 어깨 너머로 속도계 보는 일을 중단하고 운명에 나를 맡겼다. 어차피 죽는다면 즐겁게 죽는 편이 좋을 것이다.

우리는 레이닝 교차로에서 유턴해서 약 50킬로미터의 속력으로 천천히 1~2킬로미터를 달린 뒤, 흙길로 들어가 대로에서 약간 떨어진 곳에 멈춰 섰다.

28

"늘 이렇게 달려? 아니면 금요일에만 그래?" 내가 스즈키의 진동하는 친밀함에서 몸을 떼어내며 물었다.

"이렇게라니?" 그가 시치미를 뚝 떼고 말했다.

"위험하게, 빠르게."

"빠르게 달리는 거 아냐!"

나는 우, 하고 야유했다.

그는 웃으면서, 하지만 단호한 어조로 말했다. "정말이야! 그러니까──그래, 빨리 달리긴 하지. 하지만 빠르다고 느껴지지는 않아."

"나한테는 그렇게 느껴져. 과속하는 것 같아."

"하지만 그게 다야."

"그게 다라니?"

"아 그만, 오늘 밤 너 때문에 피곤하겠다."

사실이었다. 나는 어젯밤 일로 마음이 언짢은 상태였다. "설명해봐." 내가 말했다.

배리는 헬멧 두 개를 턱 끈으로 오토바이에 걸어놓으며 말했다. "빠른 것하고 속도는 다른 거야."

"네 말이 맞아. 피곤할 거야." 내가 말했다.

"설명하기 어려워."

"천천히 해도 돼. 이제 초저녁인데 뭘."

"그래, 시간은 많지." 그가 말했다.

나는 그를 무시하고 멈춰 선 스즈키에 걸터앉았다.

"재미없었어?" 그가 말했다.

"재미있었어. 하지만 빠른 건 속도가 아니라며?"

그는 스즈키의 반대편에 걸터앉았다.

"말하자면 이래. 빠른 건 우리가 하는 일이야. 아니면 우리한테 일어나는 일."

"빠르게 달리거나 빠르게 재촉당하는 일 같은?"

"맞아."

"지금까지는 알겠어. 하지만 속도는?"

"속도는."

"뭐야?"

"그냥 속도야."

나는 그 보석 같은 말씀이 머릿속에 들어오도록 잠시 기다렸다.

"그거 알아?" 내가 말했다.

"뭘?"

"너는 이상해. 그리고 제정신이 아니야. 게다가 또 틀렸어. 사전에서 속도라는 말을 찾아봐."

"사전 따위가 무슨 소용이야! 나는 내가 느끼는 걸 말할 뿐이야." 약간의 분노가 느껴졌다. "정말로 알고 싶어?"

내가 말했다. "정말로 알고 싶어." 그리고 웃음을 지었다.

그도 웃음을 지었다. "빠른 건 속도를 얻는 수단이야."

나는 그 말을 생각해보았다.

"미안해. 좀더 설명해줘." 내가 말했다.

그는 자리에 앉은 채 몸을 조금 움직였다. "간선도로 같은 좋은 길에서는……"

"응."

"……빨리 달린다는 느낌이 안 들어. 그저 속도가 저만치 앞에 있고 내가 그걸 쫓아간다는 느낌만 들어. 속도는 언제나 내 손이 닿지 않는 곳에 있어. 그래서 그걸 잡으려고 점점 더 빨리 달려. 하지만 속도는 늘 저 앞쪽에 똑같은 거리를 두고 있어서 나는 내가 빨리 달리는 걸 느끼지 못해. 아니면 점점 빨라지는 걸."

침묵. 나는 뺨을 긁었다.

"만약에 그걸 따라잡으면 어떻게 되는 거지?" 내가 물었다.

그는 시선을 돌리며 어깨를 움츠렸다. "꿈에서 그런 경험을 해. 어떤 보이지 않는 거품 안에 있는 것 같아. 아니면 어떤 힘의 장 안에. 그건 눈 깜짝할 새에 나를 어디로든 데려갈 수 있어. 내가 움직이고 있다는 건 아는데, 힘쓰는 느낌도 없고 소리도 없고 진동도 없고 비슷한 아무것도 없어. 그리고 위험도 없어. 그 전체 경험이 아주 놀라워. 아무것도 하지 않고 계속 그 에너지 거품 속에 있었으면 좋겠다는 생각이 들어. 영원히."

나는 아무런 대꾸를 할 수 없었다. 그는 고개를 돌려 내 얼굴의 반응을 주의 깊게 살폈다.

나는 어깨를 으쓱했다. "대단한 꿈인걸!"

"너는 그런 꿈 꾼 적 없어?"

나는 고개를 저었다.

"하나 더 말해줄게." 그가 말했다. "가장 좋은 건 잠에서 깨면 그런 일이 곧 일어날 것 같은 느낌이 든다는 거야. 현실에서 말이야. 그거야말로 대단하지 않겠어?"

나는 스즈키에서 일어나 앞으로 두어 걸음 걸어갔다.

"너는 생각했던 것보다 더 이상해." 나는 가벼운 웃음을 시도하며 말했다.

"정상이 되고 싶은 사람이 어디 있어?" 그가 말했다.

29

돌아오는 길에 금요일 폭주를 준비하는 오토바이 한 떼가 우리를 따라잡았다. 사우스엔드는 모든 스릴의 휴양지다. 배리는 오토바이를 가속해서 그들과 보조를 맞추었다. 몇몇 뒷자리의 여자애들이 우리와 나란히 달리게 되자 애교스럽게 손을 흔들었다. 폭주족 중에도 여자가 있는지 모르지만 그걸 알아볼 방법은 없었다.

무리의 앞, 그러니까 우리 곁을 지나가는 일당의 맨 앞에는 반짝이는 흰색 가죽옷을 입고 헬멧과 장갑과 부츠를 모두 검은색으로 맞춘 친구가 있었다. 몸집이 너무 작아서 처음에는 어린아이인 줄 알았다. 아니면 원숭이거나. 그는 서커스 곡예사처럼 한쪽 발을 안장에 얹고 다른 발을 뒤로 뻗은 채 중심을 잡고 있었다.

그러다 우리 곁을 지나갈 때 안장에 내려앉았지만, 그런 뒤에는 고개를 뒤로 돌리고 두 손을 허리에 얹었다. 뒤이어 우리를 포위해 몰려든 그의 동료들은 경적을 울리고 손을 흔들며 환호성을 질렀다. '원숭이 소년'은 주먹을 불끈 쥐어 환호에 답한 뒤, 오른쪽 다리를 뒷바퀴 반대편으로 돌리더니 왼손을 스로틀 그립에 얹고 안장에 옆으로 앉았다. 그러더니 그렇게 위험천만한 자세로 여행 짐을 잔뜩 실은 자동차를 안쪽에서 칼치기해 앞질렀고, 놀란 운전사는 밀려드는 오토바이의 물결 속에서 경련하듯 지그재그로 비틀거리다가 파도에 휩쓸린 표류물처럼 뒤로 떨어져 나갔다.

배리와 나는 포효하며 그 가운데로 끼어들었다.

"이 친구들이랑 계속 같이 있을 거야?" 내가 배리 헬멧의 귀가 있을 부분에 대고 소리쳤다.

그는 고개를 끄덕이고 소리쳐 대답했다. "재미있잖아."

원숭이 소년은 무리를 이끌고 프린스 대로를 달렸고, 프라이

어리 광장을 지나 이스턴 대로로 들어선 뒤 우회전해서 본머스 파크 로드를 지나 사우스처치 대로까지 내달리더니, 이어 엔진 소리를 신나게 울리면서 머린가 끝의 해변 주차장, 그러니까 천박하게 번쩍이는 카지노 유원지 맞은편에 멈추어 섰다.

30

모두가 헬멧을 벗는다.

"이건 뭐야?" 원숭이 소년이 배리와 나에게 다가오며 말한다. "이놈들은 우리가 아니잖아."(헬멧을 벗으니 커다란 눈 주변에 털이 숭숭 난 모습이 영락없이 원숭이다.)

"누가 아니라는 거야?" 키가 190센티미터는 되는 거석상 같은 친구가 우람한 가와사키 500에서 내려 쿵쿵 다가온다. 구겨지고 기름 묻은 낡은 가죽옷에 금속 징들이 번쩍인다.

"우리가 아냐." 원숭이 소년이 말한다.

일당이 모여든다.

"그렇군." 거석상이 말한다. 가까이서 보니 폭주족 무리와 놀기에는 나이가 많아 보인다. 20대 후반은 되었을 것 같다. 얼굴은 아스팔트를 간 것 같다.

"너네 어디서 온 녀석들이야?" 그가 묻는다.

무리 가운데는 여자 얼굴을 한 친구도 있다. "시내를 빠져나온 직후부터 우리랑 같이 있었어." 그녀가 선웃음을 치고 말한다. "나는 저 녀석이 ──" 나를 가리키는 말이다. "이 녀석 여자 친구인 줄 알았어!"

우후, 하고 놀리는 소리가 울린다.

"봐." 여자 얼굴이 불길을 더 지핀다. "저년이 찰싹 매달린 품이 영락없이 계집애였어."

"저년?" 즐거운 아우성이 울린다.

"아냐 아냐!" 여자 얼굴이 과장된 동작으로 자신의 고의적 실수가 혼란스럽다고 시늉하며 입에 손을 댄다. "그러니까 '저 놈' 말이야!" 그러더니 초음파 같은 소리를 내며 포복절도한다.

곧 야유가 이어진다.

"그러면 게이라는 거야?" 원숭이 소년이 무리의 안쪽을 하느작하느작 걸으며 말한다.

"그러니까 호모?" 머리가 도어매트 같은 친구가 말한다.

"더 멋진 말도 있지." 양쪽 귀에 귓불이 거의 없는 친구가 말한다. 하지만 본래는 멀쩡하게 있다가 최근에 잘린 것 같다. 흉터가 아직도 선연한 붉은빛이다.

"지금이 기회야, 리그시." 도어매트가 소리친 건 멀대처럼 키가 큰 소년이다. 홍당무 같은 붉은 머리에 얼굴은 못생겼고 깡마른 몸은 새 가죽옷을 헐렁하게 걸치고 있다. 그가 부끄러운 듯 웃음 짓고 피리 같은 목소리로 말한다. "어쨌건 생긴 건 예쁘군."

그들은 다시 야유 섞인 환호를 하고 홍당무는 자신의 대담함에 얼굴이 빨개졌다.

지금까지 거석상은 움직이지도 웃지도 않고, 심지어 미소도 보이지 않았다. 그가 합창 소리를 때려눕히며 말한다. "어디서 온 녀석들이냐니까?"

적의가 한곳에 집중되면서 공기가 팽팽해진다.

"쿼트 유이 옵?" 배리가 말한다.

31

이렇게 **뻔뻔**할 수가.

나는 파카 안에서 몸을 떤다.

액션 리플레이

나는 그 시끄러운 무리와 합류한 시점부터 벌어진 일들이 별로 마음에 들지 않았다. 나는 군중을 좋아하지 않는다. 실제로 군중 공포증도 좀 있는 것 같다(노르웨이어로 군중이라는 말이 '몰려든다'라는 뜻의 크뤼다kryda인 걸 아는가? 그 상황과 아주 잘 맞았다. 나는 그 말을 앞으로 이야기할 몇 가지 일을 겪던 중 카리한테서 배웠다).

내가 생각하는 지옥은 경기가 개판이 되어 폭동이 일어날 것 같은 축구장 관중 속에 영원히 서 있는 것이다. 나는 축구를 싫어한다. 축구장 관중은 더 싫어한다. 그들은 로빈슨 법칙의 완벽한 증거다. 그 법칙은 인간의 어리석음은 같은 목적을 가지고 한 장소에 모인 사람의 수에 복비례로 증가한다는 것이다.

주차장에서 그 못생긴 무리에 둘러싸여 있자니 곧 로빈슨 법

184

칙을 개정할 새로운 증거가 나올 것 같다는 생각이 들었다. 본능에 따르자면 나는 뒤돌아서 달아나야 했다. 하지만 원숭이 소년이 우리 주변을 슬슬 돌고 거석상이 이 원숭이의 관심 대상을 관찰하려고 금속 징을 번쩍이며 다가오자, 변함없이 영웅적인 나의 새 친구가 조용히 속삭였다. "입 꾹 닫고 가만히 있어."

그래서 나는 입 꾹 닫고 가만히 있었다. 그게 배리의 명령 때문인지 공포 분위기 때문인지는 내 자아를 위해 깊이 캐지 않는 편이 좋을 것 같다.

다행히 이 못난이들은 거석상의 질문에 대한 배리의 대답에 나만큼이나 당황했다.

32

"쿼트 유이 옵?" 배리는 일부러 잠시 뜸을 들였다가 다시 한 번 말한다.

"아아아!" 여자 얼굴이 귀여운 아기라도 본 것처럼 말한다. "외국 애들이잖아. 어쩐지 하는 짓이 괴상하더라니."

그 말에 일행 대부분은 우리에게 흥미를 잃고 유원지 쪽으로 이동해 간다.

"어느 나라에서 왔지? 프랑스?" 여자 얼굴이 다가오며 말한다.

원숭이 소년이 자신이 생각하는 섹시한 파리 사람의 걸음걸이를 흉내 내며 다가와서는 배리의 얼굴에 대고 눈을 깜박이며 말한다. "파를리 부 프랭키?"*

"쿼트?" 배리가 어리둥절한 표정으로 말한다.

오, 하느님! 나는 갑자기 종교심으로 가득 찬다.

"저건 프랑스어가 아냐." 홍당무가 말한다. (배운 게 있는 모양?)

여자 얼굴이 배리에게 얼굴을 바짝 들이대고 느린 말투로 또박또박 묻는다. "너네? 어디서? 왔어?"

남아 있던 몇 명이 궁금해서 끼어든다. 그들이 풍기는 땀 냄새, 기름 냄새, 담배 냄새가 코를 찔러서 입을 꾹 닫고 있는 데 도움이 된다.

"아냐. 러시아 놈들인지도 몰라." 도어매트가 갑자기 흥분해서 말한다.

"헛소리!" 귓불이 없는 친구가 말한다. "러시아는 아냐. 러시아 놈들은 키가 커. 덩치도 크고. 코도 두껍지."

"코가 두껍다니!" 도어매트가 말한다. "어디서 그런 헛소리를 들은 거야?"

"내 말이 맞아. 이놈들은 러시아 놈들이 아냐."

"그래도 귀엽잖아?" 여자 얼굴이 말한다. "이탈리아 놈들 아냐? 걔들은 아주 사랑꾼이거든."

"아냐." 홍당무가 말한다. "이탈리아 놈들은 말끝마다 '아' 소리랑 '오' 소리를 내고 남의 엉덩이를 꼬집어. 이 녀석들은 그러

---

* (옮긴이) 파를레 부 프랑세Parlez-vous Français?(프랑스어 할 줄 알아요?)의 부정확한 표현.

지 않았잖아."(배운 게 겨우 그 정도?)

"너네아 이탈리아어아 해아?" 원숭이 소년이 두 손을 공중으로 들어 정성껏 비비 틀면서 말한다.

"옵?" 배리가 말한다.

"어쨌건 난 애네가 귀여워." 여자 얼굴이 말한다.

"워트 퀴옵, 잇 롭 위 퀴?" 배리가 말한다.

"너네 어디서……?" 여자 얼굴이 팔을 뻗어 사우스엔드를 가리키며 말한다…… "왔냐고……?" 그리고 손가락으로 배리를 가리키다가 슬쩍 그의 얼굴과 가슴을 훑는다.

"아!" 배리가 무언가 깨달았다는 듯 말한다. "어트 올림 피아."

"올-림 피어?" 여자 얼굴이 인상을 쓴다.

"퀴!" 배리가 말한다.

"그게 도대체 어디 있는 나라야?" 도어매트가 말한다.

"넌 알 수 없지." 잘린 귓불이 말한다. "넌 너네 집이 어디 있는지도 모르잖아."

도어매트가 잘린 귓불의 배를 세게 친다. 잘린 귓불이 요란하게 웃는다. 경멸의 표현인지 아파서 웃는 건지 알아볼 시간은 없다.

"어디 있는 나라건," 여자 얼굴이 말한다. "나는 이 녀석들이 마음에 들어. 데리고 있어도 좋겠어."

"그러면 이 녀석들한테 사우스엔드를 좀 구경시켜줄까?" 홍당무가 말한다.

"유원지로 데리고 가자." 원숭이 소년이 말한다.

"그래." 여자 얼굴이 배리와 나 사이에 끼어들더니 배리의 팔을 잡고 말한다. "그거 좋군. 이 녀석은 내 거야."

안 돼! 머릿속에서 비명이 울린다.

"가자." 거석상이 말한다.

33

우리는 동료애에 휘말려 유원지로 끌려간다. 배리는 계속 어트니 쿼트니 롭이니 옵 같은 말을 하고, 나는 마네킹처럼 입을 다문 채 겁에 질려 몸도 마네킹처럼 뻣뻣해진다. 녀석들은 우리의 등짝을 치고 장난스레 주먹질을 하고 희롱하고 놀린다. 온갖 구실로 우리에게 키스하고 우리를 껴안고 붙들고 한다.

유원지 입구에 이 난폭한 무리 전체가 다시 모인다. 우리는 그들에게 이끌려 유원지의 놀이 시설을 요란스레 기습한다. 이보다는 덜 난폭한 금요일 저녁의 행락객들이 우리의 행군하는 부츠 앞에서 놀란 참새들처럼 흩어진다. 멀리서 관리인들의 외침이 들린다. 부모들이 놀란 아이들을 옆으로 잡아채고 폭주족에게 눈을 부라리며 저주와 욕설을 퍼붓지만 조롱의 합창이 날아들 뿐이다. 맥주 캔이 손과 손을 넘나들고 마침내 빈 캔은 축구공이 되어 날아간다. 원숭이 소년은 갑상샘항진증에 걸린 열살짜리처럼 흥분해서 무리를 이끌고 달려간다.

롤러코스터, 범퍼카, 문어, 각종 회전목마, 미니 공연장들. 우리는 난폭한 군사작전이라도 수행하는 것처럼 그 모든 것을 휩

쓴다. 다른 종류의 군대가 도착하기 전까지. 우리는 돈 한 푼 내지 않고 원하는 것을 멋대로 집어 들고, 돈을 내라는 예의 바르거나 무례한 요구를 비웃는다. 점령군처럼 다이빙하고 달리고 점프하고 미끄러지고 몸을 뒤집으며 떠들썩하게 논다. 빙글빙글 도는 문어 놀이기구를 탄 원숭이 소년은 불꽃과 폭죽에 불을 붙여서 구경하는 군중에게 던진다. 사람들 얼굴 위로 물수제비라도 뜨는 것 같다. 그리고 군중이 흩어지자 신이 나서 우후! 소리 지르고 요들송을 부르고 쾌감에 찬 고함을 내지른다.

얼마 지나지 않아 다른 종류의 군대가 도착한다.

"경찰이다!" 원숭이 소년이 소리친다. 반가운 삼촌이라도 본 것처럼.

네 명의 청색 제복이 맨손과 납작모자와 접은 소매로 완전 무장하고 다가온다. 어쩌면 그들은 살인 광선총으로 무장한 침투군이나 대테러 공군 특수부대원인지도 모른다. 그들을 보자마자 우리의 폭주족 친구들은 사방으로 내달린다.

구원의 기마 부대가 왔다고 나는 생각한다. 이제 곧 탈출이다.

하지만 착각이다. 도어매트, 잘린 귓불, 여자 얼굴, 거석상이 끝까지 충실하게 배리와 나를 감싸고, 홍당무와 원숭이 소년이 후방을 지키는 상태로 우리를 유원지 밖으로 내몰아서 부두다리를 향해 인파 붐비는 골든마일을 달려간다.

우리는 그렇게 환호하며 디질랜드 어린이 놀이터(귀 피어싱 2.5파운드)를 지나고, 포레스터스 암스(런치타임 스트립쇼)를 지나고, 해피드롬을 지나고, 음악이 쿵쿵거리는 라스베이거스 유흥장을 지나고, 팰컨을 지나고, 켄터키 페어를 지나고, 기름 소리 요란하고 식초 인심 넉넉한 오션피시 레스토랑을 지나고, 호프 호텔을 지나고(여기 이를 무렵 우리는 모든 희망을 잃었다), 코니아일랜드 레저 센터, 몬테카를로 빙고, 가든 할인점(영업 마침), 비치코머를 지나고, 하버라이츠 레저 센터(이곳에서 레저란 밀치고 달치는 소동을 의미한다)를 지나고, 이어서 루이스 맨지, 토츠, 미시시피, 파피용(사우스엔드의 빅토리아풍 술집), 로즈가 쉬지 못하는 로즈 레스토랑을 지나고, 리버티벨(맥주가 필요하다. 지금 모두 숨이 턱에 차 있으니까)을 지나고, 오션피시 레스토랑만큼이나 시끄럽고 넉넉한 클라크스 고급 해산물 레스토랑을 지나고, 머린 상점가와 올림피아 엔터테인먼트 센터(빙고 게임장)를 지나고, 경적을 울려대는 자동차들에 경멸의 시선을 던지며 재빨리 도로를 건너서 서부 해변 산책로에 올라 부두다리까지 달린 뒤, 흰색 페인트를 칠하고 꼭대기에 성탑처럼 올록볼록 테두리를 두른 밀랍 인형 전시장(공포의 방 포함)의 유리창 앞 보호난간 앞에서 헐떡이며 쓰러진다. 우리는 영원한 공포에 사로잡힌 남자가 영원히 흔들리는 진자 도끼에 영원히 반토막이 된 모습을 가쁜 숨을 몰아쉬며 들여다본다. 쫓고 쫓기는 자들만의 웃음이 터져 나오고 거기 배리와 나도 동참하지 않을 수 없다.

"조심해." 도어매트가 영원한 공포에 사로잡힌 밀랍 인형을 가리키며 잘린 귓불에게 말한다. "안 그러면 너도 저렇게 될 거야."

"저 도끼는 네가 휘두르겠지." 원숭이 소년이 말한다.

"그것도 괜찮지. 재밌잖아." 도어매트가 말한다.

34

액션 리플레이

유원지. 다수의 익명성. 거친 소년들의 놀이. 농담과 야유와 떠들썩한 욕설. 난폭하고 친근한 몸의 대화. 호전적 무리에 속했다는 우쭐함. 일부러 반감을 사는 일의 짜릿한 흥분. 법을 어기는 일이 안겨주는 아찔한 만족.

나도 이 모든 일의 한가운데서 그것을 느끼고 의식한다.

그리고 이 패거리가 왜 이런 짓을 하는지 이해한다. 이것은 그들의 출구이자 입구, 그들의 마법의 콩이자 연대 행위다. 다른 식으로는 말할 수도 보여줄 수도 없는. 그들 속에서 함께 소동을 피우면서도 나는 그 사실이 슬프다.

이런 비이성적 전율에는 강력한 전염성이 있다. 하지만 나는 아무 말도 할 수 없다. 입을 열면 끝이다. 덫에 걸려 있다. 출구는 없다.

35

늙은 고릴라 같은 남자가 '입구'라고 적힌 밀랍 문을 열고 나온다.

"이놈들." 그가 우리의 법석을 자르며 말한다. "이 안에도 무

서운 구경거리가 가득해. 너희 놈들이 그렇게 창문을 가로막고
다른 구경거리를 만들어주면 되겠어? 얼른 가. 다른 데 가서
놀아."

"할아버지 말씀 잘 들어." 여자 얼굴이 말한다. "너무 무례하
잖아!"

질문을 위한 질문이 관리인의 벗겨진 머리 위로 쏟아진다.
요새 거울 본 적 있나요? 원숭이 소년이 궁금해한다. 잘린 귓불
은 할아버지 몸을 박제로 만들어서 창문 속 미라들 틈에 세워
놓는 건 어떻겠느냐고 묻는다. "할아버지 말솜씨가 좋으니 그
혀도 밀랍으로 만들죠." 홍당무가 여태껏 감추었던 재치를 번
득이며 묻는다. 거석상이 한쪽 팔을 내미는 동작만으로 그가
노인에게 얼마만 한 신체 변형을 가할 수 있는지 암시한다.

하지만 우리는 그곳을 떠난다. 행락지가 손님에게 즐거움을
허락하지 않는 것에 불만을 툴툴거리면서.

36

거기서 나는 스파이크를 본다.

수정 거기서 스파이크가 나를 본다.

(스파이크를 기억하는가? 만사태평하고 육감적인 스파이크,
그리고 텀블호의 주인이기도 한?)

수정의 수정 밀랍 인형 성채에서 비틀비틀 물러나다가 스파
이크와 부딪혀서 말 그대로 녀석의 품에 털썩 안기는 꼴이 된

다. 경우에 따라 그런 자세에 아무런 불만이 없을 때도 있다. 하지만 이번은 절대 그런 경우가 아니다.

"조심해!" 스파이크가 나를 밀치며 말한다.

스파이크를 보자 나는 신경이 오그라든다. 하지만 스파이크는 밀어낸 상대가 누군지를 깨닫자 얼른 평소의 너그러운 모습으로 돌아온다.

"안녕, 헬!" 그가 말한다. "어디 가는 거야? 빌 헤이즐 집에서 모여 파티하기로 했어. 같이 안 갈래?"

나는 딸꾹질로 대답한다.

폭주족 녀석들이 가까이 다가온다. 갑자기 모두가 전보다 더 크고 난폭하고 수도 많아 보인다.

"이 녀석 알아?" 거석상이 자갈 구르는 목소리로 내 머리 위에서 스파이크에게 묻는다.

딸꾹.

"그건 알아서 뭐 하려고?" 스파이크가 말한다.

"저기 말이야……" 내 곁에서 함께 녀석들에게 둘러싸인 배리가 말한다.

딸꾹.

"이 자식들 영어 할 줄 알잖아!" 잘린 귓불이 말한다. "뭔가 이상하다고 했어."

"잠깐 기다려봐." 배리가 말한다. "어떻게 된 일인지 말해줄게."

"그러니까 외국인이 아닌 거야?" 여자 얼굴이 분노와 그에 못지않은 실망에 사로잡혀서 말한다. "하다못해 웨일스*도 아냐?"

딸꾹.

"그냥 장난 좀 친 거야." 배리가 말한다.

"장난? 누가 재미있어한다고?" 거석상이 말한다.

"해치워버려." 원숭이 소년이 신이 나서 말한다. "어서, 한 방 먹여."

"시끄러." 거석상이 말한다.

딸꾹.

"네가 애 친구야?" 거석상이 '친구'라는 말에 경멸을 담아 말한다.

"그래." 스파이크가 말하고 고갯짓으로 나를 가리킨다. "저 애하고. 그게 뭐?"

딸꾹.

"자신만만하군." 홍당무가 말한다.

"승산이 있다고 생각하나 보지?" 거석상이 나를 밀치고 나와 길동무가 된 이후 처음으로 웃음을 지어 보이며 말한다.

배리가 말한다. "그 애는 아무 상관 없어……"

"나는 쥐새끼가 아니라 사람한테 말해." 거석상이 스파이크에게서 눈을 떼지 않고 말한다.

내가 '딸꾹' 하고 말한다. "스파이크, 어서 '딸꾹' 빌의 파티에 가."

---

* (옮긴이) 영국 서부의 지방. 16세기에 영국에 병합되었다.

스파이크가 어깨를 으쓱한다. "신경 쓰지 마. 너를 이렇게 두고 갈 수는 없지."

"승산이 있다고 생각하는군." 거석상이 말한다.

"그건 네가 무슨 생각을 하는지에 따라 달라." 스파이크가 말한다.

거석상이 어깨를 들어 올리고 말한다. "흉악한 건 없어. 너는 작고 어리고 혼자니까."

그러자 우리를 둘러싼 용사들이 조롱 섞인 환호를 보낸다.

"한번 해보지 그래?" 스파이크가 말한다.

거석상이 코웃음 친다. "농담도 잘하는군, 애송이."

스파이크가 말한다. "진짜 애송이가 누군지 볼까?"

"아, 재미있네!" 홍당무가 소리친다.

딸꾹, 하면서 나는 생각한다. 끝장이야! 이제 희망이 없어.

"그래, 어떻게 해줄까?" 거석상이 말한다. "네 호모 머리를 박살 내줄까 아니면 뼈를 으스러뜨려줄까?"

"기왕이면 두 가지 다 해." 원숭이 소년이 말한다.

"방울도 아작 내주고." 여자 얼굴이 말한다.

그녀의 말이 농담이 아니라는 건 분명하다.

37

이 시점에서 안타깝게도 나는 그다음에 일어난 일들을 정확히 말할 수 없다. 여자 얼굴의 말은 나에게 갑작스러운 요의를 일으켰다. 그녀의 말이 행동으로 옮겨질 거라는 생각이 지난 몇 분 동안 흐르던 긴장과 반응하면서 촉발된 게 분명하다. 때문에 나는 정신이 산란해졌다. 어쨌거나 배리와 스파이크가 나중에 각각 나에게 말한 것을 짜맞추어보면 그 뒤에 일어난 일은 대강 다음과 같다.

배리가 끼어들기로 결심하고 거석상과 스파이크 사이를 막아선다(그게 희생적 용기에서 나온 것인지, 아니면 거석상과 스파이크가 이달의 영웅인 그를 무시했다는 불쾌감에서 나온 것인지는 모르겠다).

그다음에 내가 아는 건 배리가 땅바닥에 쓰러졌다는 것이다. 나중에 배리가 말한 것에 따르면, 누군가—그는 도어매트일 거라고 생각했다—일부러 배리 앞에 발을 내밀어서 그를 넘어뜨렸다.

그러나 스파이크는 거석상이 배리의 배를 가격해서 쓰러진 거라고 말한다.

배리는 만약 그렇더라도 자신은 맞은 기억이 없다고 했다. 아니면 뒤이어 벌어진 난투극에서 너무도 많은 발길질을 당한 나머지, 그때도 또 이후에도 개별적 고통을 하나하나 파악할 수 없었는지도 모른다.

어쨌거나 배리는 넘어진다. 나는 본능적으로 그를 구하러 뛰어든다. 그와 동시에 거석상이 스파이크의 명치를 향해 주먹을 날렸다는 걸 나는 스파이크에게서 들었다. 하지만 그 주먹은 목표 지점에 이르기 전에 나의 하강하는 머리와 부딪혀서 내

왼뺨과 코와 입을 부순다.

그 강력한 힘으로 인해(그리고 그 당연한 반응으로) 나는 중심을 잃고 한 바퀴 빙글 돌면서 얼굴을 보호하려고 두 손을 얼굴로 가져간다(그것은 내 머리가 아직 어깨에 붙어 있는지 확인하기 위해서이기도 했다. 머리가 몸에서 분출되어버린 것 같았다).

나는 허리를 구부린 채 몸을 비틀다가 머리로 여자 얼굴의 하복부를 들이받는다.

여자 얼굴이 비명을 지르며 몸을 접는다. 그 결과 그녀는 내 구부정한 몸 위로 쓰러져서 내 머리를 깔고 엎어진다. 나는 꼼짝 못 하고 뻗는다. 그녀가 필사적으로 휘젓는 두 손이 내 국부를 움켜잡는다.

나는 여자 얼굴이 아까 말한 대로 누군가의 방울을 부수려고 한다는 생각에 스스로를 보호하겠다는 일념으로 몸을 힘껏 폈고 그 결과,

여자 얼굴이 하늘로 솟구쳐서 거석상과 스파이크 사이로 곤두박질쳤다. 그리고 그 전에 공중제비를 제법 멋지게 넘었다고 스파이크가 말했다.

여자 얼굴에게는 안된 일이지만, 그 순간 거석상이 스파이크의 턱을 향해 다시 한번 팔을 휘두르고 있다. 스파이크는 다시 한번 뒤로 물러선다. 여자 얼굴이 둘 사이로 내리꽂힌다. 거석상의 쇠망치가 여자 얼굴의 항변하는 입 위에 퍽 하고 작렬해서 그 입과 그녀를 바로 잠재워버린다.

여자 얼굴은 배리의 몸 위로 떨어진다. 간신히 엉거주춤 일어나고 있던 배리는 의식을 잃은 여자 얼굴의 무게에 눌려 다시 한번 땅바닥에 뻗는다.

나는 여자 얼굴의 발사대 역할을 하는 순간, 균형을 잃고 비틀거리다가 배수구 안에 등을 대고 뻗어서 그 자세로 추후의 진행 과정을 관찰한다.

대장이 여자 얼굴을 때려눕히는 걸 보자, 잘린 귓불과 도어매트는 발정 난 사슴 같은 괴성을 지르며 그녀를 구하러 달려든다. 정열의 대상을 구하려는 각자의 열망이 너무도 커서 어느 쪽도 다른 쪽을 보지 못한다.

둘은 뻗어 있는 여자 얼굴의 몸 위에서 정면충돌한다. 망치가 모루를 내리치는, 또는 하키 스틱이 퍽을 강타하는 소리가 난다. 도어매트와 잘린 귓불은 두 손으로 머리를 움켜쥐고 고통과 분노의 저주를 퍼부으며 물러선다.

하지만 이제 거석상도 움직이기 시작한다. 그가 놀라서 여자 얼굴의 뻗은 몸을 보고 있을 때 도어매트와 잘린 귓불이 머리를 합친다. 두 친구의 머리가 눈앞에 나타나자 그는 정신이 든다. 그리고 이 일로 화가 한층 솟구친 표정이 된다. 어쨌거나 여자 얼굴은 그의 여자니까. 그런데 이제 도어매트와 잘린 귓불이 애인을 구하듯 그녀를 구하러 달려들어서 그동안 숨겨왔던 감정을 드러낸다. 분노와 짜증과 실패에 눈이 벌게진 거석상은 도어매트와 잘린 귓불의 머리카락을 움켜쥐고 옆으로 세차게 던져버린다.

도어매트는 원숭이 소년 앞에 떨어져서 그의 다리를 강타한다. 두 사람은 쓰러지지 않으려고 서로를 붙들지만, 결국 뒤엉킨 채 보도에 쓰러져 고함과 주먹질로 분노를 표현한다. 그러는 동안 잘린 귓불이 비틀거리며 홍당무에게 달려드는데, 그 기세가 너무나 맹렬해서 홍당무와 함께 보도 가장자리의 난간──보행자들이 4.5미터 아래 어린이 놀이차 트랙에 떨어지지 않도록 막아주는──너머로 날아가버린다. 그들이 눈앞에서 사라지면서 괴성이 들려온다.

　거석상은 두 주먹을 불끈 쥐고 온몸이 터져 나갈 듯한 기세로 거대하게 포효한다.

　"아이스크림!"

　거석상이 정말로 뭐라고 외쳤는지를 두고 나중에 약간의 논란이 있었다. 나는 처음부터 그가 '아이린'이라고 외쳤다고, 그건 여자 얼굴의 이름일 거라고 생각했다. 배리는 비록 가죽 재킷을 입은 여자 얼굴의 가슴팍에 눌린 채 듣기는 했지만, 거석상이 이만하면 할 만큼 했다고 생각하고 간식거리라도 사려고 지나가는 아이스크림 차를 부른 거라고 생각했다. 하지만 스파이크는 거석상이 자신에게 마지막 공격을 가하기에 앞서 이스트엔드*의 돌격 함성 같은 것을 내지른 거라고 주장한다. 이제 자신과 거석상 사이를 막는 게 아무것도 없는 걸 본 스파이크는 무언가 해야 한다고 생각하고, 다시 한번 몸을 피하는 대신

---

*　(옮긴이) 런던 동부의 가난한 지역.

반격을 가했다.

거석상이 실제로 무엇을 의도했건, 스파이크는 몹시 유연하게 거석상에게 다가가서 그의 코를 강타하고, 이어 이빨이 부서져라 턱에 어퍼컷을 먹였다.

'원투 펀치를 날려…… 원투 펀치를……'

거석상이 뒤로 비틀비틀 물러난다. 믿을 수 없다는 표정, 쏟아지는 코피. 부르르. 그러고는 땅바닥으로 쓰러진다. 풀썩.

38

그런데 말해두어야 할 점은 이 모든 일이(그러니까 단편 37에 적은 모든 일이) 10초 안에 일어났다는 것이다. 이걸 보면 현실은 그 내용을 글로 읽는 것보다 훨씬 빠른 속도로 일어나기도 한다는 걸 알 수 있다(물론 그 내용을 글로 쓰는 데는 더 많은 시간이 걸린다. 나는 오늘 오전을 전부 바쳐서 단편 37을 썼다). 또 참고로 말하는데 우리가 이런 짧은 난투극을 즐기는 동안,

+ 어머니와 아버지는 TV 금요 영화를 보고 있었다. 그날의 영화는 「내일을 향해 쏴라」였다. 두 분은 이미 그 영화를 네 번 보았다. 아버지는 주로 잠을 자다가 총싸움이 벌어지면 눈을 떴다. 어머니는 그런 장면에서는 잡지를 보았고 아예 다른 영화를 보고 싶다고 생각했다.

+ 고먼 부인은『죽으러 온 핑커턴 양』을 읽으면서 ── 나는 그런 책이 있다는 걸 전에도 후에도 들어본 적이 없다 ──, 챕터가

끝날 때마다 가족 앨범을 뒤적이며 커피를 마셨다. 두 시간 동안 마신 커피가 모두 여섯 잔.

+ 카리는 내가 그녀를 두고 떠난 날 저녁 해변에서 만난(그녀를 꼬신?) 남자와 디스코 클럽에서 춤을 추고 있었다. 그의 영어 실력은 신통치 않았지만 생김새가 '상당히' 귀여워서 기회를 주기로 했다. 하지만 니코틴 냄새가 너무 지독해서 잠시 후 그를 버리고 혼자 집으로 갔다(고 그녀가 말했다).

+ 폭주족의 나머지 녀석들은 포레스터스 암스에서 스트립쇼를 기다리며 최선을 다해 술을 마시고 있었다. 스트립쇼는 열리지 않았다. 본래 토요일 점심때만 하기 때문이다. 그것은 술집 바깥에 걸린 포스터만 제대로 봐도 알 수 있는 사실이었다. 소동을 벌이고 쫓겨난 그들은 벤플리트 거리의 군중들과 해변에서 난투극을 벌이는 방법으로 울분을 해소했다. 현장에 도착한 청색 제복들은 도망가지도 못할 만큼 취해버린 그들을 경찰차에 태워 데려갔다.

우리는 얼마나 즐겁고도 바쁜 세상에 살고 있는가.

39

스파이크가 나를 일으켜 세웠다. 배리는 여자 얼굴 몸통에서 빠져나왔다. 우리 셋은 거석상과 아이들을 모여드는 군중 속에 남겨두고 길을 건넜다.

"괜찮아, 너희 둘? 안 다쳤어?" 스파이크가 물었다.

배리가 말했다. "솜씨 좋은 성형외과 의사 한 명만 있으면 돼."

내가 말했다. "안면 교체도 말이지." 내 왼쪽 뺨은 살짝 만져
볼 수도 없는 상태였다. 코는 크리스마스 풍선만큼 부풀어 오른
것 같았다. 찢어진 윗입술도 퉁퉁 부어 있었다. 코와 입술에서
흐르는 피를 얼마나 많이 삼켰는지 당장이라도 질식하거나 피
에 잠겨 익사할 것 같았다. 머릿속에는 왱왱 록 음악이 울렸다.

"얼굴이 딱한걸." 스파이크가 나를 자세히 살펴보며 말했다.
"하긴 이런 빛 아래서는 누구나 그렇지만." 스파이크가 말한 건
나트륨 가로등이었다. 어느새 땅거미가 물러가고 어둠이 내렸
다는 것도 미처 몰랐다.

"지금 몇 시야?" 나는 인상을 찌푸리고 손수건으로 입과 코
의 피를 찍어내며 물었다.

"11시 반." 스파이크가 손목시계를 보고 말했다. "빌의 파티
가 한창일 거야. 어때, 생각 없어?"

나는 고개를 젓고 곧 후회했다. 그 움직임만으로 핵분열이
일어났다.

"내가 헬을 집에 데리고 가서 씻어줄게." 배리가 말했다.

"그래, 좋을 대로 해." 스파이크가 말했다. "그럼 안녕." 그리
고 그는 시내 쪽으로 걸어갔다.

"야, 스파이크." 내가 그를 불렀다. 스파이크가 돌아보았다.
"고마워."

"너를 위해서라면 언제라도." 그는 웃으면서 말한 뒤 손을 흔

들고 갔다.

배리와 나는 가장 빠른 길을 통해 그의 집으로 갔다. 오토바이는 하룻밤 동안 운명에 맡겨두기로 했다(다음 날 배리가 찾으러 갔더니 우리가 남겨둔 자리에 그대로 있었다. 폭주족들은 타이어를 찢고 헤드램프와 백미러를 부수는 정도로 복수심을 자제해주었다. 헬멧 두 개도 핸들에 그대로 걸려 있었다. 훌륭한 인성의 소유자들이었다).

다행히 우리가 도착했을 때 고먼 부인은 매일 밤 먹는 수면제의 위력에 휩싸여 침대에 안전하게 파묻힌 채 먼 나라로 떠나 있었다.

40

우리는 거울 궁전에서 옷을 벗었다. 그리고 조심스럽게 서로의 상처를 살폈다. 나의 부어오른 얼굴과 찢어진 입술. 배리의 멍든 옆구리와 허벅지, 또 보도에 긁혀 까진 손과 무릎. 그 정도가 전부였다.

서로의 몸의 곡선을 처음으로 만지고 끌어안고 쓰다듬는 데 이보다 더 좋은 핑계는 없었다.

우리는 샤워했다. 나는 면봉으로 그의 긁힌 상처를 닦아주고 그는 내 입술에 솜을 댔다.

짜릿한 모험과 서로를 발견한 기쁨의 파도 속에서 현기증을 느끼며, 우리는 밥을 먹고 맥주를 마시고 침대에 누워 저녁나

절의 일을 되새겼다.

"그런데 쿼티 어쩌고 하던 말은 도대체 뭐야?" 내가 물었다.

"타자어야."

"타자어?"

"Q-W-E-R-T-Y-U-I-O-P-물음표. 타자기 첫 줄을 봐."

"제정신이 아니군! 폭주족들이 우리를 박살 내려고 달려드는 마당에 타자기 첫 줄 따위를 생각했단 말이야?"

"아버지하고 게임을 많이 했거든. 우리끼리 고면 놀이라고 불렀는데, 너무 심심해서 아무거라도 하고 싶어지면 서로에게 지어낸 말로 이야기하는 거야. 내가 만든 말은 올림피아어였어."

"올림피아어?"

"우리 집 타자기가 올림피아 회사 거였거든."

"하하, 그 녀석들 표정이란! 나도 저게 무슨 소린가 했어! 취향도 독특하다고 생각했지."

"너를 포함해서 말이지." 그가 말했다.

그리고 나에게 사우스엔드의 선물을 주었다.

보고 싶은지?

41

"가지 마." 배리가 말했다. "지금 가봐야 똑같아."

나는 시계를 보았다. 2시 30분.

"안 돼." 나는 침대 밖으로 나가면서 말했다. "어머니가 죽도록 걱정할 거야. 이렇게 늦게까지 밖에 있으면 아주 난리가 난다고."

"그러면 내일 우리 집에서 자. 미리 말해두고."

"내일이라면 오늘이잖아. 알았어. 하지만 너 때문에 내가 죽고 말겠다."

나는 옷을 집으려고 손을 뻗었다. 그는 여전히 벌거벗은 채, 하지만 심각한 얼굴로 다가왔다.

"너는 왜 그렇게 죽음 이야기를 많이 해?" 그는 내 허리에 팔을 둘러 옷 입는 걸 막으면서 물었다. "죽음이란 게 그렇게 신경 쓰여?"

"아냐, 그런 건."

"그러면 왜 그런 말을 그렇게 많이 해?"

"그냥 관심이 가니까. 넌 안 그래?"

"별로."

"너네 아버지 생각도 안 해?"

"내가 안타까운 건 이제 아버지가 곁에 없다는 거야. 함께 있을 수 없다는 것. 나는 아버지를 사랑했어. 그리워하는 건 당연하지."

"거봐, 너도 생각하잖아."

"바보야, 그런 게 아니야." 그가 키스했다. "내가 말하는 건 나 자신이야. 나는 살아 있는데 아버지가 곁에 없다는 거. 누군가 죽었을 때 제일 안타까운 건 그거야. 원하는 사람이 이제 없다는 거. 하지만 네가 신경 쓰는 건 죽음이라는 관념이잖아?"

"맞아."

나는 그의 팔을 풀고 옷을 입었다. 그는 침대에 앉아 나를 지켜보았다.

"죽은 사람들은 어떨까?" 내가 물었다. "너네 아버지는?"

"우리 아버지? 죽음이 종지부고――그 뒤에 아무것도 없다면 어떻든 무슨 상관이겠어? 만약 죽음이 뭔가 다른 걸 의미한다면…… 그렇다면 아버지는 거기서 그것의 일부가 되어 있겠지."

나는 옷을 다 입고 떠날 순간을 기다렸다. 수정 나는 떠나려고 하면서 기다렸다. 나도 가고 싶지 않았다. 마법의 콩을 이제 발견했는데 그걸 두고 떠나고 싶은 사람이 어디 있겠는가?

"우리가 죽음 앞에서 해야 할 가장 적절한 행동이 뭔지 알아?" 그가 말했다.

나는 고개를 저었다. 어쨌거나 별로 죽음을 생각하고 있지도 않았다.

"웃어주는 거야." 그는 맞지? 하는 듯 눈썹을 치켜올렸다.

"지금은 그렇게 말해도 좋겠지." 내가 말했다. "우리 둘 다 아직 죽으려면 멀었으니까."

"이봐." 그는 침대에서 일어나 그 위험한 미소를 짓고 내게 다가오며 말했다. "너랑 계약을 하나 해야겠어."

"좋아." 내가 말했다. "뭐든지 한 번은 해보겠어."

"우리 둘 중 한 명이 죽으면 남은 사람이 그 무덤 위에서 춤을 추는 거야." 그는 다시 눈썹을 치켜올렸다.

나는 웃으면서 문을 향해 갔다. "아까도 말했지만 넌 제정신이 아니야."

"내가 농담한다고 생각하지?" 그가 말했다.

나는 그를 돌아보았다. 그는 방 가운데 서 있었다.

"아니. 난 네가 미쳤다고 생각해." 내가 말했다.

그가 다가왔다. 그리고 손가락으로 내 머리카락을 튕겼다. "이 머리 좀 어떻게 해야겠다."

"어떻게?" 나는 그에게 내 빗을 건네주었다.

"모르겠어. 내일 다시 해보자."

그는 내 머리를 정돈하더니 한 발짝 물러서서 나를 머리에서 발끝까지 훑어보았다. 그리고 웃었다. 소유한 자의 웃음.

그러더니 갑자기 악수를 하자는 듯 손을 내밀었다. 나는 영문도 모른 채 그의 손을 잡았다.

그가 손을 꽉 쥐자 나는 손을 빼낼 수가 없었다.

"약속해." 그가 말했다.

"약속이라면 ─"

"내가 먼저 죽으면 내 무덤 위에서 춤을 추겠다고."

"배리, 제발 바보처럼 굴지 마."

"난 진지해. 그러니까 약속해."

"넌 80살까지 살 거야."

"괜히 어렵게 굴지 마."

우리는 웃었다.

"하지만……" 내가 말했다. 그는 여전히 손을 풀지 않고 오른 손 위에 왼손을 마저 감쌌다.

"하지만이란 말 그만해. 그냥 약속해."

"왜?"

"나를 위해서."

나는 그를 바라보았다. 지난 두 시간의 혼몽 상태에서 정신 이 깨어나는 것 같았다.

"제발, 피곤해. 그냥 보내줘."

"안 돼. 약속해. 그게 그렇게 힘들어?"

"그렇진 않지만——"

"그러면 뭐야?"

"모르겠어. 이해를 못 하겠어서 그래. 말도 안 되는 일이잖 아."

"그래서 내가 조르는 건지도 몰라. 이해를 못 하니까. 너는 뭐 든지 이해해야 직성이 풀리니까. 그렇잖아? 너는 늘 그걸 원해. 이해하는 거. 하지만 어떤 것들은 이해할 수 없어. 절대로. 그러 니까 약속해. 나를 위해서."

더 이상 따지는 건 소용없을 것 같았다. 그가 원하고 있다. 그 러니 굳이 싫다고 할 이유가 무엇인가? 그는 지금 나에게 이제 껏 내가 원하던 것을 주지 않았나? 그가 엉터리 같은 맹세를 원 하고 있었다. 지킬 필요 같은 건 없어 보이는 맹세를. 마법의 콩 을 가진 소년이 내게 맹세를 원한다. 그 순간 내가 그에게 해주 지 못할 일은 아무것도 없었다.

"약속할게." 내가 말했다. "오직 너를 위해서. 다른 이유는 없어."

그러자 멍든 입 위에 찢어진 입술이 포개지면서 우리의 맹세는 봉인되었다. 옛이야기 속 소년들처럼 손가락에 피를 내어서가 아니라.

3부

죽음은 최고의 자극이다.

그래서 마지막에 준비되어 있는 것이다.

——낙서

1

처음부터 마지막까지 일곱 주가 걸렸다.

내가 해초 틈에 빠진 날부터 그가 죽은 날까지 49일이었다.
그가 '그것'이 되기까지.

천백칠십육 시간.

칠만 오백육십 분.

사백이십삼만 삼천육백 초.

그 모든 시간 동안, 그리고 그 후로 많은 시간 동안 나는 질문
했다. 왜 배리였을까? 왜, 예를 들어 스파이크가 아니고 그였을
까? 그의 생김새가 마음에 들어서만은 아니었을 것이다. 육체
적인 것, 섹스에 국한되었을 리는 없다. 그럴 수 있나? 그랬나?
만약 그게 전부라면 스파이크가 안 될 이유가 없었다.

아마도 나는 그를 사랑했던 것 같다. 그렇다고 생각했다. 내
가 사랑이라는 말을 이해하는 만큼은.

사람들은 그걸 어떻게 알까? 나는 나한테 그런 일이 일어나

면 금방 알 줄 알았다. 아무런 의문도 품지 않고 곧바로.

하지만 내가 분명히 알았던 건 만나고 또 만나도 부족하다는 것뿐이었다. 나는 언제나 그와 함께 있고 싶었다. 그런데 그와 함께 있어도 충분하지 않았다. 그를 보고 싶고 만지고 싶고 그의 손길을 느끼고 싶고 말소리를 듣고 싶고 그에게 이야기하고 싶고 그와 함께 많은 일을 하고 싶었다. 언제나. 밤이고 낮이고. 4,233,600초 동안 내내.

예를 들면 이렇다. 배리가 나를 가게에 두고 혼자 나간다. 나는 초조하게 그가 돌아오기만을 기다린다. 손님들은 나한테 무슨 경련마비라도 있다고 생각했을 것이다. 내 머리와 눈이 몇 초가 멀다 하고 문 쪽으로 돌아갔기 때문이다. 하지만 그들도 '멋진 소년'이 다시 시야에 들어오는 순간, 무슨 일이 벌어지는지 착각할 수 없었을 것이다. 그 순간 나는 완전히 부서졌기 때문이다. 나는 해야 할 일도 잊고 그가 돌아왔다는 게 확실히 느껴질 때까지 오직 그만 바라보았다.

반려견처럼. 나는 그런 순간조차 나에게 무슨 일이 일어나는지 알았다.

처음에는 그러지 않으려고 했다. 하지만 불가능했다. 그것은 강박이고 집착이었다. 저항할 수 없었다. 얼마 후부터 나는 내 행동이나 다른 사람의 이목에 신경 쓰는 일을 포기했다. 내 감정을 숨기는 게 너무 힘들었고 어쨌건 그걸 잘 해내지도 못했다. 나만 바보처럼 느껴졌다. 그래서 나는 볼 테면 보라지, 될 대로 되라지 하는 식이 되었다. 그렇게 솔직한 태도가 더 편했다. 더 자연스러웠고 나 자신을 더 책임질 수 있는 것 같았다. 만약 내 상태가 그렇다면 안 그런 척하는 게 무슨 소용이야? 하는 생각이었다.

우리는 이런 일을 전혀 이야기하지 않았다. 우리는 끊임없이 이야기를 했지만 이 부분에 대해서는 함구했다. 어쨌거나 나는 배리가 뭐라고 말할지 알았다. "나는 그렇게 느껴. 그게 나야. 더 무슨 말이 필요해?"

나는 지금 머릿속으로 지난 일들을 하나하나 되새기고 있다. 우리가 한 모든 말, 모든 행동, 모든 디테일. 모든 소소한 단편, 그 단편들을 모아서 '커다란 단편'으로 묶으려고 한다. 어떤 식이건 말이 되는 하나의 전체로. 어떤 의미가 있는. 의미. 중대한 의미. 나에게 그를, 또 나 자신을 설명해주는 것. 그 모든 일이 무엇이었는지를 설명해주는.

다음에 이어지는 단편들은 좋았던 시절의 단편이다. 우리가 만난 다음 주의 월요일부터 모든 것이 끝난 금요일까지, 내가 배리의 가게에서 일하며 매일 저녁을 그와 함께 보내고 대부분의 밤도 함께하던 시절의.

2

첫 주가 지난 뒤 나는 토요일마다 배리의 집에서 잤고, 주중에도 대부분 그랬다.

"너희 어머니." 첫째 날 내가 말했다.

"뭐가?"

"신경 안 쓰여?"

"걱정도 팔자군."

"아시면 어떻게 해?"

"우리 어머니는 알고 싶은 것만 아는 놀라운 능력이 있어. 그리고 불가피하게 알게 될지 모르는 사태를 의학이 막아주고 있지. 아버지가 돌아가신 뒤 수면제를 드시거든."

하지만 고먼 부인은 알았을 것이다. 어떻게 모를 수 있겠는가? 그래서 나는 법정에서 부인이 보인 태도를 이해할 수가 없다. 부인은 내가 배리를 나쁜 길로 끌고 가서 난폭한 짓을 하게 했다고…… 그랬다고 했다. 정신이 나가버린 것 같다.

3

"햄 줄까?" 어느 날 밤 배리가 물었다.

"너 유대인 아냐?"

"골치 아프게 굴지 마."

나는 그의 말이 무슨 뜻인지 몰랐다. 그래서 "좋을 대로"라고 말했고, 그는 내가 전에 가진 적 없는 사우스엔드의 선물을 주었다. 많이 주었다. 새로운 경험을. 그것은 그와 함께한 시간을 짜릿하게 만들어준 요소들 중 하나였다. 나는 다음에 무슨 일이 벌어질지 전혀 알 수 없었다.

최초의 놀라움이 지난 뒤에도 나는 그것이 즐거웠다.

4

어느 날 아침, 나는 동이 트자마자 잠이 깼다. 아침 일찍 배리와 함께 잠에서 깨는 일이 좋았다. 가장 좋은 시간이었다. 조용하고 따뜻했다. 밖에서 들리는 이른 아침의 소리. 표류하는 잠. 배리. 배리를 바라보는 일. 그는 잠을 잘 때도 다른 일을 할 때처럼 열심히 잤다.

그날 아침 그는 먼저 깨어서 나를 보고 있었다.

그가 내게 키스하고 말했다.

내 사랑이여, 그대의 잠든 머리를
내 신뢰 없는 팔 위에 뉘어라.
시간과 열병은 생각 깊은
아이들이 저마다 지닌 아름다움을
태워버리고, 무덤은
어린 시절이 덧없음을 증명한다.
하지만 동이 틀 때까지 내 품에
살아 있는 생명을 뉘어놓으라.
유한하고 죄 많지만, 내게는
더없이 아름다운 생명을.

나는 고맙다는 의미로 말했다. "웬만한 시인보다 나은데."

"네 싹트는 천재성이 겨우 그 정도라니." 그가 웃으며 말했다. "이건 오든의 시야. 신기하게 오든의 이니셜도 W. H.지."

"뭐가 신기해?"

"어라, 오지가 가르칠 게 많겠네. 셰익스피어 말하는 거야."

"셰익스피어가 왜?"

"어이쿠! 이런 무식을 보게나."

나는 그의 잘난 척하는 얼굴을 보며 오만한 웃음을 지었다. "모든 걸 갖출 수는 없어! 이렇게 젊고 아름다울 때는 말이야."

"셰익스피어가 사랑의 소네트를 바친 사람이 W. H.씨잖아. 셰익스피어의 남자 친구로 알려진."

"그렇구나!" 머릿속이 밝아졌다. "하긴 네가 죄 같은 데 신경 쓸 것 같지는 않았어…… '유한하고 죄 많지만……' 어쩌고 했잖아."

"신경 안 쓰지." 그가 말했다. "오든도 신경 안 썼을 거야. 하지만 그 시를 썼을 때하고 지금은 많이 다르니까."

"그게 언젠데?"

"몰라. 1930년대쯤 아닐까?"

"그런 걸 어떻게 알아?"

"오지가 너한테만 영문학 공부를 권한 게 아냐."

나는 놀라서 고개를 들고 그를 보았다. "그러면 너한테도?"

그가 고개를 끄덕였다.

"그러면 6학년 영문학 교실에 다니다가 그만둔 거야?"

"오지가 아쉬워했지. 나도 소질이 꽤 있었거든."

"뻐기기는. 그런데 어쩌다가?"

"말했잖아. 그 사람은 광신도야. 영문학이 세상에서 제일 중요하다고 생각해. 내가 학교를 그만두겠다고 했더니 재능을 배신하고 스스로를 맘몬에게 판다고 하더군. 또 소유욕이 강한 어머니에게 굴복한다고. 그냥 대놓고 말했어."

"하지만 사정을 말씀드리지 않았어? 가게 일 말이야. 너한테 가게가 어떤 의미인지. 오지 선생님도 이해했을 텐데?"

"너는 이해했어?"

"처음에는 이해 못 했지. 지금은 이해해. 너랑 같이 일하게 된 뒤로."

"그러면 오지도 우리 가게에 취직시킬까?"

"그러면 재미있겠는데?"

"너한테야 재미있지만 손님들한테는 별로일걸."

"오지 선생님은 자기가 아니다 싶은 물건은 안 팔려고 할 거야."

"넌 오지도 사람이라는 걸 알아둬야 해. 그 사람도 틀릴 수 있어."

나는 따지지 않았다. 무얼 따지기에는 우리 둘이 너무도 아늑했다. 대신 나는 6학년 공부를 그만둔 게 배리한테 어떤 의미였을까 하는 생각에 빠져들었다. 방에 가득한 책과 그림, 쌓인 음반들, 방 전체의 분위기──그래서 나는 그 방이 좋았다──를 보면 그 일은 분명히 중요했을 것이다.

잠시 후 내가 말했다. "지금도 아쉬워?"

그는 숨을 들이마셨다. "오지? 아니면 영문학을 그만둔 것?"

"둘 다."

그는 내게서 팔을 떼고 등을 대고 누운 뒤 두 손을 뒤통수에 괴었다.

"둘 다." 그가 말했다.

그의 목소리에서 어떤 고통이 느껴졌다.

우리는 다시는 그 이야기를 하지 않았다.

5

세번째 주의 어느 날 아침, 배리도 없고 가게도 비었는데 경리 일을 하던 고먼 부인이 말했다. "아버지가 돌아가신 뒤 우리 버비가 지금처럼 행복했던 적이 없단다."

"좋은 일이네요." 내가 말했다.

부인이 배리와 내가 친해진 일을 두고 무슨 말을 한 것은 그때가 처음이었다. 처음에 부인은 나를 반가운 손님처럼 취급했다. 나는 너무도 극진하고 열렬한 대접을 받았다. 그러더니 어느 날 갑자기 무슨 마음의 결정이라도 내렸는지 부인은 나를 가족처럼 대하기 시작했다. 설거지도 시키고 허드렛일도 시키고 내가 마음에 안 들게 행동하면 꾸짖기도 했다. 하지만 분명히 알고 있을 그 사실에 대해서는 아무 말도 없었다. 그러니까 배리와 내가 함께 잔다는 것에 대해서는. 부인이 이제 그와 관련된 말을 하려는 것 같았는데, 만약 그러면 뭐라고 대답해야 할지 알 수가 없었다.

"아버지가 돌아가신 뒤 배리는 많이 힘들었어." 부인이 말을 이었다. "거친 짓도 좀 하고. 종일 밖을 떠돌면서 안 좋은 친구들하고 어울리고. 그 애하고 안 맞는 나쁜 친구들하고 말이야. 헬, 그때 정말 걱정이 이만저만이 아니었단다. 너한테는 이런 이야기를 할 수 있구나. 너는 다 이해할 테니까. 하지만 지금은 다시 행복해졌어. 제대로 된 거지. 알고 있니? 그게 버비의 원래 모습이란다."

기쁜 한편 민망하기도 해서(왜?), 나는 카운터에 놓인 음반 재킷들을 집어 진열대로 가져갔다.

"너희 둘은 참 잘 맞는 것 같아." 내가 카운터로 돌아오자 고면 부인이 말했다. "너희 둘이 함께하면 가게를 더 잘 꾸릴 수 있을 거야."

"그게 무슨 말씀이세요?"

부인은 펜을 내려놓더니 내 어깨를 잡고 자신을 향해 돌려세웠다. "얼마 전부터 생각했는데 여기서 정식으로 일하는 건 어떠니? 괜찮은 직장 아니니? 급료도 좋아. 2년 정도 지나면 너도 이 일에 훤해질 거야. 그러면 가게를 하나 더 낼 수도 있어. 가게가 두 개가 되는 거지. 하나는 관광객들이 다니는 사우스엔드의 상점가에 내는 거야. 네가 한 곳을 맡아서 관리하고. 아니면 시내 요지의 큰 건물에 가게를 낼 수도 있어. 버비 아버지는 늘 거기 가게를 내고 싶어 했어. 너하고 버비가 같이하면 잘 해낼 수 있을 거야. 네 생각은 어떠니?"

나는 내 생각이 어떤지 알 수 없었다. 그저 그러면 배리와 더 많은 시간이 보장된다는 생각뿐이었다.

"모르겠어요." 내가 말했다. 그리고 잠시 침묵을 지키다가 머릿속에 든 생각이 그것뿐이어서 이렇게 말했다. "배리도 그걸 원하나요?"

고먼 부인은 눈썹을 치켜올리고 어깨를 으쓱했다. "뭐라고 딱히 말을 하지는 않았어. 하지만 나는 우리 버비를 알아. 그 애도 분명히 생각하고 있을 거야. 너도 생각을 좀 해보렴."

"네, 그럴게요." 내가 말했다.

6

오늘 아침 나는 우리가 함께한 일곱 주 동안의 일을 헤아려 보았다.

+ 칼립소호를 타고 바다에 열두 번 나갔다. 한번은 켄트주 해안까지 가서 배 위에서 밤을 보내고 다음 날 돌아왔다.

+ 여덟 권의 책을 읽었다.

+ 네 편의 영화를 보았다. 그중 하나는 우리가 처음으로 함께 외출한 날 본 영화다.

+ 119끼를 함께 먹었다. 스물세 번의 아침, 마흔네 번의 점심, 서른한 번의 저녁, 아홉 번의 소풍 그리고 침대에서 두 번의 야식.

+ 오토바이로 1,200킬로미터가량을 달렸다. 대개는 목적지 없이 돌아다닌 거지만, 어느 일요일에는 당일로 노리치까지 다녀왔다.

+ 말 그대로 함께 잔 일이 스물세 번, 비유적으로 함께 잔 일

이 여러 가지 방식을 다 합해서 쉰다섯 번.

  + 연극을 보러 기차를 타고 런던까지 가서(다음에 이어지는 단편 11 참고) 번잡하고 지저분한 피커딜리를 돌아다녔다.

  + 수백 시간 음악을 들었다(가게 때문에).

  + 서로에게 다섯 통의 편지를 썼다. 그가 보낸 게 세 통, 내가 보낸 게 두 통.

  + 이야기로 밤을 지새운 날이 나흘이었다(정확히 말하면 새벽 5시쯤에는 잠이 들었지만 그때는 이미 동이 트고 있었다).

  + 서로에게 여섯 개의 선물을 주었다──일주일에 한 개씩. 내가 일곱째 주에 그에게 준 선물은 죽음이었다.

7

  이렇게 목록으로 만드니 아주 분주했던 것 같다. 하지만 그때 우리는 시간을 느끼지 못했다. 시간이 느껴진 것은 떨어져 있을 때뿐이고, 그때의 시간은 끝이 없는 것 같았다. 우리가 함께 있으면 시간은 문제 되지 않았다. 우리가 하는 일도 문제 되지 않았다. 우리가 그 일들을 한 건 함께할 일이 필요해서였다. 다른 건 필요 없었다. 우리에게는 한 가지 의무밖에 없었다. 함께 있어야 한다는.

  나는 그렇게 생각했다.

8

"너는 뭐가 무섭니?" 밤을 새우며 이야기하던 어느 날 새벽 그가 물었다.

나는 농담을 한다고 생각하며 망설임 없이 대답했다. "너!" 그랬더니 그 말이 진실로 느껴졌다.

그도 말이 없었다. 나도 내 말에 놀라서 가만히 있었다.

얼마 후 그가 고개를 끄덕이더니 웃으며 말했다. "나도 내가 무서워."

9

두번째 주에 그가 준 선물은 검정색 스웨터였다.

"너는 왜 항상 같은 옷만 입어? 돈 때문이야?" 그가 물었다.

"꼭 그런 건 아냐."

"그럼 뭐야?"

"나는 무슨 옷을 입고 싶은지 잘 모르겠어. 나한테 뭐가 맞는지를 몰라. 이유는 모르겠어. 가게에서 보고 괜찮은 것 같아서 입어보면 어울리지가 않아."

"어렵지 않아." 그가 말했다. "너한테 뭐가 어울리는지 내가 알아. 나한테 맡겨봐."

그래서 그렇게 했다. 나는 그 옷도 그리 어울리는 것 같지 않았다. 하지만 배리가 좋아해서 그냥 입었다.

얼마 전에 나는 그 옷을 뒷마당 소각로에 넣고 태웠다. 그리고 그것이 재가 될 때까지 가만히 서서 지켜보았다.

10

나는 그 일곱 주에 대해서 더 자세히 쓰려고 했다. 우리가 어떤 방식으로 함께 지냈는지 당신에게 알려주고 싶었다. 배리가 어떤 친구였는지. '나에게' 어떤 친구였는지. 내가 그를 어떻게 보고 알고 생각했는지를.

하지만 오늘 아침에 일어나서 지금까지 쓴 것, 특히 어제 쓴 부분(여기까지 3부 전체)을 읽어보니 알겠다. 그것은 불가능하다. 언어는 적당한 수단이 아니다. 그것은 적당하지 않다. 내가 말하고 싶은 것을 표현해주지 않는다. 거짓말을 한다. 진실을 감춘다. 단어들을 읽으면 그것이 무언가 전달해야 하는데도 전달하지 않는 것이 피부로 느껴진다. 의미는 그 뒤에 감추어져 있다. 단어는 벽돌이다. 그것들은 벽을 만든다. 시선을 가로막는 벽. 벽 뒤에서 어렴풋한 소리가 들리지만 그게 무언지 제대로 알아낼 수가 없다. 누가 살해당하는 소리일 수도 있고, 아이가 노는 소리일 수도 있고, 커플이 섹스하는 소리일 수도 있고, 아니면 누군가 우리를 속이려고 거짓으로 내는 소리일 수도 있다.

나는 내가 쓴 걸 모두 찢어버리려고 했다. 그러다가 난 바보야 하며 한 시간을 앉아 있었다.

그런 뒤 생각했다. 결론은 이렇다. 나 자신도 이해하지 못한다는 것. 그래서 내 언어는 내가 하고 싶은 말을 해주지 못한다.

하지만 또 반복된다. 내가 방금 뭐라고 했나? 그 문장을 보라. '나 자신도 이해하지 못한다.' 그것은 나 자신에 '대해서도' 이해하지 못한다는 뜻인가……? 아니면 내가 배리에 대해서 이해하지 못한다는 뜻인가……?

이렇게 쓰고 보니 둘 다 맞다는 생각이 든다. 하지만 나는 두 번째를 의미했다. 설명하지 않으면 당신은 몰랐을 것이다. 확실히 알지는 못했을 것이다. 언어는 적당한 수단이 아니다.

그래서 다시 시작해본다.

결론은, 나는 배리를 이해하지 못한다는 것이다. 배리에 대해서도, 나 자신에 대해서도, 나 자신도.

그러니 어떻게 당신을 이해시키겠는가? 처음에 나는 그동안의 일을 남김없이 적으면, 가능한 한 모든 것을 말하면, 상황도 설명하고 나 자신도 이해하게 될 줄 알았다. 하지만 그렇게 되지 않는다. 그 일을 충분히 적을 수가 없다. 언제나 그 이상이 있다. 적어놓은 것도 내용을 충분히 전달하지 않는다. 그것은 아무것도 설명하지 못한다. 그리고 내 말이 길어질수록 읽는 사람은 더더욱 이해하지 못한다.

며칠 전 이 자리에 앉아서 이런 '이해의 어려움'과 씨름하다가, 갑자기 이제 배리의 얼굴이 머릿속에 떠오르지 않는다는 걸 깨달았다. 겨우 몇 주가 지났을 뿐인데 그의 모습이 떠오르지 않는다. 그의 생김새를 느끼는 건 가능한데 ──이상하지 않은가?── 그 모습을 떠올릴 수가 없다. 그것은 머리 한구석에 희미하게 떠올랐다가 제대로 보기도 전에 사라진다. 셔터 스피드가 너무 빨라서 엉성하게 찍힌 사진 같다. 뿌연 얼룩뿐이다. 나타나다가 만 유령처럼.

배리의 사진이 있다면 그렇게 답답하지는 않을 것이다. 하지만 우리는 서로의 사진을 찍은 적이 없다. 그럴 필요도 느끼지 못했다. 언제나 함께 있는데 뭐 하러 사진을 찍는가?

그래서 나는 고먼 부인의 집에 갔다. 지금쯤이면 부인의 마음이 가라앉았을지 모른다는 생각 — 희망 — 이 들었다. 나를 다시 만나주고 내 설명을 들어줄지도 모른다는. 나는 배리의 사진 한 장만 부탁하려고 했다. 하지만 부인은 문을 열어주지 않았다. 안쪽에서 소리만 질렀다. 나는 내가 원하는 것을 말했다. 부인은 히스테릭해져서 고함을 지르며 펄펄 뛰었다. 부인의 마음은 조금도 가라앉지 않았다. 그 일이 일어난 그날과 똑같다. 그래서 나는 돌아왔다.

11

그러고 보니 생각난다. 나는 당신에게 — 이제는 아무래도 상관없지만 — 우리가 런던에 가서 연극 본 일을 이야기하려고 했다. 작품은 「햄릿」이고 공연장은 국립극장이었다. 극장 밖에 나왔을 때 우리 앞에 가던 여자가 울음을 터뜨렸다. 여자의 친구가 당황해서 법석을 피웠고, 극장을 나서던 몇몇 사람이 그 모습을 보고 웃었다. 배리가 여자에게 다가가서 물었다. "괜찮아요? 제가 도와드릴 건 없나요?" 여자는 눈물 흐르는 얼굴로 그를 바라보고 미소를 지었다. 그리고 어깨를 으쓱 움츠리더니 고개를 저으며 말했다. "아니에요. 연극 때문이에요. 그냥 연극 때문이에요."

우리는 여자를 그다지 이해심 없어 보이는 친구에게 남겨두고 워털루 다리에 올라 웨스트엔드를 향해 걸어갔다. 우리 둘다 말이 없었다. 다리 중간에 이르자 배리가 내게 시선을 돌리지 않은 채 말했다. "기억이란 건 참 힘든 거야."

나는 그 말이 무슨 의미인지 이해하지 못해서 아무 말도 하지 않았다. 그는 조금 더 걷다가 나를 보더니 내가 알아듣지 못했다는 걸 파악하고 말했다. "햄릿의 문제 말이야. 아버지의 유령이 말하잖아. '나를 기억해다오.' 그런데 햄릿은 그러지 못해. 그래서 그토록 죄의식을 느끼는 거야. 왜 햄릿이 목에 아버지 그림을 걸고 있는 걸까? 아버지를 기억하기 위해서야. 왜 어머니한테 그걸 보라고 강요할까? 아버지를 잊었다고 어머니를 비난하잖아. 하지만 사실은 자기 이야기야. 햄릿을 괴롭히는 건 자신의 죄야. 어머니가 삼촌이랑 결혼했다는 사실이 아니라."

우리는 스트랜드 거리로 나가서 트래펄가광장 쪽으로 갔다.

"조금 전에 그 여자가 울었던 것도 그래서라고 생각해." 그가 말했다. "그 여자는 알았어. 기억해야 하지만 기억할 수 없다는 걸. 물론 나름대로는 기억하지. 하지만 이제 얼굴도 떠오르지 않고 기억을 해도 마음에 동요가 없고, 그러니까 죄책감을 느끼는 거야."

이때쯤 나는 배리가 아버지의 일을 이야기한다는 걸 알았다. 하지만 뭐라고 말해야 할지 알 수 없었다.

그는 나를 보더니 평소 모습으로 돌아와서 웃었다. 그리고 "나를 기억해다오!" 하고 그날 연극에 나온 유령의 목소리를 장난스레 흉내 냈다. 하지만 거기엔 진심도 있었고 나를 향한 말이기도 했다. "맹세해다오!" 그가 계속 햄릿 아버지의 유령을 흉내 내며 말했다.

그가 농담하는 척했기 때문에 나도 웃으면서 농담으로 받아들이려 했다. 하지만 그가 우리의 맹세—그 어처구니없던 맹세—를 생각하고 있는 게 분명했다. 맹세를 하던 날도 런던에 간 그날도 나는 그걸 심각하게 여기지 않았지만, 그가 진지하다는 건 알았고 그래서 두려웠다. 나는 가끔 그가 두려웠다. 그리고 그에게 그 사실을 말했을 때 한 가지 진실을 발견했다. 무엇이 두려운지는 몰랐지만, 그런 느낌이 들 때면 그가 내게 너무 많은 걸 원한다는 느낌이 동시에 들었다. 내가 줄 때까지 기다리지 않고 내게서 빼앗아가려고 한다는 느낌. 그리고 그럴 때마다 항상 그가 구하는 것을 얻지 못한다고 느꼈다. 내가 그에게 실망을 준다고.

더 이상은 못 쓰겠다. 기분이 참담하다. 두통 때문에 두 눈이 바이스에 낀 코코넛처럼 으스러질 것 같다. 아프고 싶다. 화장실에 가고 싶다.

12

어제 오후 몸이 너무 안 좋아서 침대에 누워 있었다.

전에도 이런 적이 있다. 배리가 죽은 뒤로 서너 번 정도. 두통이 머릿속을 칼질하듯 격심하게 밀어닥친다. 눈알이 뭉개진 듯 밝은 빛을 견디지 못한다. 그리고 토한다. 격렬한 구토. 머리가 빠개진 것 같고, 몸이 으슬으슬 춥고, 바스라질 듯 약해진 것 같고, 얻어맞은 것 같다. 신경이 쟁그랑거린다. 경련한다. 결국 나는 너무 괴로워서 창문에 커튼을 치고 몇 겹의 이불 속으로 파고들어야 했다.

어머니는 그걸 편두통이라고 부른다. 그럴지도 모른다. 하지만 나는 다른 이름으로 부른다. 두려움. 우울. 수치. 죄책감. 터져 나오는 분노. 자기 연민.

그 모든 것. 그 모든 게 하나로 합쳐진 것. 재난 지역.

거울을 들여다보면 나 자신이 혐오스럽다. 어리석고 허약한 자신이.

두통이 오기 전에는 아무것도 느끼지 못한다. 무엇에 대해서도 누구에 대해서도.

두통이 온 뒤에도 역시 아무것도 느끼지 못한다. 그냥 느끼는 척한다. 느끼는 것처럼 행동한다. 하지만 거짓이다. 느끼지 못한다. 아무것도.

배리가 죽은 뒤로 계속 그랬다. 그러다 고름처럼 모든 게 터져 나온다. 나는 발작 같은 상태에서 모든 것을 느낀다. 그런 뒤 모든 감정이 내 안에서 엉키고 들끓어 폭발 직전의 압력솥 같은 두통을 안겨준다. 종국에는 모든 걸 토한다. 비참함이 화산처럼 분출한다.

처음부터 당신한테 말했다. 나는 미쳤다고.

확실하다. 다른 어떤 설명이 가능하겠는가?

13

내가 어제 왜 몸이 아팠는지 아는가? 그날 밤 두통이 가시고 구토감이 잦아든 뒤 생각해보았다. 그러고 나면 늘 한두 시간 정도 진정이 된다. 휴식. 기진맥진하지만 끝났다는 안도 속에서 나는 다시 제대로 생각할 수 있다──거의 제대로.

내가 어제 아팠던 것은 이제 곧 배리의 죽음에 대해 쓸 때가 되었기 때문이라는 결론이 나왔다. 이제 보니 나는 지금까지 그 일을 되도록 미루고 있었다. 그걸 다른 사람이 읽도록 글로 쓸 용기가 없었다.

그런 결론이 나자 다른 결론도 내려졌다. 배리의 죽음에 대해 쓰는 일을 더 이상 미룰 수 없다는 것이다. 빠를수록 좋다. 그 말들을 종이에 토해놓아야만 내 배 속을 변기에 토하는 일을 멈출 것이다.

14

그러니까 이게 전부다. 이 모든 경험, 그리고 당신에게 말하지 않은 많은 것. 우리는 그걸 함께 나눴다. 그와 나. 내 안의 그. 그 안의 나. 우리가.

경험은 은행에 돈이 쌓이듯 우리 안에 쌓이는 걸까? 거기에 이자도 붙어서 나중에 그걸로 어떤 근사한 것을 살 수 있을까? 거대 초신성 같은 경험으로?

나는 이렇게 저축한 경험으로 무엇을 살까? 우리의 모든 과거를 가지고?

그것은 내게 아직 현재다. 내 안에서는. 내 머릿속에서는.

4부

네가 다시 우리를
이런 멋진 곤경에
빠뜨리는구나!

1

　모든 것의 끝은 배리와 내가 일곱째 주 목요일 아침에 초크웰역 근처 해변에서 카리를 만나면서 시작되었다.

　카리를 기억하는가? 노르웨이 출신의 오페어 말이다. '상당히'라는 말과 '아주'라는 말을 많이 쓰던 친구. 내가 다시는 만날 일이 없을 거라고 생각한 대담한 친구.

　"안녕, 핼." 배리와 내가 밀물 선 바로 위쪽에서 옷을 벗는데 그녀가 바다에서 아프로디테처럼 홀연히 일어나 나를 불렀다. 그러더니 웃음 띤 얼굴로 바닷물 속에서 비키니를 고쳐 입으며 우리에게 다가왔다.

　생각의 광선들이 밀어닥쳐 내 머릿속 원자들을 쪼갰다. 그녀가 나를 기억하고 있다는 사실(그건 놀랍고 기분 좋은 일이었다), 지난 몇 주 동안 햇빛이 그녀를 아낌없이 어루만졌다는 사실, 배리가 은근히 놀라고 있다는 사실, 그 순간 내가 카리에게 내 처진 무릎을 보여주고 있다는 사실이.

나는 어찌해야 할지 몰라—바지를 도로 치킬지, 아니면 슬 개골 따위 신경 쓰지 않고 그냥 벗을지—우물거리다 모래밭 에 넘어지고 말았다.

"평소에는 내가 사람들에게 그만한 효과를 못 내는데." 카리 가 다가오면서 말했다. "하지만 '아주' 재미있는걸."

배리도 재미있어하는 것 같았다. 나는 청바지를 발목에 휘감 은 채 자리에서 일어섰다.

"카리!" 나는 어물어물 발을 바지에서 빼냈다. "카리는 노르 웨이 출신이야." 내가 배리에게 말했다. "여기는 배리." 카리에 게 말했다. "카리는 오페어로 일하면서 영어를 공부하고 있어." 배리한테 말했다. "그사이에 영어가 많이 는 것 같네." 카리한 테 말했다. "몇 주 전에 만났어." 배리한테 말했다. "그러니까 그 첫날 말이야—오토바이를 타고 나간. 가게에 가기 전에."

"그래." 배리가 카리에게 밝게 웃으며 말했고 카리도 환한 웃 음으로 답했다. "안녕, 카리."

"안녕, 배리." 카리가 말했다. "나는 너희 둘 봤어. 노란 보트 타고 있는 거. '상당히' 빠르던걸. 이름도 귀여웠던 것 같아."

"칼립소야." 배리가 말했다.

"칼립소." 카리가 말했다. "맞아. 너 세일링 솜씨가 좋더라."

"저기 있어." 내가 배를 가리키며 말했다. "초록색 모터보트 바로 뒤에."

"그렇네." 카리가 말했다. "잘 보여. 상당히 멋있는데."

"카리랑 같이 한번 세일링 나가야겠다." 배리가 나에게 말했지만 시선은 계속 카리에게 머물러 있었다. "항해 용어도 좀 가르쳐주고."

"상당히 멋지겠는걸." 카리가 말했다.

"세일링할 줄 알아?" 배리가 물었다.

"시키는 대로 할 줄은 알아." 카리가 말했다.

(그건 겸손의 말씀이었다! 카리는 배리보다도 잘했다.)

"배리는 다른 사람한테 시키는 걸 아주 잘하지." 내가 웃으며 말했다.

"수영할 줄 알아?" 배리가 말했다.

"당연하지." 카리가 말했다.

"그것도 잘됐네." 배리가 말했다. "헬은 요트 뒤집는 걸 잘해."

카리가 웃었다. "네가 선장을 해야겠다."

"걱정 마. 배리가 할 테니까." 내가 말했다. 슬개골 따위가 다무슨 상관이람! 그녀는 무릎은커녕 내 몸 어느 구석에도 눈길을 주지 않았다. 나는 불어오는 바람에 바지를 흔들어서 즐거워하는 두 사람의 얼굴에 모래를 날렸다.

"재미있을 것 같다." 카리가 모래 폭풍을 무시하고 말했다.

"지금 바로 나가는 건 어때?" 배리가 말하면서 그녀의 팔을 잡고 요트를 향해 갔다.

"좋지!" 카리가 말했다.

나는 세일링 가방을 움켜쥐고 두 사람의 뒤를 따라갔다.

2

내가 기억하는 한 대화는 그런 식으로 흘러갔고, 끝은 그렇게 시작되었다. 그것이 문제라서——수정 그것이 문제의 일부라서——나는 끝을 잘 기억하지 못한다. 내가 사람들——경찰, 부모님, 오지 선생님 그리고 당신 앳킨스 씨——에게 이야기하는 게 어려운 것은 그런 이유도 있었다. 웃기지 않은가? 다른 단편들, 그러니까 배리가 나를 구해준 순간이라거나 첫날 함께 영화관에 앉아 있던 일처럼 우리가 함께 있었다는 것 말고는 별로 할 말도 없는 사건들은 자세히 기억하면서 말이다. 하지만 그런 일들은 심장이 박동할 때마다 벌어진 일을 전부 기억했고, 박동 사이마다 벌어진 일도 다 기억했다(나한테는 그렇게 느껴진다!). 그것은 '멋진 순간들'이었다. 그 멋진 순간들을 만든 것은 '우리가 함께 있다'는 것이었다. 그뿐이었다. 몸이 함께하고 있다는 것. 몸과 마음의 대화.

하지만 끝의 시작은 멋진 순간이 아니었다. 시시했다. 허접했다. 그런데 그게 전부였을까? 내가 더 중요한 단편들을 잊어버린 건 아닐까? 사람은 고통스러운 경험을 기억에서 차단하는 능력이 있다고 한다. 그와 반대로 멋진 순간은 한순간 한순간을 또렷이 기록할 수 있다고. 이 말은 사실인 것 같다. 아니면 끔찍한 순간들을 모두 기억할 것 아닌가? 태어나는 순간 같은. 그리고 생이 끝난 뒤에 죽음을 기억하지 않겠는가?

계속 계속……

3

함께.
그녀의 목덜미에 얹힌 그의 손.
어루만진다.
유혹한다.

4

남의 무덤의 풀이 더 푸르러 보이는 법이다.

5

배리는 다음 날 아침 10시 반이 넘어서야 가게에 나타났다. 나는 이미 가게에 있었다. 8시 15분부터. 의무감 때문은 아니었다. 얼른 왕자님 곁에 가 있고 싶다는 절실한 소망 때문도 아니었다. 분노 때문이었다.

질투라고? 내가? 그럴 리가!

그는 문을 열고 들어오다가 나와 눈이 마주쳤다. 내 눈에서 뿜어져 나오는 분노의 광선을 보지 않을 수가 없었다. 그의 눈에서 나는 ─ 기쁘지 아니한가! ─ 약간의 부끄러움, 악마의 아첨을 보았다.♦ 하지만 그의 마음속에 어떤 후회가 감추어져 있

♦   오즈번 선생님이 이 부분을 읽고 말했다. "이렇게 나가면 너는 종교에 귀의하게

다고 해도 만면의 즐거움이 그걸 가리고 있었다.

"안녕, 멋쟁이!" 그가 빈 가게를 가로질러 음반 재킷 진열대로 성큼성큼 걸어가면서 말했다. "장사 잘돼?"

"별로야." 내가 무겁게 말했다.

"장사는 별로일 때가 최고지." 그가 말했다. 그리고 내가 대꾸하지 않자 "퉁-탕!" 하고 장난을 쳤다.

"멋진 밤이었나 봐." 내가 사무를 보는 척하며 말했다.

"부드러웠어." 그가 말했다. "창의적이고 싱그러웠어." 그는 가게를 서성이면서 도발의 가시가 돋친 언어들로 나를 찔렀다. "새로웠어."

"더없이 북유럽스럽게 들리는군."

"성적 쾌락의 전설이지."

"상상이 가."

그는 카운터 너머로 나를 정면 응시하고 비꼬는 말투로 말했다. "상상이 간다고? 어떻게 알아?"

도발이었다.

"아주 훌륭한 선생님이 있었거든." 나 역시 비꼬아서 대꾸했다.

"우표 수집을 한다고 물건이 배달되는 건 아냐." 그가 말했

될 거야. 너도 알지?" 내가 말했다. "선생님이 돌아가신 다음이라면 모르죠!" 그가 말했다. "너는 정말로 죽음 생각뿐이로구나, 핼." 내가 말했다. "무의식이에요." 그가 말했다. "죽음 생각에 사로잡혀 있으니 그럴 수밖에."

다. "어쨌건 오늘은."

"나는 노르웨이에서 온 흠 있는 물건은 받지 않아." 내가 말했다.

그는 고개를 저으면서 내게 몸을 기울였다. "오늘 아침은 분위기가 좀 안 좋은가?"

"그냥 배신의 향기가 흐르는 것뿐이야."

거친 호흡, 차가운 표정, 꼭 다문 입술, 높은 언성, 악의적 언어 분출이 시작되었다.

"네 행운을 과신하지 마." 배리가 잘라 말했다.

"내 행운이라고! 도대체 누가 누구 말을 하는 거야?"

바보 같은 짓이라고 생각했다. 이러고 싶지 않아. 왜 이런 짓을 하는 거지? 어젯밤에는 잠에서 깰 때마다 냉정을 유지하자고, 흥분하지 말자고, 분노를 표시하지 말자고 거듭 다짐하지 않았던가. 그런데 지금 나는 완전히 그와 정반대로, 하지 말자고 다짐한 모든 일을 하고 있었다. 머릿속 스위치가 전부 고장 나서 '꺼짐'이 '켜짐'이 되고, '중단' 버튼이 '지속' 회로를 가동시키는 것 같았다. 나는 자기 파괴 프로그램이 내장된 로봇이었다.

"난 네 소유물이 아냐, 철부지." 배리가 말했다.

"그렇다고 한 적 없어. 그리고 철부지라고 부르지 마."

"그런 것처럼 행동하고 있어. 그리고 철부지처럼."

"나는 우리가 친구라고 생각했어."

"친구 이상의 의미겠지?"

"어떻게 부르건 그건 네 마음이야. 어쨌건 내 말뜻은 분명히 알 테니까. 나를 쫓아온 건 너였어, 잊지 마!"

"내가…… 너를 쫓아가!…… 헛소리하고 있네!"

그의 조롱은 건드리면 안 되는 스위치를 전부 건드렸다. 그에 대한 격심한 미움이 밀려들었다. 나는 그에게 어떤 식으로건 상처를 주고 싶었다.

"내가 널 구하겠답시고 달려와서 네 바지를 흔들었던 게 아냐." 나는 H_2SO_4* 덩어리 같은 말을 쏟아내면서 그 첫날의 일을 우스꽝스러운 동작으로 흉내 냈다. "내가 널 집에 데리고 가서 목욕시키고 선원 같은 옷을 입히고 식탁에서 은근한 눈길로 바라보고 또 영화관에 가서—"

"알았어, 알았어—"

"더 듣고 싶지 않지? 하지만 아직 할 말은 많이 남았어."

"불만 공장 공장장이 되셨군!" 그는 안쪽 사무실로 쿵쿵 걸어가더니 문 앞에서 쏘아붙였다. "하지만 네가 저항한 기억도 없는걸."

그 후로 10분 동안 우리는 싸늘한 침묵의 공격을 펼쳤다. 손님이 한두 명 있었을 텐데 기억나지 않는다. 기억나는 건 그저 내가 카운터 앞에 서서 음반 재킷 진열대를 캄캄히 바라보고 있었다는 것뿐이다. 머릿속에는 아무 생각도 들지 않았다. 생각은 오직 위장에서만 일어났다.

* (옮긴이) 황산.

242

그 위장이 나를 사무실 앞으로 끌고 갔다. 그가 내 발소리를 들은 것 같았다. 내가 문 앞에 갔을 때 그가 움직이는 소리가 들렸고, 안쪽을 보니 거울 앞에서 머리를 빗고 있었기 때문이다.

"이유가 뭐야?" 위장의 명령에 따라 내가 말했다. 조용히, 분노를 억누르고.

거울 속 그의 두 눈이 머리카락을 떠나 내 얼굴을 훑었다.

"이유?" 그가 말했다. "너는 항상 이유를 물어. 이유가 뭐가 중요해?" 그는 돌아섰다. 그리고 내 앞 2미터 거리에서 밀랍 인형 같은 모습으로 말했다. "흥분 좀 하지 마. 잊어버려. 아무 일도 없었어."

"아무 일도 없었다고!"

"중요한 일은 없었어. 너하고…… 우리한테 문제가 되는 일은."

"그래도 이유를 알고 싶어."

그는 한숨을 쉬었다. "헬, 너는 점점 피곤해지는구나."

"이유를 말해줘."

"전에도 있던 일이야. 그때는 지금처럼 난리 피우지 않았잖아. 그냥 내버려 둬."

"지금은 달라."

"상대가 여자라서?"

"그것도 그렇고."

"그것도 그렇고 또 뭐?"

"나를 팽개쳤잖아. 너는 너무 뻔뻔했어. 보트에서 나는 보이지도 않는 것처럼 카리한테 치근덕거렸어. 돌아와서는 장비 정리며 청소를 나한테 맡기고 둘이 훌쩍 내렸지. 그리고 내가 배를 대는 동안 새 장난감과 함께 감쪽같이 사라지더니, 오늘 아침 10시 반에 가게에 튀어 들어와서 무슨 일이 있었냐고? 나는 네 하녀도 아니고 만만한 섹스 토이도 아냐."

"아, 대단한 말씀이야! 다 끝났어?"

"아니, 안 끝났어. 난 아직 네가 왜 그랬는지 알고 싶어."

"정말 그건 아니라고 생각해. 넌 그냥 질투가 좀 나는 거고 그걸 나무랄 수는 없지. 어쨌건 너도 금방 잊을 거야."

"바보 취급하지 마, 배리."

"바보 취급 안 해. 휴전! 지금 상황을 설명하는 거잖아!"

"그게 설명이 된다고 생각해?"

"지금으로서는."

"나한테는 설명이 안 돼."

그는 심호흡을 하면서 벽에 기댔다. "좋아, 좋아. 둘 다 진정하자. 내가 잘못한 건 맞다고 인정하자. 하지만 그걸로 계속 몰아대는 건 곤란해. 잊어버리고 같이 즐겁게 지내는 거야. 어때?"

나는 고개를 저었다. "안 돼. 이번에는."

내가 언제 그런 결론을 내렸는지 나도 모른다. 아마 그 순간이었던 것 같다. 하지만 어쨌건 그것은 말이 되어서 나왔다. 그리고 말하고 보니 그것은 진심이었다.

폭풍 전의 고요가 감돌았다. 덤불숲에 이는 수런거림. 깊은 침묵. 팽팽한 시선. 그럴 생각은 없었지만 이제 그렇게 될 거라고 말하는 최후의 눈길. 무언가의 종언. 가장 슬픈 순간이(었)다.

배리가 말했다. "말하지 않아야 좋은 일들이 있어, 헬. 한번 입 밖에 나오면 취소는 불가능해."

완고함과 피로와 원망으로 격앙된 내가 말했다. "영원한 우정의 맹세 같은 거? 무덤 위에서 춤을 춘다는 맹세? 그런 걸 말하는 거야?"

그러자 그의 두 눈에 분노가 떠올랐고 뺨이 붉게 달아올랐다.

"알고 싶어? 좋아, 말해주지."

"좋아."

"나는 지겨워졌어."

"지겨워져?"

"그래, 지겨워졌어."

"뭐가?"

"뭐가가 아냐. 누가지."

"누가?"

"묻는 거야, 아니면 놀라는 거야?"

"둘 다야. 누구 말하는 거야?"

"네가."

"내가!"

여태껏 몰랐다는 게 우습지만 어쨌거나 그렇게 되었다. 그리고 나는 그 말을 얼른 받아들이지 못했다.

내가 말했다. "나는 우리 둘이 아주 잘 지낸다고 생각했어."

"그게 문제야."

"문제? 그게 어떻게 문제가 돼?"

"너한테는 그렇지만 나한테는 그게 과거란 거. 우리한테도 과거란 거. 지금은 그렇지 않다는 거."

"왜 말하지 않았어? 같이 다른 일들을 해볼 수도 있잖아."

"그게 중요한 게 아니야."

나는 소리쳤다. "그러면 뭐가 중요해?"

그도 소리쳤다. "말했잖아!"

"다시 말해봐!"

"뭐가 문제가 아니야. 네가 문제지."

"내가 왜?"

그는 이번에는 소리치지 않았다. 악을 썼다. "나는 네가 지겨워!" 그 말은 한마디 한마디가 주먹이 되어 내 복부를 강타했다. 그때까지 위장으로 생각하고 있던 나는 이 공격으로 할 말을 잃고 숨이 막히고 힘도 빠졌다.

나는 돌아서서 사무실 책상 앞의 회전의자에 앉았다—아니 털썩 쓰러졌다. 그리고 멍한 눈으로 책상 위에 흐트러진 청구서며 카탈로그, 샘플 음반, 테이프, 여벌의 음반 재킷, 각종 서신, 계산서, 사무용품을 바라보았다. 엉뚱하게도 내일이면 고면 부인이 와서 주간 대청소를 하겠지, 하는 생각이 들었다.

배리는 등 뒤에서 말을 이었다. "그래, 그동안 몇 번 웃었어. 재미있었지. 하지만 나는 이따금 변화를 원해. 아니 그 이상이야. 나는 가능한 한 많은 걸 원해." 그리고 조용히 웃었다. "사람도 많을수록 좋고. 한 사람으로는 부족해. 나는 그래."

그는 거기서 멈추고 내 말을 기다렸다. 하지만 나는 슬로모
션으로 밀려드는 충격에 빠져 있었다.

그가 말을 이었다. "내가 너한테 손짓을 한 건 매력을 느껴서
였어…… 하지만 네가 좋아지기도 했어. 너 자신의 모습이 좋
았다는 말이야. 너도 나와 같은 생각일 줄 알았어. 서로를 알게
되면 많은 걸 함께할 수 있을 거라고."

다시 침묵. 나는 미라처럼 뻣뻣이 굳었다.

다시 그의 목소리가 들렸다, 조용하게. "하지만 넌 그렇지 않
아. 네가 원하는 건 우리 둘이 무언가를 같이하는 게 아니야. 그
냥 나일 뿐이지. 나의 전부. 모두 너를 위해. 헬, 나는 그런 건 견
딜 수 없어. 나는 소유물이 되고 싶지도 않고 기를 빨아먹히고
싶지도 않아. 누구에게도. 절대로."

내 위장은 원자 반응기로 변했다. 배리의 말이 원자를 쪼갰
다. 폭발이 일었다.

눈앞에 어수선하게 놓인 물건들이 갑자기 견딜 수 없어졌다.
그래서 오른팔을 휘둘러 책상 위의 잡동사니를 사무실 바닥으
로 훑어 내렸다. 집안 내력의 힘. 어머니와 다투고 난 뒤 아버지
가 테이블을 뒤엎는 장면이 기억 속에 번쩍 떠올랐다.

나는 거기서 멈추지 않았다. 그 복부 폭발의 힘으로 발레를
하듯 벌떡 일어서서 배리를 마주 보았다. 그리고 기억을 복제
하듯 그의 얼굴을 향해 돌멩이를 던졌다. 책상 위를 휩쓸던 팔
이 우리가 전에 해변에서 주운 진줏빛 돌멩이에 닿았고, 나는

분노에 차 그걸 움켜쥐고 있었다. 배리는 그 돌멩이를 책상 위에 두고 문진으로 사용했다. 그것은 이제 그의 머리를 겨눈 총알이 되었다.

돌이 날아오자 그는 몸을 피했다.

그가 몸을 피하자 벽에 걸린 거울이 드러났다.

찰나의 순간 내 얼굴이 거울 속에서 나를 노려보더니, 진줏빛 돌멩이가 거기 부딪히면서 내 얼굴이 바닥으로 쏟아져 내렸다.

6

깨어진 거울은 대화를 끊었다. 우리는 더 아무 말도 하지 않았다.

균열된 순간으로 침묵이 스며들었다. 그 침묵 또한 견딜 수 없는 것이 되었다.

나는 돌아서서 가게 밖으로 달려 나갔다. 나는 그날 아침 타고 출근한 자전거에 올라타고는 뒤도 돌아보지 않고 페달을 밟았다.

그때, 그리고 그 후로도 계속 머릿속에서 외침이 들렸다. 배리가 늦은 오전의 교통을 뚫고 달리는 내 등 뒤에서 부르는 소리. "핼! 핼!"

그가 정말로 나를 불렀을까? 아니면 나의 후회가 그런 상상을 만들어낸 걸까? 알 수 없다.

7

50분 후 그는 죽었다.

사람들 말로는 배리가 탄 오토바이가 도로를 벗어나 나무를 받았다고 한다.

사람들이라는 건 누구? 경찰, 신문, 라디오.

그들이 아는 사실은 무엇인가?

그가 발견된 곳은 외곽에서 사우스엔드로 들어오는 간선도로였다. 그는 어디를 다녀오는 길이었을까?

목격자가 말했다. "마치 하늘을 날려고 하는 것 같았어요. 그냥 뛰어올랐죠. 어찌나 황당하던지. 술에 취했거나 마약에 중독되거나 한 모양이에요. 아니면 그냥 미쳤는지도 모르고요."

그 어느 것도 사실이 아니었다. 하지만 모든 게 사실이기도 했다. 시간 없는 시간의 거품에 취하고, 속도에 중독되고, 비상하는 순간 제정신이 아니었을 테니 미쳤을 것이다.

그의 꿈이 맞았다. 아니면 그가 꿈을 이룬 걸까? 어느 쪽일까?

나는 생각한다. 나 때문이었어. 나 때문에 분노 속에 죽었어.

나는 생각한다. 아냐, 나를 떼버린 게 기뻐서 그랬어. 자유를 자축했던 거야.

나는 생각한다. 그런 게 아냐. 카리 때문이었어. 카리를 좋아했으니까.

나는 생각한다. 그래, 카리 때문이었어. 하지만 좋아해서가 아니라 후회했기 때문이야. 그는 후회하면서 죽었어.

나는 생각한다. 어쨌건 모두 내 잘못이었어.

나는 생각한다. 내가 그 오토바이에 함께 탔다면. 그래야 했어. 그가 부를 때 돌아갔다면 그랬을 텐데. 하지만 그가 정말 나를 불렀나?

나는 생각한다. 그가 아직 살아 있다면.

무슨 생각을 해도 내 생각은 언제나 그가 아직 살아 있으면 좋겠다는 한 가지로 돌아갔다.

그러니 미친 사람은 나다. 그러니 내 머릿속에는 온통 죽음 생각뿐인 것이다.

8

나는 배리의 죽음을 이른 저녁 지역 뉴스로 들었다.

자전거를 타고 집에 돌아온 뒤, 어머니에게 속이 너무 안 좋아서(이건 사실이었다) 조퇴했다고, 방에 들어가서 쉬겠다고 말했다.

방에 들어박혀 귀에 헤드폰을 쓰고 아무 테이프나 손에 잡히는 대로 들었다. 쿵쾅거리는 입체 음향이 대뇌의 부드러운 중추를 때려 부수었고, 눈은 아무것도 보지 못하면서 모든 것을 응시했다.

저녁 시간이 됐고, 나는 가벼운 통증을 씩씩하게 참는 표정을 지어야 했다. 병에 관한 우리 아버지의 견해는 진짜 아프면 누워서 쉬고 병원에 가라, 그렇지 않다면 입 다물고 일을 하라는 것이다.

그래서 나는 입 다물고 아래층으로 내려갔다. 부엌에는 라디오가 켜져 있었다. 어머니는 늘 라디오를 켜둔다. 그렇게 안 하면 머릿속에 울리는 소리들을 참을 수 없다고 한다. 어머니 머릿속에는 붙박이 돌비 시스템이 없다.

나는 라디오를 듣지 않았다.

"……배리 고먼, 열여덟 살……"

갑자기 라디오 소리가 귀에 들어왔다.

그 뉴스는 나를 복합 모순 상태로 만들었다. 나는 뜨거움과 차가움, 흐물거림과 뻣뻣함, 현기증과 마비감, 무감각과 격앙이 뒤섞인 상태가 되었다. 나는 앉고 싶었고 걷고 싶었고 내 방으로 달아나고 싶었고 사방을 돌아다니며 배리를 아는 사람들, 어떻게 된 일인지 아는 사람과 이야기를 하고 싶었다.

라디오를 흘려듣고 있던 어머니는 그 소식이 나와 상관있다는 걸 알아차리지 못하고 계속 스테이크를 구웠다.

음식이란 것이 역겹게 느껴졌다.

부르르 몸이 떨렸고 경련이 가랑이 아래로 퍼져 내려갔다.

"잠깐 나갔다 올게요. 전화할 데가 있어요." 내가 부엌을 나서며 말했다.

어머니가 무슨 말을 했다고 해도 나는 듣지 못했다.

9

나는 자전거를 타고 클리프 로드로 갔다.

배리의 집에는 커튼이 드리워져 있었다.

현관 초인종을 누르고 문을 쾅쾅 두드렸다.

아무 대답이 없었다. 결국 우편함 뚜껑을 열고 그 구멍으로 안을 들여다보았다. 부인은 문 바로 앞에 서 있었다. 검은 옷차림이었다.

"고먼 부인." 내가 우편함을 통해 말했다.

"닥쳐! 입 닥치지 못해!" 부인이 노기 띤 목소리로 말했다.

"저예요, 고먼 부인. 헬이에요."

"알고 있어."

"문 좀 열어주시겠어요?"

"안 돼."

"하지만……"

"썩 꺼져."

"……드릴 말씀이 있어요."

"오늘 우리 아들이 죽었다는 걸 모르니!"

부인은 울음을 터뜨렸다. 눈물이 콸콸 쏟아진 건 아니지만, 자신을 주체하지 못하는 모습이 가슴 아픈 울음이었다.

"알아요, 고먼 부인. 그래서 온 거예요. 방금 소식을 들었어요."

"우리 아들이 죽었어."

"고먼 부인, 문 좀 열어주세요."

그러자 그녀는 목이 졸린 듯한 괴성을 내지르더니 내게 고함을 쳤다. "네가 우리 아들을 죽였어!"

나는 우편함 뚜껑을 놓았다. 뚜껑은 덜컥 닫혔다.

10

그런 말은 흔히 듣는 말이 아니다. 그런 말은 충격을 안겨준다. 스스로 이미 똑같은 생각을 하고 있었어도 마찬가지다. 나도 이미 똑같은 생각을 했다. '내가 죽였어'라는 똑같은 문장을 담은 릴 테이프가 클리프 로드까지 달려가는 내내 머릿속에서 반복해 돌아갔다. 하지만 그것을 다른 사람이 못 박듯이 발언하는 것은 다른 일이다.

나는 멍하니 문을 바라보았다. 움직일 수 없었다. 말도 할 수 없었다. 아무런 힘이 없었다.

긴 정적이 흘렀다. 물론 그 정적은 내 속에만 있었을 것이다. 자동차들이 달렸을 테고, 사람들이 웃고 떠들며 내 곁을 지나갔을 것이다. 떠돌이 개들이 다가와 코를 킁킁거렸던가? 적어도 새들은 노래하고 있었을 것이다. 내가 거기 갔을 때 ─ 이제 기억난다 ─, 두 집 건너 옆집 앞에 아이들이 밖에 나와 놀고 있었다. 그 아이들도 계속 서로에게 소리치고 있었을까? 8월의 저녁. 잔디 깎는 기계들이 웅웅거렸을 것이다. 열린 창문 밖으로는 집 안에서 벌어지는 일들이 새어 나왔을 것이다. 하지만 그 어떤 것도 내게 도달하지 않았다. 그리고 그 어떤 것도 불행으로 변하거나 영향받지 않았다.

그러더니 안쪽에서 고먼 부인의 완강한 목소리가 들렸다.

"……내 말 듣는 거니? 당장 꺼져. 꼭 경찰을 불러야겠어?"

8월의 무더위 속에 싸늘한 겨울이 밀려왔다. 몸이 덜덜 떨렸다. 그때 나는 그저 사람들에게서 벗어나 따뜻한 침대 속에 웅크리고 싶었다. 아무 생각도 하지 않고 싶었다.

나는 좀비처럼 흐느적거리며 집에 돌아온 뒤 내 방 침대에 누웠고, 고치 같은 이불 속에서 덜덜 떨면서 몇 시간 동안 고통스러운 슬픔을 가지고 단어 놀이를 했다.

11

슬프다[sæd] 형용사 1. 슬픔을 느끼다. 불행하다. 2. 그런 감정을 일으키거나 암시하거나 표현하다: '슬픈' 이야기. 3. 불운하다. 불만스럽다. 초라하다. 비참하다: 그녀의 옷은 '슬픈' 상태다. [고대영어 'sæd' 피로하다; 고대 스칸디나비아어 'sathr,' 고트어 'saths,' 라틴어 'satur' 충분하다와 관련됨.]

슬프다: 불행하다, 불길하다, 저주받다, 불운하다, 암담하다, 한심하다, 안되다, 안쓰럽다, 불쌍하다, 비참하다, 처량하다, 우울하다, 마음 아프다, 참담하다, 서글프다, 구슬프다, 수심에 차다, 속상하다, 비통하다, 한탄스럽다, 불쾌하다, 실망스럽다, 불만족스럽다, 애통하다, 굴욕스럽다, 분하다, 안타깝다, 후회스럽다, 회한 어리다.

이 모든 게 잠 못 이룬 그날 밤 떠올린 것들이다.

사전은 어휘의 광산이다. 파면 나온다.
하지만 아무것도 말해주지 않는다.

12

나는 동이 튼 뒤에야 겨우 온기를 얻고 스스로 행한 고문에 지쳐 잠이 들었다.

7시 30분, 코뿔소가 들어오지만(기억나지 않는 분들은 2부 단편 12를 참고) 오늘은 폭주하지 않는다. 커튼도 열어젖히지 않는다. 대신 침대 옆에 서서 찻잔과 받침 접시를 딸그락거리며 내 어깨를 지그시 누른다. 아버지로서는 부드러움을 표현하는 행동이다.

"엄마가 차를 갖다주라는구나." 아버지의 말을 들으며 나는 일어났다. 이번에는 정말로 무의식에서 깨어났다.

아버지는 내가 이 낯선 선물을 받아 들 때까지 기다리지 않고 침대 옆 협탁에 내려놓았다. 나는 오븐에서 막 꺼낸 유리섬유처럼 뜨거운 눈꺼풀 사이로 아버지를 희미하게 본다.

"괜찮니?" 아버지가 말했다. "엄마는 조금 걱정하고 있던데. 어젯밤에 집에 와서 한마디도 안 했다며? 저녁 차린 것도 안 먹고."

"죄송해요. 안 좋은 일이 있어서요." 내가 말했다.

"무슨 일인데?" 아버지가 발을 꼼지락거렸다.

"모르세요?"

나는 아버지가 모른다는 사실을 믿을 수가 없었다. 몇 시간 동안 한 가지 생각에 빠져 있다 보면, 우리는 다른 사람도 모두 자신과 같은 생각을 한다고 여기게 된다. 우리 머리가 세계 유일의 방송국이 되어서 모든 사람에게 그 생각을 들려주기라도 하는 것처럼.

아버지는 몰랐다. "네가 이야기를 안 하는데 무슨 일인지 어떻게 알겠니?"

당연한 말이었다. 하지만 이야기한다는 것은 소리 내어 말한다는 뜻이었다. 처음으로. 내가 그 말을 하고도 견딜 수 있을까 하는 생각이 들었다.

아버지는 내가 어젯밤에 옷을 걸쳐둔 의자에 앉아서 나를 향해 몸을 기울였다. 팔꿈치를 무릎에 대고 양손을 깍지 낀 자세로. 당황스러웠다. 여섯 살 이후로 아버지는 내 방에 앉았던 적이 없었다.

"말해보렴." 아버지가 말했다. "네 엄마는— 네 엄마가 어떤지 잘 알잖니."

나는 몸을 일으키는 행동으로 감정을 감추고 말했는데 나도 모르게 무뚝뚝한 말투가 나왔다. "배리 고먼이 죽었어요."

아버지의 눈썹이 치켜 올라가고 입꼬리가 내려갔다. "어제?"

내가 고개를 끄덕였다.

"어쩌다?"

"오토바이 사고요."

나는 이제 아버지를 바라보지 않았다. 하지만 아버지가 나를 유심히 바라본다는 건 느낄 수 있었다. 우리 부자 둘이 이렇게 오랫동안 함께 앉아 있는 게 며칠 만인지, 몇 달 만인지 알 수 없었다.

잠시 후 아버지가 말했다. "너무 낙심하는 것 아니니? 그 애랑 그리 오래 알고 지낸 사이가 아니잖아."

"일곱 주 됐어요."

"그래, 세상엔 이런 일도 있고 저런 일도 있는 거야. 그런 걸로 낙심하면 안 돼."

침묵. 계단 삐그덕거리는 소리.

나는 그때 모든 걸 설명할 수도 있었다. 설명하고 싶었다. 아버지에게 이야기할 가장 좋은 기회였다. 하지만 말할 게 별로 없었다. 게다가 그 순간 계단에서 울린 발소리가 내 의지를 모두 사그라뜨렸다.

나는 다시 아무것도 드러내지 않은 눈길로 아버지를 바라볼 수 있었다.

아버지가 말했다. "고면 부인은 어떠시니? 어떻게 계시니?"

"힘들어하세요."

"당연하지. 부인을 도와드려라. 주변 사람들이 모두 도와드려야 할 게다."

제 도움은 빼고요. 하지만 그것도 설명할 수 없었다.

"어떻게 해야 할지 모르겠어요." 무슨 말인가 해야 할 것 같아서 입을 열었지만, 내 귀에도 무기력하게 들릴 뿐이었다.

"가게를 생각해봐. 누군가 가게를 봐야 하잖아. 네가 큰 도움이 될 수 있을 게다."

"그럴지도 모르죠."

"부인을 외면하면 안 돼. 너한테 잘해주셨잖아. 일자리도 주고 급료도 많이 주고. 이럴 때 너는 부인을 도와드릴 의무가 있어."

또 한 번의 침묵. 불편하고 오랜. 시선 둘 곳이 마땅치 않다.

아버지가 한숨을 쉬고 일어섰다. "이제 어떻게 할 거니? 일어나서 가게에 갈 거니?"

말할 수 없는 것을 말하지 않는 한 대답은 한 가지뿐이었다. "네."

아버지는 웃었고 나는 다시 열 살짜리가 되었다. 아버지가 말했다. "엄마한테 네가 곧 내려온다고 말하마." 그리고 문을 열고 나가려다가 멈춰 서서 나를 돌아보고 킁 하더니 말했다. "만약 도움이 필요하면 내가 있다는 거 알지?"

나는 고개를 끄덕였지만 대답은 하지 못했다.

"그래." 아버지는 말하고 나갔다.

13

욕실에서 치약을 듬뿍 쓰는 동안 몇 가지 생각이 들었다. (i) 나한테는 아직 가게 뒷문 열쇠가 있다는 점, (ii) 어쩌면 아버지 말이 맞고, 내가 고먼 부인에게 도움이 될 수 있을지도 모른다는 점, (iii) 고먼 부인에게 도움을 베풀면 부인이 나를 다시 좋아할지도 모른다는 점.

하지만 나로서도 차마 인정하기 어려운, 그보다 훨씬 더 중요한 게 있었다. 그가 있었던 곳에 가고 싶다는 것이었다. 그가 소유했던 물건들을 만지고 싶었다. 게다가 생각도 아니고 느낌도 아닌 이상한 감각도 있었다. 가게에 가면 언제나처럼 그가 있을 것 같다는, 그래서 어제 싸운 일을 두고 농담을 하고—

나는 얼굴에 차가운 물을 끼얹었다.

거울은 보지 않았다. 내 몸 어느 부분도 참고 견딜 수 없었다.

14

그가 거기 있을 것 같다는 감각은 가게 뒷문을 여는 순간 최고조에 이르렀다. 어찌나 강했는지 그냥 그 감각을 믿을 정도였다.

심지어 그의 이름까지 불렀다. "배리!"

당연히, 아무 대답도 없었다.

사무실로 달려갔다. 깔끔했다. 책상 위도 깨끗했다. 내가 어지른 난장판의 흔적은 보이지 않았다. 웃음이 일었다. 한순간 그가 당장이라도 들어올 거라고 믿었다. 지금까지는 그냥 꿈이었다고, 악몽이었다고.

그런데 고개를 돌려보니 텅 빈 틀만 남은 깨진 거울이 벽에서 나를 바라보고 있었다.

앞서 말했듯이, 나는 거울이 말하게 할 줄 안다.

15

그 순간부터 나는 '그를 보아야 한다'는 생각에 사로잡혔다. 그를? 그러니까 그의 몸, 그의 시신 말이다. 그 증거를 보아야 했다. 그게 '필요했다.' 그가 죽었다는 증거가. 눈으로 보면 믿을 수 있다지만 그 이상이다. 보면 '알게' 된다. 그리고 나는 알아야 했다. 필사적으로.

하지만 그의 몸은 어디 있는가? 어떻게 해야 볼 수 있나? 집에 있나? 사고로 죽은 사람은 어떻게 처리하나? 땅에 묻을까? 오늘은 토요일이니까 묻지 않을 것이다. 내일은 묘지도 쉬지 않을까? 그러면 월요일에?

답을 아는 사람이 한 명 있었다.

나는 두 번 생각할 틈도 없이 전화를 집어 들고 다이얼을 돌렸다.

"고먼 부인—"

"누구니? 또 너니?"

"고먼 부인, 제발 제 말을—"

"피도 눈물도 없는 것. 너는 염치도 없니?"

"고먼 부인, 배리를 봐야겠어요. 꼭요—"

"뭐라고! 내 속을 도려내기로 작정했구나! 그런 거지?"

"아니에요! 하지만 저는 배리를 봐야 해요. 제발—"

"아주 미쳤구나. 그래, 그런 거야. 너는 완전히 미쳤어. 아무 얘기도 하기 싫다."

"배리가 어디 있는지 말해주세요. 제발요."

"널 경찰에 고발할 거야. 경고하겠어. 너는 나를 속였어. 내가 너를 얼마나 믿었는데 네가 한 짓을 봐. 나와 버비의 믿음을 그런 식으로 갚다니. 버비가 다 말해줬어. 네가 무슨 짓을 했는지. 물건들을 던지고 가게를 부수고. 그 난장판을 내가 다 치웠어. 나는 다 봤어. 악독한 놈. 악독하고 더러운 놈. 너는 감옥에 가야 해. 깡패 같은 놈."

"아니에요, 고먼 부인…… 오해하신 거예요. 제가 말씀드릴게요. 깨진 건 거울밖에 없어요. 죄송해요. 거울값은 드릴게요. 하지만 배리가 어디 있는지 말씀해주세요. 배리를 봐야 해요. 저는 배리를 사랑했어요."

"어떻게 감히! 어떻게 그런 소리를! 나는 너에 관해 다 알고 있어. 그런데 내 아들한테 저지른 죄도 모자라 불경한 소리까지 지껄이다니. 아직도 성이 안 찬 모양이구나. 너를 따라 나가지 않았다면 배리는 죽지 않았을 거야. 내가 신경 쓰지 말라고 했지만 배리는 내 말을 듣지 않았어."

"저를 따라 나왔다고요? 어떻게 아세요?"

"나한테 이야기해줬으니까. 집으로 전화를 했어. 네가 소란을 피우면서 가게를 때려 부쉈다고. 너를 찾아 나가겠다고 했어. 내가 달려왔지만 배리는 이미 떠났고 사무실은 엉망이 되어 있었어."

"하지만 고먼 부인—"

"그러더니 이제 나를 물어뜯으려고 하고 있어! 이렇게 뻔뻔
할 수가! 조금 있으면 딸이랑 사위가 같이 올 거야. 네가 다시
나를 괴롭히면 어떤 일이 일어날지 두고 봐. 힘없는 여자를 말
이야. 내가 너라면 이렇게 경솔하게 굴지는 않아."

부인은 전화를 끊었다. 나는 신호음을 들으면서 그 소리의
의미를 이해하려고 했다.

16

수화기를 내려놓은 뒤 가게를 나섰다. 열쇠는 우편함에 떨구
어버렸다. 경찰과 사위 이야기가 나를 도망자로 만들었다. 배
리 없는 가게에 가보니 그를 보고 싶다는 욕구가 더욱 거세져
서 거기 계속 머물 수가 없었다.

도주로, 숨 쉴 공간, 생각할 시간.

나는 자전거를 타고 초크웰역 근처의 해변으로 가서 자전거
를 끌고 기차역 인도교를 건넜다(인도교 벽에는 누가 페인트로
'오지맨디어스 최고'라고 쓴 낙서가 있었다*). 그런 뒤 자전거
를 지켜보기 쉬운 해변 산책로 옆에 대고 모래밭 빈자리에 앉

---

* (옮긴이) 퍼시 비시 셸리의 장시 「오지맨디어스Ozymandias」와 오즈번 선생의 별
  명 Ozzy를 결합한 말.

아서 결이 있는 나무로 만든 튼튼한 회색 방파제에 등을 기댔다. 거기서는 사우스엔드와 부두다리로 이어지는 해변을 볼 수 있고, 개펄과 바다 건너 켄트주 해변이 숨어 있는 안개 긴 수평선도 볼 수 있었다.

하늘은 음울하고 날씨는 바람 없이 답답했다. 조수는 멀리 밀려가 있었다. 해수욕객에게도 세일링객에게도 별로인 날이었다. 모래밭에는 소수의 사람들만 흩어져 있었다. 그러나 해변 산책로는 관광객들, 노는 아이들, 운동하거나 아기와 개를 운동시키는 사람들로 번잡했다. 그렇다고 내가 거기 관심을 기울인 것은 아니다. 나는 오직 나의 내면만 주시하고 있었다. 사실 이 간략한 디테일을 떠올리는 데도 힘이 많이 들었다. 굳이 이걸 말하는 것은, 내가 정신적 한기를 피하려고 폭풍과 모래 유실을 막는 그 나무 방패 옆에 웅크리고 있을 때 주변 환경이 어땠는지를 설명하기 위해서일 뿐이다.

17

오늘 아침에 지난 며칠 동안 쓴 부분, 즉 배리가 죽은 뒤의 내용을 읽어보았다. 다 쓸데없다. 내가 정말로 느끼는 것을 조금도 말해주지 못한다. 으깨지고 바스러지고 박살 나고 분쇄되고 거덜 나고 뭉개지고 수모당한 그 느낌을.

그래, 바로 그 말이다. '수모당한mortified.'

라틴어 'mors'(죽음)와 'facere'(행하다)가 (혹시 몰랐다면)

교회 라틴어 'mortificare'(죽이다)에서 발전한 고대 프랑스어를 거쳐서 만들어진 말: 1. 수치스럽게 하다. 2. 조직이 괴사하거나 탈저하다 또는 그렇게 만들다(『콜린스 영어 사전』 참고).

언어란 얼마나 놀라운가! 한 단어에 이 모든 게 들어 있다. 하지만 여전히 아무것도 말해주지 않는다.

나는 죽음을 일으켰고 죽음에 이르고 있었다. 하지만 나 자신의 조직 괴사와 단짝 친구라는 꿈의 탈저에 대해서는 아무 말도 할 수가 없다.

아, 그냥 그렇다고 여겨주길.

JKA 보고서

헨리 스펄링 로빈슨

10월 8일. 아직 보고서가 만족할 만한 수준으로 준비되지 않았다는 이유로 재판을 2주간 연기 신청했고 받아들여짐. 이 사건의 특이한 성격을 강조했음. 핼에게 글을 빨리 마무리해서 제출해야 한다고 재촉.

11:45. 오즈번 씨에게 전화해서 재판 연기 사실을 알려줌. 핼이 일을 빨리 마치도록 도와달라고 부탁함. 오즈번 씨는 지금 핼이 꼭 필요하다고 생각하는 내용들을 쓰지 못해서 괴로워한다고 전함. "언어는 적당한 수단이 아니에요"라는 말을 반복하고, 초고가 마음에 들지 않아서 자꾸 고치고 있다고 함. 어쨌거나 핼이 하루 종일 강박적으로 글을 쓰는 것은 분명함. 오즈번 씨는 핼이 그 글을 쓰면서 심리 치료 같은 효과를 얻고 있으며, 더불어 성찰적 글쓰기가 핼의 인생에 새롭고 의미 있는 구심점이 되고 있다고 확신하고 있음.

사전 이해를 위해 핼의 글을 미리 좀 볼 수 없겠냐고 물었지만, 오즈번 씨는 그러면 흐름이 방해되고 핼이 다시 혼란스러워할 거라며 강력하게 반대함. 핼 모르게 보여줄 수도 있지 않느냐고 말했다가 첫번째 면담에서 들은 신뢰와 비밀 엄수에 대한 조롱 섞인 대답만 듦.

어쨌거나 오즈번 씨에게 글이 빨리 마무리되어야 한다는 사실을
강조했음. 오즈번 씨는 방과 후에 매일 핼을 만나서 진척 상황을 논
의하고, 핼이 가져온 글에 논평을 해준다고 함. "장편소설 한 편을
쓴다고 해도 무방할 정도"라고 말하는 것이 사건의 심각성 못지않게
이런 측면에도 뿌듯해한다고 느낌. 나는 내가 원하는 건 핼과 고먼
사이에 벌어진 일을 솔직하게 적은 기록일 뿐이라고 설명. 소설을 기
다릴 시간은 없고 또 핼이 이야기를 꾸미지 않기를 바란다고 덧붙임.

10월 9일. 오늘 핼에게서 이런 편지를 받았다.

J. K. 앳킨스 씨에게 알립니다.
헨리 스펄링 로빈슨. 약칭 핼.

이 글은 불건강한 정신과 혼란한 육체의 소유자인 나 헨리 스펄링 로빈슨(이하 문서 작성자, 약칭 '작성자')이 현재 최대치의 노력을 기울이고 있으며, 배리 고먼(이하 사랑했던 망자, 약칭 '망자')의 죽음 및 매장과 관련하여 작성자가 벌인 기이한 행동을 가능한 이른 시일 내에 문서로 완성해서 주디스 캐런 앳킨스(이하 안달하는 사회복지사, 약칭 '안사')에게 전달하려는 진지한 의도를 품고 있음을 알려주는 것을 목적으로 한다. 그러나 작성자는 여기서 법원이 망자와 관련해 하루빨리 진실을 알고 작성자를 처벌하고자 안달한다는 사실 때문에 안사가 작성자에게 앞서 말한 망자 관련 문서를 완성하라고 압박하면, 이후 집필 부분부터 작성자가 관련 행동을 안사에게 설명할 때 적절한 묘사를 구체적으로 할 수 없을 뿐 아니라, 망자와 작성자 사이의 일에 대해 안사의 이해 또는 몰이해의 우려를 일으킨다는 점을 지적하고자 한다.

핼 로빈슨

18

카리는 해변에서 나와 거의 부딪히다시피 했다.

그녀는 아침에 배리에게 전화를 걸었다가 고먼 부인으로부터 소식을 들었다고 했다.

"마음을 달래려고 나왔어." 그녀가 말했다. "헬, 너무 끔찍한 일이야. 울음이 터져 나왔어. 도저히 집에 있을 수가 없었어. 그레이 부인은 너무 좋으셔. 나를 위로해주려고 했어. 내가 속상해하는 이유는 몰랐지만, 그렇다고 이유를 말해줄 수도 없잖아. 부인은 나더러 바람 좀 쐬고 오라고 했어. 하지만 그 집 아저씨는 별로 인자한 성품이 아니야. 나더러 그만 좀 징징대고 ──이 말이 맞나?──일을 하래. 하지만 도저히 아이들을 볼 수가 없었어. 너무 끔찍해."

그녀는 청바지와 흰 스웨터 차림이었고, 그 위에 지나치게 큰 낡은 갈색 방수 외투──그레이 부인의 것인 듯했다──를 걸쳤는데, 날이 으슬으슬하다는 듯 외투 자락으로 몸을 꼭 감쌌다.

날은 으슬으슬하지 않았다. 내면의 감정이 외적으로 표현된 것뿐이다. 그녀는 우울한 표정으로 내 옆 모래밭에 주저앉았다.

멀지 않은 곳에 서너 살쯤으로 보이는 벌거벗은 사내아이 두 명이 모래 장난을 하고 있었고, 그 옆에는 여름 옷차림의 여자가 수건을 깔고 앉아 아이들을 보고 있었다. 카리가 말하는 동안 나는 아이들을 보면서 다시 네 살로 돌아가 모래성을 쌓으며 놀 수 있다면 얼마나 좋을까 하는 생각을 했다.

배리 없이 보낸 첫날 내 기억에 가장 강렬하게 남은 이미지는 이 스냅사진 같은 정물화다. 벌거벗은 두 아이가 신난 얼굴로 모래밭에 무릎을 꿇고 앉은 장면. 그것은 당시의 부서진 감각을 되살려주는 기억 보조 장치다. 두 아이 인생의 행복한 한 순간이 내 머릿속에 동결되어 그토록 서글픈 기억을 불러일으켜준다는 건 기이하다. 게다가 그 장면이 단순히 기억만 떠올려주는 것도 아니다. 아이들을 바라보는 내 마음속 고통도 담겨 있는 것 같기 때문이다. 어째서 그런 걸까? 이 세상의 모든 사소한 행복은 세상의 모든 슬픔을 내재하고 있다는 것처럼.

19

"같이 고먼 부인한테 가자." 카리가 말한다. "그래야 하지 않겠어? 전화 목소리가 아주 힘드신 것 같았어."

나는 고개를 저었다. "나는 만나주시지 않을 거야."

"만나주시지 않는다고? 왜? 너하고 배리는 친한 친구였잖아. 그때 배리가 네 얘기를 얼마나 많이 했는지 아니? 그런 친구가 있다는 게 샘까지 났는걸."

내가 말했다. "우리는 그냥 친구가 아니었어."

카리는 고개를 돌려 나를 바라보았다. 그리고 의미를 탐색하듯 내 얼굴을 훑었다. 그 툰드라지대에는 아무런 의미가 없었다.

"그냥 친구가 아니었다고?" 카리가 물었다. "그게 친구 이상 이라는 영어식 표현이니?"

나는 고개를 끄덕였다.

아이들은 기세 좋게 모래성을 부수었다. 여자가 아이들을 보며 웃었다.

카리는 고개를 돌렸고 우리는 똑같은 자세가 되었다. 굽은 등을 방파제에 댄 채 무릎을 끌어당기고 발은 모래에 파묻은 자세.

"너무 마음 아픈 일이네." 카리가 기운 없는 목소리로 말했다. "몰랐어."

"네가 어떻게 알겠어?"

"짐작했어야 했어. 하지만 상당히 충격인걸."

"도덕적 충격? 아니면 그냥 의외라서?"

"도덕적인 건 아냐. 의외라서 그래."

"배리가 너랑 자서?"

잠시 침묵.

그녀는 손가락 사이로 모래를 떨구었다.

"알고 있었어?"

"그것 때문에 싸웠어."

"아, 그러면 일이 상당히 복잡해지네."

아이들은 다시 새 모래성을 쌓기 시작했다. 여자는 아이들끼리 놀게 두고 작은 병에 든 음료수를 마셨다.

"너하고는 상관없어. 네 잘못이 아냐. 내가 질투했고 배리가

싫어했어. 내가 자기를 독차지하려고 한다고. 내가 너무 집착
해서 숨이 막힌다고 했어."

"그 말이 맞아?"

"난 아니라고 생각해…… 하지만 그게 무슨 소용이야. 배리
가 그렇게 생각했는데."

잠시 침묵.

그녀가 말했다. "내가 가는 게 좋겠어?"

나는 카리의 팔에 손을 얹었다. "아니, 곁에 있어 줘. 진심이
야."

그런 뒤 내가 손을 거두려고 하는데 카리가 내 손을 잡아 우
리 둘 사이에 내려놓았다.

"어려운 일이야. 한 사람에게 모든 걸 주는 건." 그녀가 말했다.
"그걸 원하는 게 잘못인 것 같아. 시도하는 것도 잘못이고."

카리는 고개를 저었다. "상당히 혼란스럽다."

"동지 만났네."

그녀가 어리둥절한 눈길이 되었다. "동지?"

내가 웃었다. "그냥 하는 소리야."

우리는 다시 아이들에게 눈길을 돌렸다. 제대로 솜씨를 갖
추기 전에 즐겁게 법석을 떨며 무언가를 하는 모습. 자신이 해
낼 수 있는 것보다 더 많은 것을 원하는, 로럴과 하디의 미니어
처(로럴과 하디가 그렇게 재미있는 건 아마도 그 때문일 것이
다. 그들은 어른의 몸에 갇힌 아이다. 겉으로 아는 척해도 실제
로는 어떻게 헤쳐 나가야 할지 모르는 어른들의 세계에서 길을

잃은 아이들).

만약 그 순간이 오기 전에 생각해보았다면 카리는 내가 이 세상에서 가장 만나기 싫은 사람이었을 테고, 그녀에게 배리와 나 사이의 일을 전부 이야기하겠다는 마음 같은 건 눈곱만큼도 들지 않았을 것이다.

하지만 상황이 닥치고 보니 그 반대였다. 카리는 내가 만날 수 있는 유일한 사람이고, 무엇보다 내가 이야기를 할 수 있는 유일한 사람이었다. 마치 그러기 위해 일부러 만나기라도 한 것처럼 나는 카리에게 텀블호의 전복에서부터 그날 아침 고면 부인에게 면박당한 일까지 남김없이 말했다. 때로 우리는 웃었다. 나로서는 48시간 만에 처음 찾은 웃음이었다. 카리는 이따금 질문을 하기도 했다. 그리고 이야기가 끝나갈 무렵 아무 소리도 내지 않고 조용히 눈물을 흘렸다.

그러는 동안 여자는 두 아이를 챙겨서 인형 옷만 한 바지를 입히고 신발을 신기고 나들이 용품을 챙긴 뒤, 재잘거리는 아이들을 뒤에 달고 천천히 해변을 떠났다. 점심때가 되자 해변 산책로를 떠도는 사람들도 줄어들었다. 조수는 개펄을 지나 해변으로 밀려왔다. 벌써 나와서 요트를 준비하는 사람도 두엇 있었다. 하늘의 잿빛이 옅어졌다. 태양이 베일 속에서 빛을 뿜었다. 오후가 되면 사람들이 몰려들 것이다. 해변은 더 이상 도피처가 되지 않을 것이다.

20

우리는 리 공원으로 옮겼고 중간에 간식거리를 하나 샀다.

"가서 일해야 되지 않아?" 내가 물었다.

카리는 어깨를 으쓱했다. "미뤄야지 어쩌겠어. 그레이 부인은 이해해주실 거야."

우리는 덤불 쪽을 등지고 풀밭에 앉았다.

"너한테 말하지 않은 게 두 가지 정도 있어." 내가 말했다.

"전부 다 이야기해줘." 그녀가 말했다.

나는 두 손을 뒤통수에 대고 누웠다. 카리는 팔꿈치를 땅에 대고 엎드려서 내 얼굴을 보았다.

"우리가 사귀기 시작한 날," 내가 말했다. "배리는 나한테 맹세를 하나 시켰어. 우리 둘 중 한 사람이 먼저 죽으면 남은 사람이 그 사람 무덤 위에서 춤을 춘다는 거야."

그녀가 이 말을 받아들이는 동안 침묵이 흘렀다.

"하지만 그건……"

"황당하지."

"조금."

침묵.

"그건 불가능해."

"해야 해."

"사람들이 막을 거야."

"밤에 해도?"

"밤에 한다고!"

"맹세는 맹세야. 네가 도와줄래?"

"뭐!"

"춤추는 것 말고. 그건 나 혼자 해야 할 일이니까."

"그러면 뭘?"

"배리가 언제 어디에 묻히는지를 알아봐줘. 아까 말했듯이 고먼 부인은 나하고는 아무 이야기도 안 하려고 하셔. 하지만 배리 무덤이 어디 있는지 알아야 해. 너한테라면 이야기해주실 거야. 배리 친구인데 장례식에 참석하고 싶다고 자세한 걸 알아봐줘."

"믿을 수가 없다." 그녀는 일어나서 두 팔로 무릎을 감싸고 앉았다.

"나도 마찬가지야."

"하지만——"

나는 일어나서 책상다리를 하고 앉았다. "부탁할게."

"생각해보겠어."

나는 재빨리 덧붙였다. "그리고 한 가지 더 있어."

카리는 불안한 눈길을 던지며 물었다. "그게 뭔데?"

"그것도 좀 황당한 거야."

"별로 알고 싶지 않은걸."

"전부 다 이야기해달라며."

카리는 무릎에 턱을 얹은 채 공원을 훑어보았다. "알았어. 말해봐."

"지금…… 강력한 충동이 들어. 정신 나간 생각이란 거 알아.

하지만 배리를 봐야겠어. 그러니까 시신 말이야. 확인하고 싶어. 뭐라고 설명을 못 하겠어. 그냥 꼭 그래야 할 것 같아."

카리는 한숨을 쉬고 말했다. "가엾은 헬! 너한테는 그 관계가…… 가벼운 게 아니라 정말 심각한 일이었구나." 그리고 손을 뻗어 가느다란 손가락으로 내 손을 잡았다.

"상당히 큰 상처를 받았어." 그녀가 말했다.

나는 두 손으로 카리의 손을 잡고 말했다. "배리가 어디에 있는지 알아야 해."

그녀가 고개를 끄덕이는 게 손가락을 통해서 느껴졌다.

21

"배리는 리 종합병원 영안실에 있어." 카리가 한 시간 뒤에 돌아와서 말했다. "배리의 매형하고 이야기했어. 상당히 친절하시더라. 고먼 부인은 쉬고 계셨어. 누나하고 매형이 점심 무렵에 왔는데, 부인이 정신적 고통과 수면 부족으로 지쳐 있어서 침대에 누워 쉬게 했대. 배리 누나가 부인을 돌보고 있어."

"영안실? 왜 거기 있는 거지? 왜 집에 없고?"

"검사를 해야 하니까─아니 그 말이 아닌데─검시, 맞아 검시를 해야 한대."

"검시! 왜?"

"배리 매형 말로는 그래야 된대. 사고로 죽으면 법에 따라 검시관?─그런 사람한테 검시를 받아야 한대."

"맞아, 검시관."

"검시를 해서 어떻게 된 일인지 알아낸대. 살해당했을 경우에 대비해서. 배리 매형이 다 설명해줬어. 하지만 나한테는 전부 낯선 이야기야."

"검시가 언제야?"

"화요일 예정인데 늦어질 수도 있대."

"장례식은?"

"수요일. 하지만 화요일 검시가 일찍 끝나면 그날 할 수도 있대."

"왜 그렇게 서두르지?"

"서두르는 게 아냐. 그 사람들 규칙 ── 아니 풍습이지."

"무슨 풍습?"

"당연히 유대인 풍습이지. 배리는 유대인이잖아, 헬. 그걸 몰랐니?"

"물론 알았어. 하지만 배리는 유대교 신자라고 할 수 없었어. 교회, 그러니까 회당에 안 나갔단 말이야."

"그거랑 이거랑은 아무 상관이 없어."

"상관있어! 배리하고 나는 둘 다 종교나 신 같은 걸 안 믿었어."

"그래서?"

"배리가 믿지도 않은 낡은 풍습이 왜 문제가 되느냐는 거야."

"낡은?"

"그래! 남아메리카의 우티나 인디언은 적을 죽이면 시체의 머리 껍질을 벗기고 팔다리를 부러뜨린 다음 온몸을 둘둘 묶어서 햇볕에 말리고 그 엉덩이를 화살 과녁으로 삼았어. 우티나 인들이 예전에 그랬다고 남아메리카 사람들이 아직도 그런 일을 한다는 거야?"

"도대체 무슨 말도 안 되는 소리야? 그런 이야기는 듣고 싶지 않아."

"더없이 문명화한 중세 유럽에서는 시신을 끓여서 살을 발라낸 다음 그 뼈를 짐에 넣어 가지고 다녔다고. 그때 사람들은 뼈를 특정 장소에 간직해야 한다고 생각했어. 마음이 깃든 장신구처럼. 아직도 그런 일을 해야 한다고 생각해? 우리 조상 시대에 그런 풍습을 행했다고?"

"끔찍한 소리 그만해."

"정말 그랬다니까! 기독교와 이슬람교가 함께 숭배하는 하느님의 영광을 드높이고자, 이슬람교도 학살에 나선 용맹하고 공명정대한 십자군 기사들은 원정길에 바로 그 용도의 솥을 가지고 다녔어. 죽으면 자신의 뼈를 깨끗하게 발라서 고향으로 보내주기를 바라면서. 너도 네 왼쪽 넙다리뼈가 라이벌 무리의 손에 들어가는 건 싫잖아? 우리가 어디로 가게 될지는 아무도 모르는 일이야."

"내가 왜 이런 어처구니없는 설교를 들어야 하지 —"

"설교가 아냐."

"— 그저 네 황당한 계획을 도와주려고 했을 뿐인데."

"그건 정말 고마워. 진심이야!"

"어쨌거나 너라면 배리를 어떻게 하겠어? 뭘 믿고 안 믿고를 떠나서 죽은 사람한테는 무언가를 해야 하잖아."

"그렇지."

"시신을 소각로에 던져 넣고 끝내?"

"그런 건 물론 아냐!"

"그러면 어떻게 할 거야?"

"몰라. 아직 결정 못 했어."

"아주 훌륭해! 그러니까 네가 결정할 때까지 세상은 시체를 쌓아놓고 있어야겠네."

"바보 같은 소리 하지 마. 내 말은 내가 죽은 다음에 내 시신을 어떻게 해야 할지 결정을 못 했다는 것뿐이니까. 배리는 종교 풍습 같은 데 신경을 안 썼어. 내 말은 그런 뜻이야."

"하지만 상당히 분명하잖아? 자기 무덤 위에서 춤을 추라고 했다니까 말이야. 그건 화장이 아니라 매장을 예상했다는 뜻이잖아?"

"그렇게까지는 생각 못 했어."

"네가 생각 못 한 게 그것뿐이 아니야."

"그게 무슨 소리야?"

"고먼 부인은 너 때문에 화가 많이 나셨어."

"왜?"

"네가 전화를 해서. 특히 배리를 보겠다고 해서. 너는 어떻게 그런 일을 했니!"

"그게 왜 기분 나쁜 일이야? 친구가 죽으면 조문을 가는 게 예의 아냐?"

"유대인은 안 그래. 그 사람들은 조문 같은 거 없어. 죽은 사
람은 되도록 빨리 그리고 간소하게 묻어. 부자도 가난한 사람
도 다 똑같이. 죽은 사람에게는 존경을 표시하고, 내가 볼 때 그
건 아주 아름다운 풍습이야. 그런데 너는 죽음의 풍습을 그렇
게 줄줄 꿰고 있으면서 어떻게 그런 걸 모를 수가 있니? 아니면
기괴한 풍습에만 관심이 있는 거니?"

"너는 어떻게 그런 걸 다 알아?"

"배리의 매형이 설명해줬어."

"아주 자세하게 설명해준 것 같은걸."

"말했잖아. 아주 친절했다고."

"그랬겠지! 네 몸을 보자고 하지는 않았어?"

카리는 발끈해서 일어섰다. 그러고는 "정말 역겨운 말이구
나" 하고 쏘아붙인 뒤 엉터리 영어를 쏟아내며 발을 굴렀다. 그
런 뒤에는 놀란 내 머리 위로 노르웨이어를 퍼부었는데, 이글
거리는 얼굴과 격렬한 동작이 그 의미를 해석해주었다. 사나운
독설이 분명했다. 그러더니 그녀는 나를 찌무룩한 혼돈 속에
남겨두고 낡은 방수 외투 자락을 길게 펄럭이며 사라졌다.

22

사실 나는 카리가 노르웨이 말로 뭐라고 했는지 안다. 인간
녹음기가 아니라 그 말을 하나하나 기억하지는 못하지만 카리

가 그 부분의 재구성을 도와주었다. 그렇다, 카리는 아직도 여기 있다. 하지만 나는 카리를 이 혼란에 엮어 넣고 싶지 않다. 물론 그녀는 내가 원한다면 법원에서 모든 걸 밝히겠다고 한다. 안사님, '완전한 비밀 엄수'라는 약속을 잊지 말기 바란다. 당신은 모든 진실과 설명을 오직 당신만 간직할 거라고 말했다 (내가 당신을 얼마나 믿는지를 보여주기 위해서 나는 카리의 이름과 거주지를 바꿨다. 만약을 대비해서……).

카리가 그때 한 말을 거칠게 번역하면 "이기적이고 옹졸한 녀석. 넌 누구의 도움도 받을 자격이 없어. 네가 달나라로 날아가버리건 말건 나는 상관 안 해.♦ 네가 잘하는 건 자기 연민에 허덕이며 선량한 부인의 속을 뒤집는 일뿐이니까. 넌 설익은 관념들을 사람보다 중요시하고, 너 자신의 한심하고 탐욕스러운 감정에만 온 관심이 쏠려 있으니까."

그때 카리가 노르웨이어로 말한 게 다행이다. 안 그랬으면 지금 헨리 스펄링 로빈슨의 인생에 카리는 없을 것이다.

그러나 나는 그녀의 감정을 알지 못한 채 그날 밤 친구도 없고 도와줄 사람도 없는 내 신세와 이 모든 게 내 잘못이라는 사실에 괴로워하며, 나도 죽어버리는 게 낫겠다는 생각을 했다. 그리고 그 소망하는 상태에 이르기 위한 여러 가지 방법을 떠올려보았다.

♦ 커트 보니것의 『제5도살장』 참고. 이 일을 통해서 나는 카리가 그 책을 읽었다는 걸 알았다.

칼로 목이나 손목의 동맥을 끊는 방법이 있다. 하지만 이것은 고통스럽기도 한 데다 너무 지저분하고 효과도 느리다는 이유로 거부되었다. 약을 먹는 것도 좋을 것이다. 하지만 내가 구할 수 있는 건 아스피린뿐인데 그것은 어머니의 요통조차 치료하지 못한다. 또 어디선가 약은 엄청나게 많은 양을 먹어야 해서 치사량에 이르기 전에 토하게 된다는 말을 들은 적이 있다 (어머니의 신경안정제는 부모님 방 어딘가에 숨겨져 있다). 내 방 창문에서 뛰어내리는 것도 효과가 없을 것이다. 내 방은 겨우 2층이고 뛰어내려 봐야 식탁보만 한 우리 집 정원 뜰에 떨어질 뿐이다. 독극물? 우리 집 욕실 물건 중 가장 독성이 센 건 아버지의 애프터셰이브 로션과 어머니의 샴푸일 것이다. 뒷마당 헛간에 뿌리는 민달팽이 제거제도 생각났다. 하지만 그건 민달팽이도 제대로 처치하지 못하는 것 같아서 굳이 시도해볼 생각이 들지 않았다. 목을 맨다. 천장이 무너질 것이다. 그리고 그전에 내가 아무 소리도 내지 않고 천장에 고리를 박아 넣을 수 있느냐도 문제다. 질식? 코 위에 베개를 대고 숨이 끊길 때까지 참는 것은 도저히 내가 할 만한 일 같지가 않았다. 권총 자살은 로맨틱하지만, 우리 집에 있는 총이라곤 어릴 때 가지고 놀던 물총뿐이고 그나마 물이 샌다. '의지의 힘으로' 죽음에 이른다. 어떤 곳에 사는 어떤 부족은 살 만큼 살았다고 생각하면 자리에 누워서 죽음을 부른다는 이야기를 읽었다. 나도 30분 동안 그 방법을 시도해보았지만 처음보다 정신이 더 말똥말똥해졌을 뿐이다.

두 시간 동안 이런저런 방법을 궁리하다가 포기했다. 자신을 처치하려면 오랜 시간 신중하게 계획을 세워야 하는 것 같다. 지저분한 방법으로 죽어서 다른 사람에게 뒤처리를 맡길 작정이 아니라면 말이다. 나는 그런 일은 공정하지 않다고 생각했다/생각한다. 그 사실은 그날 밤 나처럼 우울함에 빠져 있던 사람에게는 낙심천만한 일이다. 그런 순간이 되면 우리는 단순하고 조용하고 편안한 절명을 바란다. 물론 최후의 숨을 내쉬기 전에 사후의 멋진 장면들을 음미할 정도의 여유는 있어야 한다. 예를 들면 사람들이 우리를 발견하고 절망에 빠지는 일의 뿌듯함이 있다. 사람들로 들끓는 장례식에서 넘쳐나는 슬픔. 우리의 죽음에 대한 통곡과 우리에게 해주지 못한 일들에 대한 한탄. 우리를 찬양하는 말들. 우리에게 저지른 잘못에 대한 막대한 회한. 남은 생애 동안 그들이 느낄 허전함. 아, 우리가 세상에 안겨줄 자업자득의 상실감! 그리고 우리를 살리기 위해 하지 않은 일들에 대한 뿌듯할 만큼의 고통스러운 죄책감.

한참이 지나자 이런 달콤하고 냉소적인 공상도 지겨워졌다. 한두 시간 잠을 잔 뒤 깨어나서 헤드폰을 끼고 브리튼의 현악 사중주 3번을 들었다. 그 음악은 흐느적거리지 않는 슬픔이 몸을 태우는 듯한 악절들이 있다. 두 번을 연달아 듣고 다시 잠이 들었다. 새벽녘에 뒤척이다가 헤드폰 한쪽이 벗겨져 코에 걸리는 바람에 잠이 깼다(생각해보니 음악에 질식하는 것도 세상에 종언을 고하는 새롭고 즐거운 방법인 것 같다).

그렇게 지쳐서 잠이 들었다가 아침이 되면 원심 탈수된 듯

진은 빠졌어도 자신은 온전히 되찾은 것 같은 기분으로 눈을 뜰 때가 있다. 그날 아침 내가 그랬다. 아무 생각할 필요가 없었다. 그냥 행하면 되었다. 이렇게.

　　카리, 미안해 내가 바보였어. 다시 만나줄래? 내가 배리 이야기를 할 사람은 너밖에 없고 나는 그 이야기를 할 사람이 필요해. 어제 우리가 만났던 초크웰역 근처 해변에서 기다리면 나와줄래? 오늘—일요일—10시 30분부터 12시 30분까지 거기 있을게. 제발 꼭 와줘.

헬.

　나는 쪽지를 접어서 겉면에 카리 이름을 적고, 비틀스의 「렛 잇 비」 테이프가 든 케이스에 넣었다. 그런 뒤 부모님이 일어나기 전에 집을 나섰고—두 분은 일요일이면 10시 30분까지 주무신다—, 자전거를 타고 카리의 집까지 가서 편지와 테이프 꾸러미를 우편함에 떨구어 넣었다.

23

　그다음에 일어난 일은 나조차도 내가 했다고 믿을 수가 없다. 만약 그 전에 누가 나더러 네가 그런 일을 할 수 있다고 말했다면 나는 헛소리 말라고 주먹을 날렸을 것이다. 아니, 그러지는 않았을 것이다. 생각해보니 나는 평화주의자다. 아니, 그것도 아니다. 나는 그저 싸움을 못하기 때문에 남을 때렸다가 대갚음당하는 일을 피할 뿐이다. 하지만 내 말뜻을 알 것이다. 이다음에 벌어진 일이 그만큼 놀라웠다는 뜻이다. 내 상상의 영역을 완전히 벗어난 데다 성격과도 전혀 맞지 않아서 그저 일탈이었다고밖에 말할 수 없다(오지 선생님이 이 말에 동의해 줘서 다행이다. 사실 처음에 일탈이라는 말을 한 사람도 오지 선생님이었다). 하지만 그 일을 쓸 때 '나'를 주어로 할 수는 없다. 그러면 너무 불편해질 것이다.

어제는 이 문제를 두고 고심하느라 글을 한 줄도 쓰지 못했다〔늘 그러듯 헤드폰을 낀 채 테이프를 끝없이 듣고 공책에 낙서를 하면서 무엇을 써야 할지 고심했다. 이상했다. 나는 머릿속에 흩날리는 왕겨들 중 어떤 걸 적어야 할지 언제나 확신하는 편이다. 그러는 동안 몸은 힘없고 무겁게 늘어진다. 말도 사라진다. 누구에게도 할 말이 없다. 이 유희를 시작할 때는 내게 일어난 일을 쓰는 게 이렇게 어려울 줄 몰랐다. 일어난 일 자체가 아니라 그걸 말하는 방법이 문제다. 농담하고 같다. 사람들 중에는 농담을 잘하는 사람도 있고 못하는 사람도 있다(배리는 농담을 못했다). 내가 겪은 이런 끔찍한 비극을 말하는 것도 마찬가지 같다. 어쨌거나 다음의 단편은 어떻게 써야 할지 가장 결정하기 어려운 것 가운데 하나였다〕.

어젯밤 늦게야 아이디어가 떠올랐지만 너무 지쳐서 오늘 아침으로 미루었다. 해법 나한테 벌어진 일이 남의 일처럼 여겨진다면 내가 다른 사람인 것처럼 글을 쓰면 된다. 간단하지 않은가? 언제나 간단한 답을 찾는 데 시간이 가장 오래 걸리는 것 같다.

24

영안실의 하루

출연: 헨리 S.와 카리 노르웨이

헨리 S. 로빈슨이 새 친구 카리 노르웨이의 도움으로 옛 친구 배리 고먼의 시신을 보게 된 과정은 다음과 같다.

토요일 오후 카리가 그 방법을 제안했을 때 헨리는 그녀가 미쳤다고 생각했다.

"미쳤구나." 그가 카리에게 말했다.

"안 미쳤어." 카리가 말했다. "미친 건 너야. 그렇지 않으면 이런 일을 하고 싶어 할 리가 없지. 하긴 너를 도와주다니 나도 좀 미친 것 같다."

"하지만," 헨리가 말했다. "여자 옷을 입고 영안실에 가서 침착하게 시신을 보여달라고 하라고? 난 못 해."

"그것밖에 방법이 없어." 카리가 말했다.

두 사람은 그 계획을 두고 몇 시간 동안 논쟁을 벌였다. 카리는 이미 영안실에 전화를 해서, 시신은 공식 방문객만 볼 수 있으며 그것도 미리 약속을 잡아야 한다는 걸 알아냈다.

"그러니까 유일한 방법은 속이는 거야." 카리가 헨리에게 말했고 헨리는 그녀의 냉정하고 계산적인 능력에 놀랐다. "그런데는 분명히 관리인이 있을 거야." 카리가 말했다. "하지만 일요일에는 대체 인력일 가능성이 높아. 간단히 경비를 보면서 만약의 사태에 대비하는. 그렇다면 자세한 규정 따윈 모를 테니까 속이기 쉬울 거야. 게다가 슬픔에 빠진 여자애가 나타나서 죽은 남자 친구가 보고 싶은데, 그 남자 어머니가 자기를 미워해서 못 보게 한다고 하면 거기 흔들리지 않을 남자는 별로 없어. 그리고 그 말은 절반쯤 사실이기도 하잖아. 하지만 연기를 잘해야 돼."

"난 못 해." 헨리는 벌써 몇 번이나 말했지만, 마음속으로는 처음부터 카리의 계획에 따라야 할 거라고 생각하고 있었다.

"그냥 해봐." 카리가 말했다. "너를 변형시킬 도구는 충분히 있으니까."

"변장이라고 해야지."

"말꼬리 잡을래?"

"잘못 말하면 고쳐달라며?"

"그냥 뭉그적거리려고 그러는 거잖아. 웃옷 벗어. 머리부터 손질해보자."

이 모든 일은 그레이 씨네 집에 있는 카리의 방에서 일어났다. 그날 그레이 씨 가족은 모두 런던에 있는 그레이 부인의 친정에 가서 집에는 카리뿐이었다.

카리는 먼저 바느질 가위로 헨리의 머리를 정돈했다. 그리고 그레이 부인의 옷장에서 가져왔다는 금발의 곱슬머리 가발을 씌웠다. 그러고는 이리저리 매만져서 위치를 잡았다.

"털 난 헬멧 같아." 헨리가 말했다.

"일단은 이 정도로도 충분해." 카리가 말하며 가발을 벗겼다.
"다음에는 얼굴."

카리는 싱글베드 맞은편 벽을 다 차지한 옷장 한쪽의 붙박이
세면대와 화장대 앞에 헨리를 앉혔다(이불에는 '진입 금지'라
는 도로 표지판 무늬가 큼지막하게 박혀 있었다. 카리는 평생
혼자 살려고 하는 걸까? 헨리는 생각했다. 물론 그 표지는 자주
위반된 것 같았지만).

"면도를 해야 돼." 카리가 한 손으로 헨리의 뺨을 문지르며
말했다.

"왜?" 헨리가 거울을 보려고 그녀의 엉덩이 옆으로 고개를
내밀며 말했다.

"그 솜털을 보면 아무도 안 믿어줄 테니까." 헨리가 솜털을
만지작거리는 동안, 카리는 밖에 나가서 일회용 면도기를 가지
고 돌아왔다. "이걸 써."

헨리는 세면대 앞에 섰다. 카리가 어깨 너머 그를 관찰했다.
그는 면도기로 뺨을 훑었다.

"아야!" 그가 칭얼거렸다.

"호들갑 떨지 마." 카리가 말했다.

"아파!" 헨리가 두번째 면도질을 시도하며 말했다.

"헛소리. 남자들은 다 어린애야."

"여자들은 다 깡패야."

"남녀 차별적 발언이로군."

"네 말이 더 차별적이야."

"남자들은 한때는 다 어린애였어." 카리가 말했다. "그리고 대부분 거기서 더 크지 않지. 아무 여자나 잡고 물어봐."

"면도칼을 손에 들고 말다툼하고 싶지는 않아." 헨리가 말했다. "나 면도하는 거 처음이야."

"그럴 때가 지났는데. 비누에 물을 묻혀서 칠해…… 내가 해줄게." 카리가 손을 뻗어 그의 얼굴에 비눗물을 쓱쓱 칠했다. "네 수염이 내 다리털보다 부드럽다."

"하지만 다리털을 밀지는 않잖아." 헨리가 얼굴을 일그러뜨리고 말했다.

"당연히 밀지!" 카리는 다시 그의 뒤에 서서 거울을 들여다보았다.

"뭐?"

"뭐가 뭐야?"

"다리털을 민다고?"

"몰라? 남자들은 여자들의 털 없이 매끈한 다리를 좋아해. 그래서 우리는 털 없이 매끈한 다리를 선물하지."

"면도를 해서?"

"그게 제일 간단한 방법이야. 정말 몰랐어?"

"몰랐어."

카리가 웃었다. "너는 상당히 순진한 아이야, 그렇지?"

그러더니 고개를 숙이고 그의 어깨의 둥근 부분에 입을 맞추었다.

헨리는 턱을 베고 소리를 질렀다.

카리가 다시 웃으면서 말했다. "네가 먼저 피를 흘렸으니 나의 승리네!"

헨리는 면도를 마쳤다. "이제 뭘 해야 돼?"

카리가 말했다. "네 예쁜 얼굴을 돋보이게 해줄 약간의 화장. 하지만 너무 눈길을 끌 정도는 안 돼. 조심스럽게 해야 돼." 그녀는 헨리를 침대 끄트머리에 앉히고, 자신은 헨리와 거울 사이에 놓인 화장대 의자에 앉아서 그의 얼굴을 살펴보았다. "파운데이션 조금하고 립스틱 약간. 그리고 눈매를 또렷하게 해줄 마스카라 살짝. 그 정도면 돼."

"마음에 안 들어." 헨리가 말했다.

"네 마음에 들라고 하는 거 아냐." 카리가 부지런히 준비하며 말했다.

헨리는 카리에게 가만히 자신을 맡겼다. 이렇게 힘든 상황이 아니었다면 헨리는 이런 일을 좋아했을 것이다. 그는 다른 사람이 자신을 다루는 걸 좋아했다. 수정 그는 특정 사람들이 자신을 다루는 걸 좋아했다. 카리의 손가락은 유연하고 섬세하면서도 확고했다. 화장 펜슬들이 감각적인 선을 그렸다. 하지만 얼른 일을 끝내고 싶어서 그녀의 손놀림은 매우 빨랐다. 헨리는 혹시 카리가 벌써 그 황당한 제안을 후회하는 건 아닐까 하는 생각이 들었다.

그러다 카리가 그에게 화장을 해주는 이유가 떠오르자 그는 입을 다물었고, 그 침묵이 손가락을 타고 카리에게 흘러들었다. 그녀는 신중하게 그의 눈길을 피해가며 화장을 마쳤다.

"다 됐어. 일어나봐." 그녀가 손을 내려놓으며 말했다.

헨리는 거울을 보려고 했지만 카리가 앞을 가로막고 있었다.

"먼저 옷을 입어야 돼. 그래야 효과를 제대로 볼 수 있어." 그녀는 연갈색 스타킹을 건넸다. "이걸 신어."

"싫어." 헨리가 말했다.

"신어야 돼." 카리가 말했다. "청바지는 안 돼. 남자라는 게 다 드러나. 내 옷 가운데 이 일에 쓸 만한 옷은 딱 한 벌인데 그걸 입으면 다리가 드러나. 그러니까 가려줘야 돼. 남자들은 항상 여자 다리를 봐. 가슴하고 다리를. 제대로 하지 않으면 안 돼."

"너무 힘들어." 헨리가 말했다.

"그러면 포기할까?"

그는 멍하니 생각해보았지만 대답할 말이 떠오르지 않았다.

"배리하고 있을 때도 이렇게 — 뭐라고 해야 되지? — 우물쭈물했니?" 카리가 쏘아붙였다. "배리는 전혀 우물쭈물하는 애가 아니었던 것 같은데. 관심이 식은 것도 당연하지."

"입 다물어!" 아픈 곳을 찔린 헨리가 말했다.

"그러면 잠자코 있어. 그래, 아마 내 생각이 잘못된 것 같다. 결국 네가 못 해낼 테니까. 용기가 없어서."

헨리가 그녀를 노려보았다.

"왜?" 그녀가 말했다.

"옷 갈아입는 걸 그렇게 빤히 보고 있을 거야?" 헨리가 말했다.

"아이쿠! 뭐가 무서워? 네 몸 어디가 그렇게 특별해서? 내숭 떨기는! 등은 돌리겠지만 밖에 나가지는 않을 거야. 그럴 필요는 없어."

헨리는 화가 머리끝까지 치솟아서 신발과 양말과 청바지와 팬티를 바닥에 벗어 던졌다.

"그리고," 카리가 등을 돌린 채 양손을 허리에 얹고 말했다. "스타킹 조심해야 돼. 올이 나가면 안 되거든. 비싼 스타킹이고 나한테 새 스타킹은 그것밖에 없어."

헨리는 심술이 나서 나일론 스타킹을 아코디언처럼 접은 뒤 침대에 앉아 발을 집어넣고 잡아당긴 다음, 허벅지와 엉덩이를 밀어 넣고 겉을 매끈하게 매만졌다. 스타킹이 살갗에 닿는 느낌이 싫었다.

그런 뒤 스타킹이 미끄러져 흘러내리지 않도록 스타킹 위에 팬티를 입었다. 팬티를 입으니 아직도 본래의 자신이 어느 정도 남아 있다는 느낌이 들었다.

그는 기운 없이 물었다. "다음엔 뭐야?"

카리가 뒤돌았다. "브래지어."

"오, 하느님!" 헨리는 고개를 떨구며 말했다.

카리는 헨리에게 브래지어를 두르고 몸에 맞게 조정한 뒤 호크를 채웠다. 그리고 가슴 부분에 솜뭉치를 채워 넣었다.

헨리는 브래지어가 자연스러워 보이도록 매만지는 카리의 모습을 가만히 지켜보았다. 가슴을 옥죄는 이상한 느낌에 어린 시절의 기억이 떠올랐다. 간이 그네에서 안전하게 놀 수 있도록 어머니가 끈으로 묶어주던 기억. 그는 들떠서 킥킥거렸고, 어머니는 미소 띤 얼굴로 걸쇠를 채워주면서 그의 흥분을 가라앉히려고 했다. 그때가 몇 살이었던가? 세 살? 아니 더 어렸나? 그게 그에게 남은 최초의 기억인가?

카리는 브래지어가 그의 가슴에 자연스럽게 자리 잡도록 살짝 당겼다.

헨리의 머릿속에는 그 전날 해변에서 본 두 사내아이가 떠올랐다. 여자가 놀이를 마친 아이들에게 참을성 있게 옷을 입히는 동안, 아이들은 그 손길에 몸을 맡긴 채 여자는 안중에도 없이 저희끼리 재잘거렸다. 마치 몸단장 노예라도 거느린 왕자들처럼.

"이제 원피스."

카리가 헨리의 머리 위로 원피스를 들어 올렸다. 헨리는 고개를 숙여서 옷 속으로 머리를 디민 뒤 몸을 펴고 긴 셔츠를 입을 때처럼 두 팔을 들어 올려 소매 안으로 넣었다. 카리가 옷자락을 내리자 원피스의 가벼운 면 주름이 느슨하게 그를 감쌌다.

그는 팔을 내렸다. 카리가 주변을 돌면서 옷을 매만지고 다듬으며 살펴보았다.

"이제 일어서봐." 그녀가 말했다. "옷이 널 입은 게 아니라 네가 옷을 입은 것처럼 해봐."

그는 고분고분 그녀의 말에 따르며 자신이 누구인지, 이런 차림이 자신을 어떻게 만들고 있는지를 머릿속에서 지웠다. 나는 배역을 맡아서 연기하는 거야, 그렇게 생각했다. 그렇게 해야 했다. 그게 유일한 방법이었다.

"손 내봐."

그는 두 손을 내밀었다.

그녀는 헨리의 손을 감싸 쥐고 꼼꼼히 살폈다.

"가늘기는 한데 너무 뼈가 불거졌다. 사람들 앞에 내놓지 마. 아니, 방법이 있다. 앉아봐." 그녀는 벽장에서 남녀 공용 샌들을 꺼내서 헨리의 발밑에 떨구었다. 그리고 헨리가 거기 발을 욱여넣는 동안—좀 작았다—방을 나갔다가 샌들 끈을 다 채우기도 전에 돌아왔다.

"이 신발 누구 거야?" 그가 말했다. "발가락이랑 발목이 조여."

"거기 도착할 때까지는 실컷 절뚝거려. 하지만 그 앞에서는 제대로 걸어야 돼. 아파도 참아. 네가 자초한 일이니까."

"이렇게 친절할 수가!"

카리는 헨리의 곁에 의자를 끌어당겨 앉더니 무릎에 작은 상자를 올려놓았다. 상자에는 팔찌, 반지, 발찌, 목걸이, 브로치 같은 온갖 장신구가 들어 있었다. 그녀는 장신구를 이것저것 꺼내서 그에게 채워보았다. 처음에는 브로치와 초커를 채웠다가 둘 다 풀고, 짧은 금줄에 둥근 장식이 달린 목걸이로 바꾸었다. 오른쪽 손목에 여러 가지 팔찌를 채우고는 거기다가 가느다란 은색 뱅글까지 끼워서 서로 찰랑거리게 했다. 왼손 중지에는 가짜 다이아몬드가 박힌 금반지를 끼웠다.

"너는 결혼을 약속했다가 죽은 남자 친구를 보러 가는 여자

애야." 카리가 말했다. "이 정도면 될 거 같다. 다시 일어서봐."

어색함, 발의 통증, 불편함, 수갑이라도 찬 듯한 느낌 속에서 헨리는 그녀의 말에 따랐다.

카리가 화장대 위의 가발을 가지고 와서 조심스레 머리에 씌운 뒤 빗과 손가락으로 다듬었다. 그리고 물러서서 위아래로 살펴보았다.

"아직 이상해. 뭔가 부족해." 그녀가 말했다.

헨리는 한숨을 쉬었지만 그 한숨은 공포와 낙심 사이에서 뭉개졌다.

"아니면 없어야 할 게 있다든가." 카리가 좀더 살펴보고 말했다.

"내가 좀 봐도 될까?" 헨리가 필사적인 심정으로 물었다.

"그래." 카리는 안에 전신 거울이 달린 옷장 문을 열고, 그가 볼 수 있도록 뒤로 물러섰다.

그러자 헨리가 불쑥 나타나서 그를 바라보았다. 하지만 아니었다.

그의 본래 모습은 전혀 보이지 않았다. 예외라면……? 예외라면 한 가지, 눈뿐이었다. 그 두 눈이 안경을 낀 채 그를 바라보았다. 고통에 잠긴 눈. 그 순간 놀라움 너머의 공포까지 드러내 보이는.

도드라진 뺨에 블러셔를 살짝 칠한 소녀의 그을린 얼굴은 숱 많은 금발 곱슬머리를 후광처럼 두르고 있었다. 소녀의 입은 크고 턱은 뾰족했다. 소녀가 입은 헐렁한 흰색 여름 원피스에는 진청색 띠가 동그라미를 그리고 있었다. 소녀의 가는 목 바로 밑까지 단추가 채워지고, 부드러운 주름은 그 안에 든 몸의 맵시를 살짝 드러내주었다. 소매는 어깨 폭이 넓고 헐렁했지만 점점 가늘어져서 소맷부리 부분에서는 손목을 꽉 조였다.

헨리가 소녀를 보는 동안, 카리는 원피스와 어울리는 흰색 바탕의 파란색 줄무늬 띠를 허리에 둘러 헨리의 가슴과 엉덩이를 적당히 두드러지게 했다.

헨리는 스스로도 놀랄 만큼 냉정한 정신으로 자신이 이 소녀에게 매력을 느낄까 생각해보았다. 길거리에서 마주치면 눈길을 줄까? "멋진걸!" 하고 말할까? 흥분한 한순간, 그래 그럴 거야! 하는 생각이 들었다. 하지만 그런 뒤 그를 응시하는 자신의 눈과 마주치자 변장으로 감추어진 모습에 다시 한번 충격을 받았다. 그가 느끼는 공포가 보였다. 하지만 그때 헨리가 처한 기이한 남녀 혼재 상태는 그에게 혼란과 더불어 매혹마저 일으켰고, 그 후로도 오랫동안 그의 기억을 어지럽혔다.

"잘 모르겠다. 통할 것도 같고." 카리가 말했다.

"이렇게 꾸미는 데 한 시간 반이 걸렸어." 헨리의 신경질적인 어조는 옷이 몸을 가리는 것만큼 그의 감정을 감추었다.

"그래서?" 카리가 말했다. "많은 여자가 남자한테 잘 보이려고 날마다 그만큼 시간을 들여."

"하지만 뭔가 어색해." 헨리가 충격에서 벗어나 자신을 냉정하게 살피면서 말했다. "내 눈이 문제 같아. 눈이 나를 드러내고 있어."

"아! 맞아!" 카리가 말했다. "내 선글라스를 쓰자."

두 사람은 화가가 작품에 가한 마지막 붓질을 평가하듯이 그 효과를 살펴보았다.

"훨씬 낫다." 카리가 말했다.

"그래, 내 기분도 훨씬 낫네." 헨리가 말했다.

눈을 가리니 헨리는 자신을 전혀 알아볼 수 없었다. 그는 다소 여유로워졌다. 하지만 가슴과 허리는 여전히 결박용 의복을 입은 것 같았고, 머리는 가려운 헬멧에 욱여넣은 것 같았다. 그중에서도 최악은 두 다리를 옥죄는 인조섬유 칼집이었다.

갇힌 느낌. 머리부터 발끝까지 뒤덮인 느낌. 하지만 어째서 인지 모두에게 무방비로 노출된 느낌. 이 얇은 원피스가 실제로는 투명해서 옷이 아니라 장식물에 불과한 느낌. 옷을 입지 않았을 때보다 더 나체가 된 것 같은 느낌이 들었다. 여자들도 이런 느낌이 들까? 아니면 여자들은 그냥 이런 것에 익숙해져 있나?

"가자. 얼른 해버리자." 헨리가 말했다. 그리고 일어서면서 신발과 양말과 청바지와 스웨터를 둘둘 말았다. "자전거 타고 가는 게 좋지 않을까? 빠르기도 하고 사람들 눈에도 덜 띌 테니까."

"바람에 치맛자락 안 날리게 조심해." 카리가 말했다.

그녀가 웃으면서 앞장서 나갔고, 헨리는 마지막으로 거울 속 자기 모습을 보았다. 겨드랑이에서는 벌써 식은땀이 흐르기 시작했다.

밖에 나오자 그는 연기를 위해 익숙지 않은 차림을 한 배우가 된 느낌이 들었다. 변장이 아니라 분장을 한 것 같았다. 기이한 분장을. 그는 억지로 자전거에 오른 뒤——치맛자락을 조심스레 간수하며——, 머릿속에서 다른 모든 것을 지우고 오직 카리의 집에서 리 병원 영안실에 이르는 기계적 과정만을 생각하려고 했다.

절반 정도 갔을 때 함께 자전거를 달리던 카리가 말했다. "봐, 아무도 안 쳐다보잖아. 눈치채는 사람도 없고."

이제까지 앞만 주시하던 헨리는 조심스럽게 보도 위의 사람들을 훑어보았다. 사람들은 그에게 눈길조차 돌리지 않았다.

"그야 당연하지." 카리가 웃으며 말했다. "일요일 오후에 함께 자전거를 타는 여자애 둘, 이상할 게 뭐가 있어?"

헨리는 용기를 얻고 영안실에 이르렀다.

두 사람은 자전거를 영안실 문 앞에서 보이지 않는 곳에 대어놓았다. 카리는 헨리를 훑어보고 가발을 만진 뒤 옷을 정돈해주었다.

"너 정말로 이 일을 원하는 거지?" 그녀가 물었다.

"이제 와서 어쩌겠어!" 헨리가 고개를 끄덕이며 말했다. 그는 이제 어떤 것도 확신할 수 없었다.

카리가 말했다. "그러면 신빙성 있게 행동해야 돼. 너는 슬픔에 잠긴 여자애야. 일단은 내가 너 대신 말을 걸게. 넌 아무 말도 하지 마. 대답이 필요하면 고개를 끄덕이거나 그 비슷한 정도만 해. 손수건을 적극 활용해. 하지만 화장이 묻어나지 않게 조심해야 돼."

헨리는 본능적으로 바지 주머니로 손을 가져갔다.

"좋아 좋아. 내 손수건을 써." 카리가 그의 손을 멈추며 말했다.

그녀는 가방 안에서 우표만 한 천 조각을 꺼내서 그의 손에 쥐여주었다. 그는 아무거라도 매달릴 게 있다는 데 감사하며 손수건을 지푸라기처럼 움켜잡았다.

카리가 말했다. "여기 숨어 있어. 내가 다시 와서 널 데려갈게."

그녀는 갔다. 그녀가 다시 왔을 때 헨리는 가슴속에서 철 수세미가 폭발하는 것 같았다.

카리가 웃으며 말했다. "이야기 잘됐어." 카리의 말투는 헨리가 처음 만났을 때보다 외국인스러운 억양이 더 강해졌다. 긴장이 그런 식으로 드러나는 걸까? "허락해주겠대. 하지만 서둘러. 들키면 그 아저씨가 해고되니까. 이건 다 규칙에 빗나가는 거거든."

"규칙에 어긋난다고 해야 돼!" 헨리가 말했다.

"그래, 규칙에 어긋나. 하여간 그 아저씨 이름은 켈리야. 네 이름은 수전이고."

"수전! 마음에 안 들어!"

"미리 생각을 했어야지. 너나 나나 이름 지을 생각은 못 했잖아. 내가 그 자리에서 지어냈어……"

"오, 하느님."

"하느님까지 찾을 필요 없어. 어서 와…… 어서!"

켈리는 반쯤 열린 영안실 문 안쪽에서 조용히 그들을 기다리고 있었다. 흰색 가운을 걸친 덩치 큰 남자로 곱슬곱슬한 검은 머리는 귀 옆 부분에 새치가 있었고, 입술 위에는 검고 두툼한 콧수염이 늘어져 있었다. 헨리는 그의 생김새가 마음에 들지 않았다. 눈썹이 너무 진했다. 두툼한 귀에서는 털들이 길쭉하게 튀어나와 있었다. 털북숭이 정육점 주인 같았다.

"아가씨, 들어와요." 켈리가 털과 잘 어울리는 목소리로 말하고 두 사람이 안으로 들어서자 문을 닫았다.

영안실은 커다란 직사각형이었다. 보이는 모든 곳이 반짝이는 흰색 타일이었다. 공기는 빛으로 반들거렸고 독한 소독약 냄새가 코를 찔렀다.

"이야기 들어보니 안됐어, 아가씨." 켈리가 말했다.

헨리는 코에 손수건을 댄 채 고개를 끄덕였다. 벽 한 면에 정사각형의 흰색 문이 가득하고, 문마다 큼직한 스테인리스 스틸 손잡이가 달려 있었다. 3층 구조로 된 그 20여 개의 문이 시신 냉장고라는 걸 헨리는 금방 알았다. 죽은 자들의 서류함.

다리가 후들거렸다. 헨리가 비틀거리자 카리가 손으로 팔꿈치를 받쳤다.

"이런 데 와본 적 있어요?" 켈리가 물었다.

헨리는 고개를 저었다.

"알겠지만 이렇게 사사로이 들여보내서는 안 되는데."

헨리는 시선을 아래로 깔고 입에 손수건을 댄 채 고개를 끄덕였다.

"빨리 끝내요."

헨리가 고개를 끄덕였다.

"친구가 별로 말이 없군." 켈리가 카리에게 말했다.

"지금 상당히 괴로운 상태라서요." 카리가 말했다. "너무 큰 충격을 받았으니까요."

"죽은 사람 본 적 있어요, 수전?"

헨리는 고개를 저으면서 손수건에 코를 대고 훌쩍였다. 손수건은 더 이상 장난감이 아니었다.

"봐도 괜찮겠어, 아가씨?"

헨리는 고개를 끄덕였다.

켈리는 가운 주머니에 두 손을 바나나처럼 불룩하게 넣은 채 말했다. "모르겠어…… 이런 일을 하면 안 되는데……"

"이미 여기까지 왔잖아요, 켈리 씨." 카리가 말했다.

"글쎄……"

"제발……!" 헨리가 손수건과 화장과 선글라스와 필사적인 심정에 휩싸여 말했다.

켈리는 그를 가만히 보았다.

"좋아. 이번 한 번만이야." 그가 마침내 말했다. "여기서 잠깐만 기다려요."

그는 냉장고 서류함으로 가서 맨 밑 칸의 문을 하나 열더니 길쭉한 금속판 같은 것을 앞으로 당겼다. 금속판 위에는 흰 천으로 감싼 시신이 놓이고, 천 위에는 옷핀이 줄지어 꽂혀 있었다. 켈리가 조심조심 옷핀을 풀고 천을 펼칠 때, 헨리는 어머니가 자는 아기의 담요를 건사하는 모습이 떠올랐다.

시신은 흰 리넨 가운을 입고 있었고, 두 손은 배 위에 겹쳐 있었다. 그것 말고 보이는 것은 머리뿐이었다.

헨리는 멀찌감치 선 채로도 그것이 누구인지 단박에 알았다. 그는 고통스럽게 참던 숨을 터뜨리듯 자신도 모르게 깊은 숨을 내쉬었다.

액션 리플레이

나는 움직일 수 없다. 근육이 굳는다. 관절이 흐물거린다. 금속판 위의 머리, 그의 머리, 배리의 머리에서 눈길을 뗄 수가 없다. 수수께끼의 침묵과 그답지 않은 고요 속에 누워 있는 머리. 그 모습이 내 눈에 또렷하게 새겨진다.

켈리는 근엄한 호위병처럼 한 걸음 물러섰다.

하지만 헨리가 꼼짝하지 않자, 그에게 다가가 팔을 잡고 안쪽에서 기다리는 시신을 향해 조용히 데려갔다. 그 모습에 카리는 얼어붙은 듯 문 옆에 붙박였다. 카리가 볼 때 헨리의 발걸음은 하반신마비 환자처럼 뻣뻣했고, 그것은 헨리에게도 마찬가지였다.

켈리는 배리의 얼굴을 내려다볼 수 있는 자리에 헨리를 세웠다. 배리의 죽음을 볼 수 있는 자리에.

눈은 감겨 있었다. 당연했다. 헨리는 왜 배리가 눈을 뜨고 있을 거라고 생각했을까? 입도 꼭 다물고 있었다.

볕에 그을린 피부는 막 목욕한 듯 깨끗했지만 아무런 윤기가 없었다.

모든 이목구비가 친숙했다. 그는 사소한 흠집도 모두 다 알았다.

그의 아름다움의 지도. 모든 것이 제자리에 있었다.

어렸을 때 돌에 맞아 생긴 오른쪽 눈썹 한구석의 상처. 왼쪽이 조금 더 작은 콧구멍. 코의 예각. 오른쪽 턱 아래 난 주근깨만 한 사마귀. 까마귀 깃털 같은 머리칼에 반쯤 가려지고 머리에 바짝 달라붙어 있는 잘생긴 귀.

또 배 위에 겹쳐놓은 배리의 것이 너무도 분명한 두 손. 그리고 한쪽 손목에 묶인 꼬리표. 분실물 센터의 물건들에 붙은 것 같은. 헨리는 애써 눈의 초점을 맞추고 거기 적힌 이름과 설명을 읽었다.

시신이 된 배리, 사물이 된 배리.

죽음. 네거티브로 찍힌 진실. 부재함으로써 실재를 증명하는.

액션 리플레이

나는 본다, 응시한다. 그리고 소망한다. 그 몸이 움직이기를, 그 눈이 뜨이기를, 그 입이 말하기를, 그 손이 앞으로 뻗어 나와 내게 닿기를. 그 몸이 다시 그가 되기를 소망한다.

나의 소망들이 그의 꿈쩍하지 않는 몸과 부딪혀 싸운다.

마지막 전투.

내가 있는 삶의 절벽 끝에서 그가 있는 죽음의 해변을 내려다보며, 우리 사이에 가로놓인 공간을 뚫고 가서 그의 곁에 함께 있고 싶은 충동을 느낀다. 죽음으로 죽음에 맞선다. 그와 함께 영원으로 들어간다. 존재하지 않음으로써 이룬다. 영원 속에 결합한다.

헨리가 시신 위로 몸을 던지자 켈리가 붙잡는다. 그는 헨리가 입은 원피스 목 부분을 잡아당긴다.

카리가 소리를 지른다.

헨리는 켈리가 뻗은 구원의 손길에 저항하며 비탄 속에 몸을 비튼다.

배리에게 이르겠다는 헨리의 굳은 결단과 그것을 막는 영안실 직원의 그 못지않게 굳은 결단이 충돌하면서 옷이 찢어진다.

"이 손 놔요!" 헨리의 귀에 자신의 외침이 들린다. 그리고 켈리의 육중한 덩치를 사납게 밀친다. 그러자 드잡이가 갑자기 끝난다. 헨리의 여름 원피스가 견디지 못하고 목에서 치맛단까지 죽 찢어졌기 때문이다. 헨리는 옷이 벗겨진 채 앞으로 튕겨 나가 브래지어와 팬티 바람으로 미끄러운 바닥을 구른다. 실랑이 속에 벗겨진 가발은 뒤늦게 떠오른 생각처럼 켈리의 발밑에 툭 떨어진다. 선글라스는 하늘에서 공중제비를 넘은 뒤 배리의 가슴에 착지한다.

"아니 너!" 켈리가 놀라서 소리친다. 손가락에는 너덜너덜해진 헨리의 옷이 힘없이 걸려 있고, 휘둥그레진 눈은 헨리의 허둥대는 동선을 좇는다.

"헬!" 카리가 다시 소리친다. 이번에는 입에 손을 대고.

"헬?" 켈리가 말한다.

"오, 하느님!" 헨리가 벽에 부딪힌다.

"……이걸 어떻게……" 분개한 켈리가 원피스를 가발 옆에 내던지고 헨리에게 돌진한다.

"헬!" 카리가 소리친다. 이번에는 달아날 수 있을 때 달아나는 게 좋다는 조언이 담겨 있다.

헨리에게는 그런 조언이 필요 없다. 성난 켈리가 덮쳐오는 것만으로 충분하다. 지독한 수치심 또한 그가 벌거벗은 상태로나마 그곳을 최대한 빨리 빠져나가야 할 이유가 된다.

하지만 그는 그렇게 빨리 움직이지 못한다. 문을 향해 돌아서다가 매끄러운 타일 바닥에 미끄덩하면서 귀중한 한 걸음을 잃는다. 켈리가 몸을 던져 헨리의 브래지어 끈을 잡는다. 그는 다시 한번 힘을 다해 잡아당기고, 브래지어의 신축성 재질이 늘어나고 늘어나다가 호크 부분에서 끊어지면서, 헨리는 인간 미사일이 되어 문 쪽으로 날아간다. 그러는 사이 브래지어에서 분리된 솜뭉치 유방이 폭발한다.

동시에 카리가 영안실 문을 연다. 하지만 나중에 카리가 고백한 바에 따르면, 그것은 이제 헨리는 끝났다는 결론 아래 자신이라도 도주하기 위해서 한 행동이었다.

문이 열리면서 초음속 헨리가 돌진해 나가고, 분기탱천한 켈리가 쏟아내는 저주의 욕설이 뒤를 따라붙는다.

끝

그 뒤에 헨리는 미친 듯이 자전거 페달을 밟아 일요일 오후
의 거리를 달렸다. 벌거벗은 가슴과 화끈 달아오른 얼굴과 처
진 무릎과 남자 팬티와 여자 스타킹을 드러낸 채. 아무도 그에
게 눈길을 주지 않았다. 수정 눈길을 준 누구도 즐거운 야유 이
상을 하지 않았다. 온갖 사람이 모여드는 휴양지에 감사. 마침
내 정신이 들어 자신이 무슨 짓을 했고 또 하고 있는지를 깨닫
자, 헨리는 본처치 운동장에 멈춰 서 숨을 몰아쉬며 수치와 공
황감을 다스리고 청바지와 스웨터를 입었다. 그렇게 마음을
안정시킨 뒤 조용히 집으로 돌아갔다.

25

단편 24를 쓰는 데 사흘이 걸렸다! 하지만 배운 것도 있다.

나는 내가 창조한 인물이 되었다.

현재의 내가 아니라 과거의 내가 말이다.

다른 식으로 말해본다. 이 글을 쓴 까닭에 지금 나는 그 일들
이 벌어진 순간의 나와 다른 사람이 되었다.

글 쓰는 일이 나를 바꾸었다. 그 일에 대한 실제 경험이 아니라.

이런 말을 이해할 수 있는가? 아마 못 할 것이다. 나도 이해한
다고 장담할 수 없다. 아마 그것은 말을 종이에 적는 일과 상관
있을 것이다. 그 일을 하면 우리 자신이 재료가 된다. 지난 시간

의 나를 성찰하고 내게 일어난 일의 의미를 찾아봐야 한다.

이런 일을 하면 자기 자신을 달리 보게 되는 것 같다.

또 나 자신에 대해서뿐 아니라 '작품'에 점점 더 많은 생각을 바치게 된다——그러니까 글 말이다! 황당하지 않은가! 하지만 흥미로운 일이기도 하다. 나는 매일같이 글을 끄적였고 그것은 내 생활 방식이 되었다. 나는 이 단편들을 쌓아 책을 지었다. 지난날의 나의 모자이크를. 죽은 두 사람에 대한 기념물을.

그러니까 앳킨스 씨, 앞으로 나는 내키지 않는 고백을 하느라 심리적 진창에 빠져 허우적거리지 않을 것이다. 이제 더 이상은. 대신 당신을 위해 이 물건을 만들고 있다. 그러니까 이 이야기를. 모든 말을 다 적고 최선을 다해 고치고 나면 깔끔하게 타자를 쳐서——아니면 내 능력껏 깔끔하게, 독수리 타법이라도——그 모든 말이 담긴 종이를 묶어 붉은색의 튼튼한 표지를 달아줄 것이다. 붉은색은 위험, 열정, 사회주의, 피, 불꽃, 포도주, 분노의 색이다. 당신의 행운이 아닐까? 나는 이렇게 만들어진 지난날의 나를 당신에게 줄 것이다.

하지만 당신이 모르는 것들 가운데 이제 알아두어야 할 게 있다. 내가 이걸 쓰기 시작한 건 앳킨스 씨 당신의 부탁이 아니라 오즈번 선생님의 제안 때문이라는 걸. 오즈번 선생님이 그 송곳 같은 눈길로 이 일을 시켰고 내가 지쳐서 포기하려고 할 때 힘을 주었다. 모든 것을 자세히 적다 보면, 나에게 그리고 배리가 죽은 뒤 내가 처해 있던 상태에 어떤 변화가 생길지 선생님은 처음부터 알았던 게 아닌가 하는 생각도 든다. 어쨌거나 이제 작업이 거의 끝나가는 시점에 이르니, 내가 어떻게 해서 이 일에 착수하게 되었는지 '진실'을 말해야 할 것 같았다.

26

그런데 혹시 깔끔한 마무리를 원할지 몰라서 덧붙여본다. 그렇다. 우리 어머니는 그 일요일 오후 영안실에서 돌아오는 나를 보았다. 뒷문으로 들어오는 나를 발견한 것이다.

"세상에!" 어머니가 내 얼굴을 보고 말했다. "앞으로도 계속 그렇게 하고 다닐 거는 아니지?"

"뭘요?" 내가 물었다.

"화장하고 그런 것 말이야." 어머니가 말했다.

"아니에요." 나는 그렇게 말하면서 행주로 얼굴을 문질렀다. 얼굴에 화장을 했다는 걸 잊고 있었다. "그냥——친구하고 같이 ——연극 준비를 하다가 그랬어요."

"나는 네가 이제부터 화장하고 다니기로 한 줄 알았어."

나는 불안하게 웃었다. "제가 그런 일을 할 것 같아요?"

어머니가 말했다. "잭 삼촌이 그랬거든. 옷도 이상하게 입고. 그러니까 여자처럼 말이야. 넌 모를 거다. 어쩌면 우리 집안에 그런 내력이 있는지도 몰라."

"잭이라는 삼촌이 있다는 말은 처음 듣는데요."

"아버지가 삼촌 이야기를 싫어해서."

"말도 안 돼! 여자 옷을 입는다고요?"

"괜한 말을 꺼냈구나."

"걱정 마세요. 아무 말도 안 할 테니까."

어머니는 식탁에서 행주를 집어 들었다. "아버지가 들어오시기 전에 깨끗이 세수해라."

"어디 계세요?"

"마당에."

"어쨌건 제 방에 올라갈 거예요."

"몸은 괜찮니? 좀 안 좋아 보인다."

"괜찮아요. 정말이에요. 괜히 걱정하지 마세요."

나는 내 방에 들어와서 방문을 잠갔다. 전에는 방문을 잠근 적이 없었다. 무엇이/누가 들어오는 걸 막는 것이었을까? 아니면 나가는 걸?

나는 테이블에 앉았다. 무슨 일을 해야 할지 알 수 없었다. 책도 읽을 수 없었다. 귓속에 음악을 집어넣는 건 생각할 수도 없었다. 이야기할 사람이 없었다. 그에 대한 그리움을.

어렸을 때 나는 종종 일기를 썼다. 많은 사람들이 어렸을 때 그러는 것처럼. 하지만 그때마다 금방 지겨워졌다. 쓸 말이 떠오르지 않았다.

그것이 이제 본능처럼 되었다. 나는 종이를 꺼내서 타자기에 끼워 넣고 타자를 치기 시작했다. 생각이 떠오르기를 기다리지 않았다. 원격조종을 받는 것 같았다. 내가 하고 싶은 말을 전부 달그락달그락 받아 적는 로봇 필경사. 흰 종이 위에 검은 글씨를 단조로 쏟아붓는 워드프로세서. 나는 이 오수 같은 일기를 그 후 열흘 동안 썼다. 그 전에 일어난 일, 그때 일어나고 있던 일, 배리에 대한 일을 나 자신에게 말했다. 열흘째 되던 날 나는 체포되었다. 일기는 거기서 끝난다.

그 안의 많은 내용——배리의 기억과 우리가 함께한 일들의 기억——이 이 글을 쓰는 데 도움이 되었다. 지금 생각해보니 그때 내가 시도한 건 배리를 글 속에서 살려내는 것이었던 것 같다.

이 글을 다 쓰면 일기를 태울 것이다. 간직해두기에는 너무나 민망하다. 자신의 배설물을 간직하는 것 같은 느낌을 준다.

하지만 그중에는 사후의 시간을 다룬 대목이 있는데 전체 이야기 중 그 부분을 가장 잘 설명해준다. 현재 시점으로 되어 있기 때문이다. 인생이라는 인쇄기에서 갓 찍혀 나온 그 글을 읽고 당신이 당시의 나를 판단해보기 바란다. 헨리 스펄링 로빈슨이었던 그 혼란 덩어리를.

27

어느 광인의 일기에서 발췌

일요일: 죽었다 죽었다 죽었다 죽었다 죽었다 죽었다
　누구를 위해 종이 울리는지 묻지 말아라 삶이 죽음이
아닌지 죽음이 삶이 아닌지 누가 알겠나 환호보다 나쁠
것도 없는 죽음 뒤의 침묵의 소리가 귀를 막았고 나는
배리 없이 살 수 없다 사람이 죽음에 이르는 문은 만

개도 넘는데 왜 그는 지금 이렇게 되고 나는 그와 함께
가지 않고 아직 여기 남아서 오직 기억하고 기억하고
기억하고 기억하고 기억하고만 있는가 감미롭고 고요한
생각의 시간으로 지난날의 기억을 불러일으키면 내가
추구한 많은 것들이 사라졌다는 한숨과 소중한 시간을
낭비했다는 새로운 비탄에 잠긴다 그러면 죽음이라는
아득한 밤으로 사라진 소중한 친구로 인해 메마른 두
눈에 홍수가 일고 그리 오래지 않은 시기에 지워진 사랑에
새로이 흐느끼며 사라진 많은 밤들에 신음한다.*

  그렇다. 하지만 내 눈에는 홍수가 일지 않았다.
내 눈은 이미 차가워졌으므로 눈물은 없다.
오직 내 행동을 보고 내 말을 듣고 내 글을 읽을
때 내게 일어나는 느낌만을 알 뿐이다.

  그의 얼굴. 그의 얼굴이 보인다. 살아 있는 얼굴이
아니다. 죽음의 얼굴. 플라스틱 같은 피부, 볕에 그을렸지만
윤기를 잃은 피부, 상점의 마네킹 같은 그의 손.

  보러 가지 말아야 했다. 아득한 밤에 내가
볼 수 있는 그는 죽은 그뿐이다.

  사진이 있었으면 좋겠다. 죽음이 닥치기 전의
그의 모습을 담은 사진. 필요하다. 꼭 필요하다.

* (옮긴이) '감미롭고 고요한' 이후는 셰익스피어의 「소네트 30번」 전반부지만 미
  세한 변형이 있다.

이후 덧붙임: 밖에 나가서 고먼 부인에게 전화했다. 배리
사진을 갖고 싶어요, 한 장만 주시지 않겠어요, 부탁이에요.
나는 공손하게 말했다. 하지만 부인은 악만 퍼부었고 남자
목소리가 전화를 바꿨을 때도 뒤에서 부인의 악다구니가
울렸다. 남자는 내게 그만하면 되지 않았느냐고 더 이상
전화하면 자기가 나서거나 경찰을 부르겠다고 말했다.
하지만 춤추는 일이 남았어요. 춤을 춰야 해요. 내가 말했다.
춤? 그가 물었다. 도대체 무슨 말을 하는 거지? 무덤
위에서요. 뭐라고!! 남자가 느낌표가 가득 달린 굵은 글씨
같은 목소리로 외쳤다—뭐라고!! (황소개구리가 짝을 부르는
소리 같았다.) 배리하고 약속했거든요. 내가 말했다. 배리
무덤 위에서 춤을 추기로요. 만약 내가 먼저 죽으면 배리가
내 무덤 위에서 춤을 추고요. 맹세했어요. 뭐라고!! 남자가
다시 소리쳤다. 너 미쳤구나. 당장 전화 끊어. 내가 말했다.
그런데 힘들어요. 죽은 배리밖에 볼 수가 없어서요. 예전의
배리를 기억하고 싶어요. 제 말 이해해주셔야 돼요. 네?
　　그런 뒤 신호음. 그가 그냥 전화기를 내려놓은 것 같다.

이 뒤에는 내가 배리를 처음 만난 일과 그에 대한 나의 생각,
그리고 첫날 밤에 우리가 함께한 일들에 대한 내용이 길게 이어
진다. 밤늦게까지 몇 시간 동안 쓴 기억이 난다. 글쓰기를 중단
한 것도 아버지가 성난 얼굴로 들어와서 타자기 소리에 잠이 깼

다고 호통을 쳤기 때문이다. 나는 정리를 하고 침대에 누웠다.
하지만 자리에 눕자마자 머리를 쪼개는 두통이 찾아왔고 나는
신음 속에서 뒹굴었다. 온밤 내 그러다가 5시에 화장실에 가서
토했는데 어머니가 그 소리를 듣고 무슨 일인지 나와보았다.

　다음 날 나는 그 일을 일기에 적고 거기 이어서 이렇게 썼다.

월요일, 늦게: 그건 편두통이었다. 의사가 그렇게 말한다.
나는 토했고 신음했고 덜덜 떨었고 빛을 참지 못했다.
빛을 보면 바늘이 눈을 통해 뇌를 찌르는 것 같았다.
　어머니가 오전에 의사를 불렀다. 나는 하루 종일
기진맥진해서 침대에 누워 있었다. 두통은 물러가는
폭풍이 내 마음속 지평선 위를 떠도는 것처럼
그르렁거리는 정도로 누그러들었다. 의사는 오후에 왔다.
언제인지는 정확히 모르고 어쨌건 상관없었다. 살펴보고
찔러보고 두드려보고 질문하는 의례적 진료. 어머니가
앞치마를 움켜쥐고 침대 발치에 서서 지켜보았고 심지어
대답도 했다. “가엾은 배리 그먼 이야기를 해드리렴.”
“그리고 시험 결과도 곧 나와요. 걱정하고 있었던 것
같아요.”“진로 문제도요. 그것도 걱정하고 있었어요.”
“어렸을 때 심하게 넘어져서 머리에 상처가 크게 난
적이 있어요. 혹시 그 영향이 있을지도 몰라요.”
　당연히 약이 나왔다. “약이 긴장을 풀어줄
거야.” 그리고 “절대 안정해야 돼. 큰 이상은

없으니까 하루 이틀 집에서 푹 쉬어."

문 밖에서: "지나치게 긴장한 탓이에요. 제가 보는 한
별다른 이상은 없습니다. 식사에 주의하세요. 치즈를
금하시고요…… 한동안 조용히 쉬게 해주세요…… 두통이
계속되면 큰 병원에 보내 검사를 받게 하겠습니다……"

두 사람은 계단을 내려가면서 이야기했다. 왜
어른들은 문이 말소리를 막아준다고 생각하는 걸까?

그런 뒤 어머니가 삶은 달걀과 버터 토스트를
쟁반에 담아 와서 병자를 간호했다. 따뜻하게
웃으면서. 달싹거리는 행주는 손에 없었다.

하지만 나는 헤드폰을 참을 수 없고 음악은 공사장 드릴
소리처럼 느껴진다. 이 글을 쓰는 방법은 침대에 앉아서
연필로 종이에 쓰는 것뿐이다. 타자기 소리를 참을 수 없는
데다 자리에서 일어나면 어지럼증에 두통이 더 심해지기
때문이다. 두통은 아직도 머리 안쪽에서 그르렁거리고 있다.

배리. 배리. 아 배리.

이 뒤에 길고 형편없는 문단 하나가 이어지는데 그것은 우리
둘이 침대에서 벌인 일을 뒤죽박죽 기록한 것이다. 자세한 내
용은 생략합니다, 앳킨스 씨!

화요일: 배리의 가족은 매장을 선택할까? 내가
알 수 있을까? 어디인지 알 수 있을까? 새로 생긴

무덤을 찾으면 그게 배리의 무덤일까? 우리 도시에서
유대인 장례식은 일주일에 몇 번이나 치르나?

나는 죽음에 대한 내용을 모아놓은 책에서
유대인 장례 풍습을 찾아보았다. 그들은 시신을
매장하고 1년이 지난 뒤에야 비석을 세운다고 한다.
그러면 내가 어떻게 그의 무덤을 알 수 있을까?

두통이 다시 심해지고 있다.

나중에 덧붙임: 요 며칠 아버지는 퇴근하면 내 침대
곁에 앉아 있는다. 날씨 이야기. 마당 가꾸는 이야기.
직장 이야기. 나는 어떤가 하는 질문. 그런 뒤에 침묵.

아버지는 이따금 궁금한 눈초리를 던지지만 그 밖에는
내 눈을 피한다. 이해할 수 없는 낯선 사람을 판단해보려고
하는 듯이. 오늘 저녁에는 내 방에 있는 책과 음악에
대해 이야기를 하려고 했다. 하지만 10분 후에 그 시도를
포기했다. 그런데도 무려 한 시간을 앉아 있었다. 한 시간!

오늘 밤 나는 침대에서 일어나 앉아 아버지를
살펴보았다. 아버지는 생각보다 작았다. 내가 바라보는
동안에도 점점 체구가 줄어드는 것 같았다. 나는
아버지하고 키가 같다. 아버지는 나보다 얼굴에 살집이
있고 몸집도 더 크고 단단하다. 하지만 나한테 아버지는
언제나 실제보다 더 커 보였다. 낯선 사람이라면
길에서 마주쳐도 눈길도 주지 않고 지나칠 것이다.
피곤한 얼굴에 머리가 약간 벗겨진 작은 중년 사내.

나는 이런 사실에 놀랐다. 나중에 다시
보면 아버지는 또 다른 사람처럼 보일 것이다.
내가 거의 알지 못하는 어떤 사람처럼.
아버지에게 연민이 일었다.

수요일: 다시 하루 종일 두통. 구토.

목요일: 신문에 배리의 매장 공지가 났다. 어머니가
보여주었다. 검시 결과도 함께. 사고사라고. 사고!
사라졌다. 그의 몸 위로 내리덮이는 흙더미. 그의
관 속의 어둠. 하지만 그는 거기에 없지 않은가?
있는가? 그는 속도의 거품 속에 있나?
다시 한번 지독하고 짜증 나고 지겹고 괴로운 두통.

금요일: 일곱 주.
그리고 7일 전.
우리는 싸웠다.
그는 죽었다.
나는 살아 있다.
다시 두통. 다시 구토.

춤 춤 춤 춤 춤 춤
죽음의 춤?

죽음을 위한 춤?

누구의 춤? 누구의 죽음?

춤.

28

그날 밤 나는 처음 춤을 추었다. 그때는 물론 다시 한번 춤을 추게 될 줄은 몰랐다. 내 머릿속에는 그저 춤을 추겠다고 맹세했으니 그래야 한다는 생각뿐이었다.

나는 2시 10분에 다시 리히터 규모 8로 몰려오는 두통 속에서 깨어나 생각했다. 약속을 지키지 않고는 이 두통에서 벗어나지 못해. 그러니까 해보자.

나는 의사가 준 알약 두 알을 삼키고 일어났다.

밤에 해야 했다. 낮에는 들켜서 제지당할 테니까.

"왜 일어났니?" 부모님 방에서 어머니의 낮은 목소리가 들려왔다. 부모님 방의 문은 만약의 사태에 대비해 늘 절반가량 열려 있다.

나는 신발을 든 채 컴컴한 계단에서 멈춰 섰다.

"좀 쉬려고요." 나도 낮은 목소리로 대답했다.

이불 달싹이는 소리가 나더니 어머니가 유령 같은 얼굴로 계단 앞에 나타났다. "일어나면 안 돼. 침대에서 쉬어야지."

"쉬는 걸 쉬고 싶어요. 쉬는 데 지쳤어요."

"옷은 뭘 입었니? 아니 외출하는 차림이잖아!"

"잠깐 산책하고 올게요. 바람 좀 쐬고 싶어요."

"새벽 2시에! 감기 걸려."

"따뜻하게 입을게요."

"모르겠다. 아버지한테 여쭤보마."

나는 난간을 짚은 어머니의 손 위에 내 손을 얹었다.

"안 돼요. 그러면 괜히 시끄러워질 거예요."

어머니는 가만히 있었다. 그리고 내 손에 자신의 다른 손을 얹었다.

"너 때문에 얼마나 걱정인지 아니? 네가 요즘 무슨 생각을 하는지 모르겠어. 네가 아무 말도 하지 않으니. 그리고 그 편두통도……"

"곧 괜찮아질 거예요."

"뭔가 문제가 있어."

"성장통인가 보죠." 나는 어둠 속에서 어머니에게 미소를 보이려고 하면서 말했다.

"이사한 게 잘못이었어." 어머니가 말했다.

나는 조용히 계단을 내려갔다. 어머니가 슬리퍼를 찰박이며 뒤를 따라왔다.

"익숙한 곳을 떠나는 일은 처음부터 마음에 들지 않았어." 어머니가 말했다.

"어쨌건 우리는 지금 여기 살잖아요." 나는 방한 점퍼를 입으며 말했다. "들어가서 주무세요. 걱정하실 필요 없어요. 정말이에요."

"차라도 마시고 가렴."

"침대에 계속 누워 있는 게 지겨워서 기분 전환을 해보려는 거예요."

"배 속이라도 따뜻하게 해야지."

"아무것도 먹고 싶지 않아요."

어머니는 가만히 있었다. 라디에이터에서 열기가 뿜어 나오 듯이 어머니에게서 불안이 방사되는 게 느껴졌다. 나는 생각했다. 어머니는 늘 걱정을 안고 살아. 무언가에 대해, 누군가에 대해——나, 아버지, 지난 일, 앞으로 일어나거나 일어나지 않을 일에 대해. 재난을 예상하면서. 그런데 어머니를 걱정해주는 사람은 있나? 나는 어머니를 걱정하지 않는다. 어머니는 내가 원할 때마다 언제나 거기 있었다. 내가 혼자 있을 때 떠올리는 어머니 모습은 어릴 때 보던 모습과 똑같다. 웃고, 바쁘게 움직이고, 누군가에게——나에게, 아버지에게, 쉴 새 없이 드나들던 친구들에게, 가게 점원들에게——이야기를 하는.

하지만 지금은 그렇지 않다. 지금 어머니는 겁에 질려 숨는 여자일 뿐이다. 나는 어머니가 변하는 걸 보았을 것이다. 그야 당연하다. 늘 같이 있었으니까. 하지만 알아채지 못했다. 알고 싶지 않았던 것 같다. 내가 이해하지 못해서? 어떤 식으로든 개입하고 싶지 않아서? 어떻게 해야 할지 몰라서? 그냥 어색하고 민망해서? 아니면 번거로워서?

어머니가 내 옷 앞자락을 부드럽게 당기며 말했다. "의사 선생님이 뭐라고 말씀하실지 모르겠다."

"아무 말도 하지 마세요. 제가 알아서 할게요."

"얼른 돌아와. 너무 멀리 가지도 말고. 이 시간에 어떤 사람들
이 다닐지 모르잖니."

어머니는 내 이마에 손을 댔다. 그러고는 몸을 좀더 내밀어
내 뺨에 어색하게 키스를 했다.

"들어가서 주무세요." 내가 말했다.

어머니는 어둠 속의 형체 없는 유령처럼 나를 바라보다 돌아
서서 다시 슬리퍼를 찰박이며 계단을 올라갔다.

29

묘지까지 가는 건 쉬웠다. 나는 자전거를 타고 입구에서 꽤
멀찍한 곳까지 갔다. 정문 수위실에는 사람이 살았기 때문이
다. 돌담은 허리 정도 높이였다. 나는 순찰 중인 경찰의 눈에 띄
지 않도록 자전거를 들어 돌담 안쪽에 감추었다. 돌담 안쪽에
는 무덤 하나 길이만 한 거리를 두고 사람 키 높이의 산울타리
가 있는데, 너무 빽빽해서 그리로 뚫고 들어갈 수는 없었다. 대
신 돌담과 산울타리 사이에 자라는 나무들이 가지를 꽤 낮게
드리우고 있었다. 나는 옹이가 많아서 밟고 오르기 쉬운 나무
를 골라 기어오른 뒤, 가지 하나를 붙잡고 몸을 날려서 묘지 안
쪽에 떨어졌다. 어떻게 나갈까 하는 건 생각하지 않았다. 내 마
음속에는 필사적인 결단, 배리의 무덤에 가서 춤을 추어야 한

다는 강박 말고는 아무것도 없었다.

누가 나를 레이더로 조종한 건지도 모른다——누가? 배리의 영혼이? 날씨가 어땠는지 밤공기가 어땠는지 전혀 기억나지 않기 때문이다. 기억나는 것도 정확하다고 단언할 수 없다. 비는 오지 않았다. 만약 그랬다면 비에 젖은 게 기억날 것이다. 하지만 얼마나 어두웠을까? 나는 기억해보려고 눈을 감는다. 회색 벽이 보인다. 그늘이 깊지만 저만치 떨어진 가로등 불빛이 살짝 비쳐 든다(아마도 거기가 도로의 가장 어두운 지점이라서 내가 무의식적으로 그곳을 고른 것 같다).

산울타리 안쪽에 내려서니 무덤들의 바다다. 오래된 무덤들이다. 엄숙하고 낡았다. 비석들은 질서 정연하게 침묵 행진하는 노인들 같다. 이곳은 어둠도 훨씬 더 깊다. 더 음울하고 그늘도 더 짙다. 그런 생각을 하니 겁이 난다. 어쨌거나 이곳은 사람을 매장하는 곳이니까. 하지만 걱정되는 건 살아 있는 사람들뿐이었다. 그들에게 들키는 일.

나는 귀를 쫑긋 세우고 잠시 가만히 있었다. 바깥 도로에 차 한 대가 부르릉 지나가면서 나무들 사이로 헤드라이트 불빛을 쏘았다. 그러고 나서는 발소리도 기침 소리도 말소리도 숨소리도 없었다. 낙엽이 바스락거리는 소리. 쥐인가?

나는 손전등을 가지고 왔다. 손전등 앞을 가리고 스위치를 켰다. 그리고 그 빛으로 발밑의 땅을 비추어 무덤들 사이로 난 길을 찾았다. 깊은 밤의 따뜻한 모래색 빛. 그리고 불을 껐다.

유대인 묘역은 일반 묘역 뒤쪽의 산울타리 너머에 있었다.

무덤들 틈으로 난 이 좁은 길이 나를 그리 인도할 것이다. 나는 자갈 소리가 나지 않도록 가장자리의 풀 있는 부분을 밟으며 걸었다.

걸음을 디딜 때마다 고통으로 머리가 쿵쿵 울렸다. 하지만 약속을 실행하고 있다는 안도감도 있었다. 어째서인지 숨쉬기가 쉬워졌고 이마에 닿는 차가운 밤공기도 편안하게 느껴졌다.

30

어두운 산울타리 그림자 너머로 보니, 유대인 묘역은 깨끗이 깎은 정사각형 풀밭 중앙에 구겨진 흰색 천처럼 자리 잡고 있었다. 헐거운 쥐똥나무 산울타리를 뚫고 들어가는 데는 아무런 어려움이 없었고, 나는 망설이지 않았다. 마법에라도 걸린 듯 마음이 급했다. 배리의 무덤을 어떻게 찾을 건지도 생각하지 않았다. 그냥 보면 알 것 같았다.

묘역의 첫 줄 앞을 걸으면서 무덤들을 살펴보았다. 군대를 시찰하듯이. 모두 자기 무덤 옆에 도열할 것. 무덤에는 대부분 흰색 비석이 있었고, 비석 표면에는 검은 글씨의 비문이 영어와 히브리어로 새겨져 있었다. 어떤 무덤 위에는 평평한 판석이 상자 뚜껑처럼 놓여 있었다. 반짝이는 검은 돌에 금색으로 비문을 새긴 비석도 몇 있었다. 위험하게 기울어진 비석 두어 개는 마치 무덤 속 시신이 몸을 뒤척여서 돌을 건드린 것 같았다. 1인 무덤, 2인 무덤 그리고 곳곳의 빈 공간은 가족의 합류를 기다리는 게 분명했다. 이따금 봉분과 발치의 번호판을 빼면 아무 표시도 없는 무덤들이 있었다. 금속 막대 위에 달린 둥근 번호판은 커다란 막대 사탕 같았는데, 지난 1년 사이에 만든 새 무덤을 가리켰다.

배리의 무덤은 그런 것들 중 하나일 것이다. 셋째, 넷째 줄을 지나도록 배리가 묻혔을 만큼 갓 조성된 무덤은 없었다. 다 흙이 말라서 단단했다. 하지만 그다음 줄에 새 무덤이 하나 있다. 나는 손전등을 켜서 검은 흙더미를 이리저리 비추었다. 배리의 무덤 같았다. 하지만 어떻게 해야 확실히 알 수 있을까?

무덤은 줄 끝에 있었다. 그러니까 정사각형 묘역을 극장 좌석처럼 두 블록으로 나눈 복도 바로 옆이었다. 막대 사탕은 아무 도움도 안 됐다. 그걸 뽑아서 앞뒤를 살펴보았지만 아무 내용 없이 숫자뿐이었다. 숫자에 뭐가 있는 걸까?

나는 어떤 표시라도 있을까 해서 무덤 주변을 돌아보았다. 사람들이 배리를 영원 속에 가두기 전에 그가 자신을 알리는 어떤 단서라도 흘려놓은 것처럼. 하지만 당연히 아무것도 없었다.

그 옆 무덤은 비석이 다른 것들보다 큰 데다 옆으로 기울어져 있었다. 그 무덤과 배리의 무덤 사이에 난 좁은 풀밭을 걸을 때 손전등 불빛이 비석의 흰 표면 위를 훑었다.

'데이비드 고먼'이라는 검은 글씨가 튀어나왔다. 내 짐작이 맞았다. 옆 무덤은 배리의 아버지가 분명했다. 비석에 적힌 생몰 일자도 정확히 맞았다. 그 옆은 무덤 두 개 크기의 빈 풀밭이었고, 그 옆에는 또 다른 묘비가 유령처럼 밤을 응시하고 있었다.

31

그다음 일은 별로 말하고 싶지 않다.

나는 울었다. 고먼 씨의 무덤과 배리의 무덤 사이에 서서 손전등이 비추는 발치의 흙더미를 바라보고 있자니 눈물이 뺨을 타고 흘러내렸다. 처음에는 거기 가느라고 애를 너무 써서 땀이 흐른 줄 알았다. 하지만 눈앞이 흐려지고 콧물이 흐르며 숨이 목에 걸리자 나는 마비된 정신으로도 내가 울고 있다는 걸 알았다.

그런데 이상하게도 내가 왜 우는지를 몰랐다. 정신 나간 소리 같을 것이다(하지만 내가 원래 그렇다. 이 글의 도입부에 이미 밝혀두었다). 그러니까 내가 운 것이 '오직' 슬픔 때문은 아니었다는 것이다. 슬픔보다 분노가 더 컸다. 이유는 알 수 없었다──그때는(지금은 아는 것 같다. 하지만 당신의 이해를 위해 이야기를 순서대로 하려면 여기서는 말할 수 없다. 나중에 이야기할 것이다).

슬픔과 동시에 분노도 느꼈지만, 내가 왜 분노하는지 이유를 모르는 것이 더욱 괴로웠다. 눈물에 목이 메어서 숨이 가빠졌다. 그러다 보니 누가 내 소리를 들을까 봐 걱정되어 손전등을 껐다. 무엇을 해야 할지 몰랐다. 배리 무덤 주변을 걸어보았다. 몸에서 힘이 빠졌다. 아무 생각 없이 고먼 씨의 무덤 뚜껑에 앉았다. 그리고 무릎으로 입을 막았다. 그러자 숨쉬기만 어려워졌다. 숨을 헐떡이며 일어섰다. 눈물 때문에 앞이 보이지 않았다. 비틀거리다 넘어졌다. 배리의 무덤 위로 쓰러졌다. 큰대자로.

나는 몸을 일으켜서 양 무릎으로 봉분에 걸터앉았다. 그런 뒤 갑자기 격분에 휩싸여서 막대 사탕 번호판을 삽처럼 움켜쥔 채 봉분을 쑤시고 찌르고 파고 흙을 사방으로 흩뿌렸다. 흙은 고먼 씨 무덤의 판석 위로도 텅 빈 소리를 내며 떨어졌다.

32

배리에게 다가가려고 했던 걸까?(손을 뻗으려고?)

배리와 함께하려고 했던 걸까?(그의 세계에 함께하려고?)

이것이냐 저것이냐.[2] 선택하라. 제곱이건 아니건. 나는 몰랐다. 그때 나는 생각하기에 적합한 상태가 아니었다. 눈물로 앞이 흐려진 만큼 정신도 흐려져 있었다.

발작이 얼마나 지속되었는지 모르겠다. 아마 몇 초 정도였을 것이다. 막대 사탕의 금속 막대가 구부러져서 흙을 파낼 수 없게 되자 나는 포기했다. 그리고 실패의 피로감 속에 그걸 내던지고 구멍 난 봉분에 주저앉았다.

숨이 턱에 차고 땀이 줄줄 흐르고 온몸이 부들부들 떨렸다.

그러나 한 가지, 두통은 사라졌다.

땀과 눈물에 휩쓸려 나간 모양이었다.

나는 마음을 다스렸다. 천천히.

여기 구멍을 파려고 온 건 아니잖아. 나는 생각했다.

그런데 왜 이런 짓을? 왜 이 모든 짓을? 왜?

왜 왜 왜 왜 왜 왜 ?

33

잠에서 깬 듯한 느낌이 들었다. 아주 긴 잠에서 개운하게 깨어난 느낌. 하지만 기력은 없었다. 밀물과 썰물 사이에서 꾸물거리는 조수처럼.

나는 춤을 추러 왔어, 내가 생각했다. 약속했어. 그러니까 춤을 춰야 해.

태어나자마자 일어서는 망아지의 영상을 본 적이 있다. 나도 그런 망아지처럼 일어섰다. 비틀비틀 흔들리는 다리, 덜덜 떨리면서 부딪히는 무릎. 힘이라기보다는 분투. 나는 흐트러진 배리의 무덤 위를 비틀비틀 걸었다. 일종의 춤이었다. 즉흥 춤을 추려고 한쪽 발을 들다가 중심을 잃고, 아까 격분 상태에서 파놓은 구멍을 잘못 디뎌 발목이 접질렸다. 나는 고통의 비명을 억누르며 앞으로 고꾸라졌다.

넘어지지 않으려고 내뻗은 손에 고먼 씨의 기울어진 비석 귀퉁이가 닿았다. 나는 비석에 체중을 실으면서 다치지 않은 다리로 깡충 뛰어 일어섰다.

비석은 잠깐 나를 지탱해주는가 싶더니 금세 땅에서 뽑혀 나왔다. 그러고는 느리고 우아한 동작으로 흔들거리다 쿵 소리도 요란하게 배리의 무덤 위에 모서리로 떨어졌고, 그런 뒤 곧 앞면으로 다시 한번 쓰러졌다. 파도와 물보라. 땅이 흔들리는 것 같았고 그 소리는 천둥소리처럼 들렸다.

나는 쓰러지는 비석을 피해서 발목을 다쳤다는 사실도 잊고 훌쩍 뛰었다. 하지만 땅을 다시 밟는 순간 그 사실을 다시 깨달왔고, 이번에는 고통의 비명을 억누를 길이 없었다.

나의 비명과 추락 소리가 고요한 밤공기를 흔들었다. 겁이 났다. 누군가 들었을 것이다. 달아나야 했다. 줄행랑쳐야 했다. 당장.

나는 얼굴을 찡그린 채 기다시피 산울타리로 돌아와 뾰족한 가지와 가시를 그냥 뚫고 나왔다. 그리고 절뚝거리며 일반인 묘역의 구불구불한 길을 되밟아, 처음에 들어온 장소에 도착한 뒤 잠시 멈춰 서서 쫓아오는 소리가 있는지 귀를 기울였다.

아무 소리도 들리지 않았다.

숨이 돌아오자 다친 발을 끌고 출구를 찾았다. 산울타리 아래쪽에 기어 나갈 만한 구멍이 있었다. 그리로 나와서 조심스레 바깥 돌담을 넘은 뒤 한 발로 페달을 밟으며 사람들 눈을 피해 집에 돌아왔다.

34

광인의 일기에서

토요일…… 참담하다. 끔찍하다. 정신 줄을 놓았다.
미쳤다. 맙소사, 무덤을 파다니! 내가 왜 이렇게
된 걸까? 이런 기분은 처음이다. 누가 내 두개골
속에 손을 넣어서 뇌를 뒤집어버린 것 같다.
오늘 아침 나는 완전히 녹초다. 발목은 퉁퉁 부었다.

어머니한테는 어둠 속에서 계단을 잘못 디뎠다고 말했다. 어머니가 내 옷을 가져갔다. 옷이 너무 엉망이었다. 흙투성이에 사방이 찢어졌다. "축구도 재미있게 한 것 같아서 기쁘구나." 어머니가 말했다. 어머니는 가끔 그런 농담을 한다. 그래서 나는 몸의 위아래 끝이 욱신거리고 중간도 훌륭하지 않은 상태로 침대로 돌아왔다.

그런데 아직 춤을 추지 못했다. 춤을 추어야 한다. 어떻게 해야 할지 모르겠다. 또다시 그렇게 발광하게 될까 봐 두렵다. 너무 끔찍하다. 제정신이 아닌 게 틀림없다. '뭐에 홀렸다'는 말이 있다. 나는 그런 일이 있다고, 있을 수 있다고, 그런 일이 현실에서 벌어진다고는 생각하지 않았다. 하지만 그런 일은 벌어진다. 내게 벌어졌다. 그리고 '정신이 나갔다'는 말도 있다. 내가 그랬다. 몸에서 나온 내 정신이 옆에 서서 내가 미쳐 날뛰는 걸 보고 있었다. 처음부터 끝까지 차갑고 흔들리지 않는 내가 미쳐가는 나를 지켜보고 있었다.

미친 사람들, 그러니까 제정신일 때가 없다는 이유로 갇혀 사는 사람들도 차갑고 흔들리지 않는 일부분은 내내 자신이 미쳤다는 걸 알고 모든 일 — 자신이 하는 일과 자신에게 행해지는 일 — 을 지켜보고 있을까 하는 생각이 들었다. 그렇다면 끔찍할 것이다. 만약 광기가 그런 상태라면 광인의 진짜 고통은 자신이 미쳤다는 걸 알고, 그걸 바라보며 날마다 숨 쉬는 순간마다 미친 자신을 느끼는 것일 테니까. 그야말로 지옥일 것이다. 나에게 그런 일이 일어난다면

나는 못 견디고 자살해버릴 것이다. 그래서 미친
사람들이 자살을 많이 하는 걸까? 그리고 자살을
포기한다면 포악해질 것이다. 미쳤기 때문이 아니라
미쳤다는 걸 알기 때문에, 하지만 그걸 해결할 방법은
없고 그걸 견디는 건 너무 고통스럽기 때문에.

　이야기할 사람이 필요하다. 나 혼자서는 해결할 수 없다.

나중에 덧붙임. 내가 이야기할 수 있는 사람은 카리뿐이다.
모든 걸 아는 건 그녀뿐이다. 나는 카리에게 우리 집에
와달라는 편지를 써서 아버지에게 급한 일이라며
전달해달라고 부탁했다. 내가 말했다. "필요한 거 있으면
부탁하라고 하셨죠. 이 편지 좀 전해주시겠어요?"
아버지는 겉봉을 보더니 내가 선물이라도 준 것처럼 빙긋
웃고 물었다. "여자네?" 내가 말했다. "친구예요.
만나기로 했는데 몸이 이래서 나갈 수가 없잖아요.
그래서 우리 집으로 부르고 싶어졌어요. 그래도 되나요?"
아버지는 여전히 미소 띤 얼굴로 나를 바라보았다. "되지.
그런데 그 아가씨." 아버지 말에 내가 물었다. "무슨 뜻이죠?"
아버지가 말했다. "그러니까 똘똘한 아가씨겠지?"
내가 말했다. "타이크 선생님을 만나보셔야겠네요.
그 말은 남성 우월주의적이에요." 아버지가 말했다. "아,
그래. 내가 그 친구한테 몇 가지 가르쳐줄 수 있을 것 같아서
말이야." 내가 말했다. "노르웨이 친구예요."

아버지가 말했다. "외국인이로구나." 내가 말했다. "노르웨이
사람은 대개 그렇죠. 노르웨이 밖에서는요. 노르웨이에 가면
우리가 외국인이 되지만요." 아버지의 미소가 사라졌다.
농담으로 한 말인데 아버지는 비꼬는 말로 받아들였다.
아버지와 나는 왜 이렇게 늘 꼬이는 걸까? 미안했다.
"그 애를 집으로 불러도 될까요?" 내가 물었다.
그러자 아버지가 평소 모습으로 돌아와서 말했다.
"아무래도 좋다. 나하고는 상관없는 일이야.
네 어머니한테 물어보마." 그리고 나가려고 돌아섰다.
내가 물었다. "하지만 편지 전해주실 거죠?" 아버지가
멈춰 섰다. "그래." 그리고 봉투를 만지작거리며 말했다.
"너한테 도움이 될지 모르니까. 의사들은 아무짝에도
쓸데가 없어."

35

액션 리플레이

　내가 쓴 「광인 일기」를 읽어보니 이상하다. 그걸 쓸 때 나는
글자를 종이에 총알처럼 쏘았다. 아무 생각도 없고 그저 누구
에게도 말할 수 없으니 거기에 쏟아냈을 뿐이다. 하지만 이제
그걸 다시 읽어보니 그때는 몰랐던, 그때는 못 본 것들이 보인
다. 아버지와 나눈 대화 같은 것 말이다. 일기를 읽으니 그 순간
이 생생하게 떠오른다. 다리를 누르던 이불의 무게, 나를 감싼

이불 속 열기, 내 몸 안에서 쩔렁거리던 통증까지 그대로 느껴진다. 무엇보다 아버지가 현미경으로 확대한 것처럼 크게 보이고 들린다.

눈에 띄는 것은, 아버지가 카리의 이름이 적힌 겉봉을 보고 미소 지었다는 것이다. 나는 심지어 "내가 선물이라도 준 것처럼"이라고 썼다. 아버지가 카리를 두고 한 시시한 이야기와 내 방에서 나가며 의사들은 "아무짝에도 쓸데가 없다"고 한 말. 그건 불평 이상이다. 그 목소리에서 나는 듣는다. 그건 '네 문제를 해결하는 데는 의사가 도움이 안 된다'는 말이었다. 하지만 카리—여자—는 도움이 될 수 있지 않을까? 그러니까 아직 희망이 있다고 아버지는 생각하고 있었다.

다시 재생.

아버지는 알았다. 알고 있다. 내가 배리와 어울리기 시작한 뒤 어느 시점부터 아버지는 사태를 파악했다. 배리가 남자들이 친구라는 말로 의미하는 것 이상의 친구라는 걸.

왜 아버지가 모를 거라고 생각했을까? 아버지는 별로 생각이 없는 분이라고 생각해서? 그런 걸 눈치채기에는 너무 둔하다고 여겨서? 만약 그렇다면 나는 얼마나 잘난 척하는 원숭이가 된 것인가.

아버지는 당연히 알고 있다. 그동안 나는 굳이 숨기려고 하지 않았다. 그저 말을 하지 않았을 뿐이다.

언젠가 아버지와 이 일을 이야기할 수 있을지 모른다. 하지만 앳킨스 씨, 아직은 아니다. 그러기 전에 나는 먼저 나 자신을 정리하고 내가 누구인지 확실히 알아야 한다. 그 일은 아직 이루어지지 않았다.

36

"내 방에 여자애가 들어오는 건 처음이야." 일요일 저녁 우리 집에 온 카리에게 말했다.

"너의 행운이지!" 그녀가 말했다.

카리가 오기 전에 나는 절뚝거리며 욕실에 가서 단장을 하고 깨끗한 스웨터로 갈아입었고, 그사이에 어머니는 특별 손님을 맞아 내 방을 대청소했다.

"정확히 말하면," 내가 말했다. "내 방에 남이 들어온 것 자체가 처음이야. 식구들 빼고."

"안 올까도 생각했어."

"왜?"

"나를 버리고 갔잖아. 그 길길이 날뛰는 남자한테 남겨두고."

"잡혔어?"

"아니! 내가 훨씬 빨랐지."

"그럼 됐네!"

"그럼 됐네라니! 거의 잡힐 뻔했어."

"하지만 안 잡혔잖아."

"어쨌건 네 도움은 아니었어. 너는 나를 버리고 도망쳤어. 내가 그렇게까지 도와줬는데."

"나는 거의 벌거벗고 있었어. 어물쩍거릴 수가 없었다고."

"자전거에 옷이 있었잖아."

"하지만 그 사실도 집에 다 와서야 생각났어. 충격이 커서."

"네 모습도 충격적이었지!"

우리는 함께 웃었다. 그 농담이 그렇게 재미있는 것은 아니었지만.

"조금 용서해줄게. 너도 힘들었으니까." 카리가 말했다.

"가지 않는 게 좋았던 것 같아."

"가야 한다고 우긴 건 너야."

"알아." 나는 잠시 카리를 바라보았다. "그런데 한 가지가 또있어."

"별로 알고 싶지 않아."

"아냐, 너도 알고 싶어 해. 간절하게."

"그런 말은 잘못이야. 대신 내가 듣고 싶어지게 설득할 수는있어."

"이미 그렇게 된 것처럼 하면 안 될까?"

카리는 미심쩍은 눈길을 던졌다. "이번 한 번만이다. 나는 이용당하는 거 싫어. 그런 일을 겪으면 화가 나고 그러면 몸에 뭐가 나거든."

나는 배리의 무덤에서 겪은 일을 말해주었다. 이야기를 마치자 그녀는 고개를 젓고 어깨를 움츠렸다.

"참 끔찍하다, 햄." 그녀가 말했다. "영안실 사건보다 더 끔찍해."

"알아, 알아." 내가 말했다. "나도 영안실 사건은 이해할 수 있었어. 왜 배리를 꼭 봐야 했는지. 지금 와서 보면 잘못한 일이 지만. 하지만 이건…… 이건 이해가 안 돼. 너라면 이해할 수 있을지도 모른다고 생각했어."

카리는 다시 고개를 저었다. "모르겠어…… 어쩌면 죄책감 때문인지도 모르지. 배리의 죽음에 대한 죄책감."

"나도 그 생각을 했어. 하지만 그런 느낌이 아니었어."

"그럼 어떤 느낌이었는데?"

"슬픈 느낌. 화난 느낌. 모르겠어. 다 뒤죽박죽 섞인 느낌이야." 나는 더 생각했다. 내가 말하지 않는 것, 말할 수 없다고 생각하는 것이 있었다. 나는 마음을 가다듬고 용기를 내서 말했다. "배리를 때리고 싶었던 것 같아."

우리는 오랫동안 말이 없었다. 서로를 보지도 않았다. 카리는 자기 발에 시선을 고정했다. 내 눈길은 방 안을 떠돌면서 이따금 카리를 흘끔거리며 반응을 탐색했다.

"배리를 때려?" 그녀가 마침내 입을 열었지만 시선은 여전히 나를 벗어나 있었다. 그 얼굴에서는 어떤 생각도 읽히지 않았다.

"그래, 그리고 배리한테 다가가고 싶었어."

"다가가서 때리려고?"

"그랬던 것 같아. 미친 소리 같지. 그렇게 말하니. 하지만 그 두 가지를 느꼈어. 네가 말한 것하고는 달랐어."

"모르겠다, 모르겠어!"

"나도 마찬가지야! 그러니까 때리고 싶어서 배리한테 다가

간다는 느낌은 없었어. 그건 두 가지가 연결된 거잖아. 그건 아냐. 서로 다른 감정이었어. 배리한테 다가가고 싶었어. 그리고 때리고 싶었어. 배리 때문에 화가 난 동시에 슬프기도 했어. 다른 두 가지가 섞여 있었어."

카리는 이제 나를 바라보며 내가 말한 것 바깥에 있는 무언가를 찾는 것처럼 내 얼굴을 탐색했다.

"약간이라도 이해가 되니?" 내가 물었다.

"응…… 아니." 그녀가 대답했다.

"훌륭해! 나아지고 있어!" 내가 말했다.

"그렇게 간단하지 않아." 그녀가 말했다. "사람은 너무도 복잡한 존재라서 이런 일은 절대 단순하지 않아. 하지만 한 가지는 분명하고 그건 너도 정확히 말할 수 있어. 너는 책을 너무 많이 읽어서 이런 일을 밝혀내고 이해하는 게 가능하다고 생각하고 있어."

"그렇지 않아."

"아냐, 그래. 너는 모든 것에 답이 있다고 생각해. 찾아내고 이해할 수 있는 이유가. 너는 모든 걸 수학 공식처럼 깔끔하게 정리한 다음에 그 기준에 따라 살려고 해. 너는 언제나 너한테 ──아, 모르겠다── 살아가는 방법을 가르쳐줄 사람을 찾고 있어."

"그렇지 않아."

"아냐, 그래. 단짝 친구에 대한 그 유치한 이야기도 그렇고…… 내 생각을 물어본다면……"

카리는 말을 멈추더니 강렬한 눈길로 나를 보았다. 나도 똑같은 눈길로 맞섰다.

"그레이 부인이 걱정하실 거야." 그녀가 일어서며 말했다. "가야겠다."

"더 있다가 가." 내가 말했다.

"아니, 지금 가야 해. 아픈 사람하고 말다툼하면 안 되지."

"네가 가면 더 아파질 거야."

"그럴 리 없어." 그녀가 웃으며 말했다. "네가 아픈 건 친구의 죽음 때문에 괴로워서야. 그건 자연스러운 거지."

"그게 다는 아니야. 너도 알잖아. 두통이 너무 심해. 이건 배리가 죽어서만은 아니라고. 그건 나 때문이야." 누군가 피막에 균열이라도 낸 것처럼 생각지도 않은 말이 튀어나왔다. 그리고 그 균열을 통해 말들이 쏟아져 나왔다. "두통이 몰려오는 건 내가 배리하고 나, 그리고 우리 둘이서 한 일을 생각하려고 할 때…… 아니…… 우리가 '무엇'이었는지를 생각할 때. 맞아. 그거야. 우리가 무엇이었는지. 무덤에서 벌어진 일은 그 일부일 뿐이야. 네가 도와줄 수 있을 거라고 생각했는데 너는 자꾸――"

침묵. 카리는 침대 옆에 서서 나를 내려다보았다. 그리고 얼굴을 찌푸리며 말했다. "친구한테 속생각을 솔직하게 말해봤자 원망만 듣게 돼." 그녀는 침대 가장자리에 걸터앉아서 나를 살펴보았다.

"나한테 한번 해봐." 내가 약간 반항심을 담아 말했다.

카리는 미소 지었다. "너는 착한 아이야, 헬. 하지만 사람들을 잡아먹으려고 들어." 그리고 손을 내밀어서 내 입 앞쪽에, 하지만 접촉은 하지 않는 위치에 댔다. "말하지 마. 네가 말하면 나는 더 아무 말도 못 할지 몰라. 어려운 이야기야. 나는 너하고 배리 일을 생각했어. 네가 지난번에 말해준 모든 일을. 네가 왜 배리를 좋아했는지, 배리의 친구가 되고 싶어 했는지 이해할 수 있어. 그 친구는 강렬해. 나도 배리를 좋아했어. 그 친구는 생명력이 가득해. 에너지가 넘치고. 즐겁게 사는 법을 알았어. 자기 의견도 강했고. 하지만 너와는 다른 무언가가 있었던 것 같아."

카리는 잠시 말을 멈추고 자신이 하려는 말을 생각했다. 할까 말까 망설이는 것 같았다. 어쨌건 얼굴은 다시 찌푸려졌다.

"좀 전에 네가 사람들을 잡아먹으려고 한다고 했지. 하지만 방향은 반대인 것 같아. 그러니까 네가 잡아먹히는 걸 좋아하는 거야. 내가 볼 때 네가 배리를 좋아한 건——" 카리는 이런 말을 해도 좋을지 내 얼굴을 살폈다. "——배리가 너한테 생기를 불어넣었기 때문인 것 같아. 배리는 네가 혼자라면 하지 않았을 일들을 하게 했어. 너 혼자라면 용기 내지 않았을 일들을. 언제나 그 친구가 두 사람의 일을 다 결정하지 않았어? 중요한 일은 모두 말이야. 어디를 갈지 무엇을 할지 어떻게 해야 할지. 심지어 네가 무슨 옷을 입고 머리를 어떻게 빗고 무얼 먹을지 하는 것까지 다 결정했어. 너는 배리가 없으면 이제나저제나 그 친구가 돌아오기만 기다렸고, 곁에 있을 땐 배리가 원하는 일이라면 무엇이나 다 했어."

카리는 입을 다물었다. 나는 숨을 멈추다시피 하고 있었다. 듣기 좋은 말은 아니었지만 그래도 끝까지 듣고 싶었다. 2년 전에 의사한테서 맹장염이니 입원해 수술을 받아야 한다는 말을 들었을 때와 비슷했다. 그때 나는 속이 자꾸 안 좋고 배가 아픈 이유를 생각하지 않으려고 했다. 그냥 가스 때문이라고, 이사 때문에 신경이 날카로워져서 그런 거라고, 무얼 잘못 먹은 탓이라고 나를 달랬다. 하지만 처음부터 더 심각한 원인이 있다는 걸 알았다. 어머니가 의사를 부르고 의사가 나더러 수술을 받아야 한다고 했을 때 나는 똑같이 숨을 참았다. 진실을 마주하고 되도록 빨리 상황을 극복하는 게 낫다는 걸 알았기 때문에. 지금 카리하고도 똑같았다. 그녀는 내가 진실인 줄 알면서도 인정하지 않던 것을 이야기하고 있었고, 나는 그녀가 이야기를 멈출까 봐 그 말을 자르고 끼어들 수 없었다.

카리는 계속 침묵했다. 내가 말하기를 기다리는 것이었다.

"계속해." 내가 간신히 말했다.

그녀는 계속하고 싶지 않아서 한숨을 쉬었다. "잠깐 내가 멋대로 상상해볼게. 배리는 네가 그런 식으로 매달리는 게 재미있었어. 네 선생님이 되어서 인생에 관한 일이나 너 자신에 관한 일을 하나하나 가르쳐주는 게. 너의 형, 애인, 대장, 스승 노릇을 한꺼번에 하는 게 재미있었던 것 같아. 하지만 너도 배리를 알잖아. 시간이 지나니까 지겨워졌어. 배리가 가장 좋아하는 건 무언가를 시작하는 거였어. 내 말 알겠어? 배리는 사람들이 자기를 좋아하고 자기한테 굴복하게 만드는 걸 좋아했어. 상황을 주도하는 걸 좋아한 거야. 하지만 사람들이 굴복하면 게임은 끝나고 알다시피 사람들을 버려. 지겨워져서. 너하고 그랬던 것처럼. 그래서 배리한테 친한 친구가 없어. 어때, 친한 친구가 있었어?"

나는 고개를 저었다. "만난 친구도 또 이야기를 들은 친구도 없어."

"배리는 짜릿한 친구였어. 하지만 그걸 지나치게 좋아했어. 그 누구도 쉴 새 없이 짜릿하게 살 수는 없는 거야. 배리마저도. 너는 그럴 수 있다고 생각했겠지. 너한테는 배리와 함께한 모든 일이 새롭고 특별했으니까. 배리가 세일링과 오토바이를 좋아한 건 그게 언제나 짜릿했기 때문이야. 거기에는 위험이 동반되니까. 마음만 먹으면 언제든지 재난에 다가가는 방법으로 새로운 스릴을 얻을 수 있으니까."

카리는 침대에서 일어나서 다시 의자에 앉았다. 나는 무언가 말해야 할 것 같았지만 무슨 말을 해야 할지 몰랐다.

"내 생각이 정말로 궁금하다면 말할게." 그녀가 침묵 후에 말했다. "네가 배리의 무덤에서 그런 이상한 일을 한 건 더 이상 그 친구한테 기댈 수 없어졌기 때문이야. 또 그 친구의 보살핌을 받을 수 없어져서. 너는 다시 너 혼자가 되어 스스로를 책임지고 스스로 결정해야 하는 상황을 견딜 수 없었어. 네가 원한 건 배리가 아니었어. 네가 원한 건 배리라는 관념이야. 왜냐하면 배리는 네가 생각한 그런 사람이 아니었으니까. 실제로는 배리도 너만큼 겁이 많았어. 아니면 나만큼. 아니면 대부분의 사람들만큼. 그렇지 않은 것처럼 행동했을 뿐이야. 연기를 잘 한 거지. 너한테만이 아니라 배리 자신에게도. 내가 볼 때 너는 그저 배리의 얼굴과 몸에 반해놓고, 거기에다 네가 원하는 사람의 관념을 뒤집어씌운 거야."

"그러니까 네 말은 배리가 그저 내 상상의 산물이었다는 거지?" 내가 웃음을 시도하면서 말했다.

카리가 미소 지었다. "그랬는지도 모르지."

"헛소리야! 배리는 이 세상에 있었어. 내 곁에 있었어. 나하고 잠도 잤어. 물론 너하고도. 배리가 실제로 존재했다는 걸 너도 알잖아."

"그래, 누군가 존재했지. 하지만 그 사람은 네가 생각하던 그런 사람이 아니었어. 또 내가 생각하던 사람도 아니었는지 몰라."

"네 말은 우리가 사람들을 상상으로 꾸며낸다는 거잖아. 말도 안 돼."

"아니, 그럴 거야. 아마 우리는 우리 자신도 꾸며내고 있을 거야. 우리가 원하는 모습으로."

나는 고개를 끄덕이고 어깨를 으쓱했다. 다시 한번 침묵이, 이번에는 길게 이어졌고, 그동안 우리는 침대 양쪽에서 서로를 바라보았다. 갑자기 카리가 불편한 듯 얼굴을 붉혔다. 너무 많은 이야기를 했다고 생각하는 표정이었다. 그녀는 고개를 돌리고 일어나서 옷자락을 조몰락거렸다.

"가야겠어." 그녀가 말했다.

나는 아무 말도 하지 않았다. 말을 할 수 없었던 게 아니라 할 말이 없었다.

카리가 말했다. "네가 말해달라고 했잖아. 내 생각은 이렇다는 거야." 그녀는 다시 해변에서 보인 쾌활한 태도로 돌아가려고 했다. "내가 틀렸을 거야."

내가 고개를 끄덕였다. "우문우답이라고나 할까──"

"무슨 소리야?" 그녀가 말했다.

"아냐, 속담 비슷한 거야." 내가 말했다.

어색한 분위기. 나도 카리도 헤어지고 싶지 않았다. 그녀는 문고리를 만지작거렸다.

"저기," 내가 입을 열었다. 이번에는 내가 쾌활함을 보일 차례였다. "저번에 도와준 건 정말 고마웠어. 영안실에서 말이야."

그녀는 내 말을 알아듣고 웃으며 말했다. "그 정도는 언제라도. 친구 좋다는 게 뭐야? 영안실쯤은 당연히 데려가줘야지."

그리고 내가 그 농담에 대꾸할 틈도 없이 사라졌다.

37

카리가 떠난 뒤 나는 일종의 정지 상태로 빠져들었다. 며칠 만에 처음으로 두통이 완전히 사라졌다. 나는 카리의 말을 곱 씹어보려고 했다. 하지만 금세 깊고 꿈 없는 잠으로 미끄러져

들어갔다. 그것도 며칠 낮 며칠 밤 만에 처음이었다. 얼마 후 비몽사몽간에 어렴풋하게나마 누군가──어머니였던 것 같다 ──내 이부자리를 정돈하는 게 느껴졌다. 나는 다시 잠에 떨어졌다.

그러다 시체 자세로 번쩍 잠이 깨었다. 손목시계를 보니 9시 35분이었다. 커튼을 뚫고 아침 햇살이 스며들었다. 코뿔소의 돌진도 없고, 진공 고뇌기의 비명도 없었다.

나는 몸을 움직였다. 너무 오랫동안 한 자세로 있었던 탓에 온몸이 기분 좋게 뻣뻣했다. 곧바로 카리가 떠올랐다. 그녀가 한 말들이 머릿속에서 재생되었다.

화장실. 오줌을 누고 싶었다.

"일어났니?" 계단 앞을 지나가는데 어머니가 아래층에서 물었다.

"아뇨. 우유 배달부예요." 내가 대답했다.

방으로 돌아오다 보니 발목이 아무렇지도 않았다. 서서 내려다보니 부기가 다 빠져 있었다.

"좀 어떠니?" 어머니가 계단 밑에서 물었다.

"좋아요. 이제 일어날게요."

"조심하렴." 어머니가 난간 틈으로 나를 보려고 두어 칸 조심스럽게 계단을 올라오며 말했다. "아버지는 네가 푹 쉬어야 한다고 말씀하셨어."

"그런 말씀 새롭네요." 내가 대답했지만 그건 비아냥거리는 게 아니라 흥미롭다는 뜻이었다.

"얼른 아침을 준비하마." 어머니가 말하고 물러갔다.

나는 카리의 말을 곱씹고 일기를 끄적거리며 그날 하루를 보냈다.

38

그 월요일 밤 나는 기다렸다. 이번에는 약속대로 춤을 추어야 했다.

10시 반에 나의 인내력은 고갈되었다. 얼른 끝내고 싶었다.

똑같은 핑계를 댔다. 바깥 공기를 쐬고 발목을 운동시키고 싶다고.

"야간조로 취직할 연습을 하는 거니?" 아버지가 말했다. "아니면 이번에도 그 아가씨 때문이니?" 퇴근 이후 줄곧 쾌활한 기색인 아버지는 틈만 나면 카리를 언급하며 나를 놀렸다.

똑같은 길로 묘지까지(그때보다 일찍 나온 까닭에 더 많은 차를 피해야 했고 도중에 한두 사람을 만났지만). 그리고 똑같은 길로 유대인 묘역까지.

나는 산울타리 앞에 멈춰서 묘지에 움직이는 기척이 있는지를 살폈다. 그리고 아무것도 보이지 않자 산울타리를 뚫고 곧장 배리의 무덤에 갔다.

가보니 배리 아버지의 비석이 다시 세워져 있었다. 이번에는 제대로 땅에 튼튼히 박혔다. 내가 팠던 구멍도 메워지고 흙이 매끈하게 덮여 있었다. 무덤 발치에는 새 번호판이 세워져 있었다.

그걸 보자 번쩍 생각이 들었다. 사람들이 무덤을 복구했다면 나를 잡으려고 경계를 설치도 몰랐다. 하지만 신경 쓰지 않았다. 그날 이후 나는 내가 잡히려고 작정했던 건 아닌가 하는 생각도 했다. 범죄자 가운데는 체포되어 처벌받고 싶어 하는 사람들도 많다고 하지 않는가. 때로는 무의식적으로 정체를 밝혀줄 단서를 흘리기도 하고, 현장에 다시 나타나서 눈에 띄는 짓을 한다고.

어쨌건 그날 밤 나는 눈에 아주 잘 띄었다. 한동안 배리의 무덤 발치에 멍하니 서 있었다. 머릿속은 어지러웠고, 손전등 불빛은 배리 무덤의 길쭉한 봉분을 스포트라이트처럼 비추었다. 나는 흥분하지 않았다. 사흘 전 같은 분노와 광기는 없었다. 다시 눈물이 흘렀지만 그때 같은 흐느낌이나 괴로움은 없었다. 아마도 일종의 작별 인사로 배리를 떠나보내려 했던 것 같다.

그렇게 서 있는데 머릿속에서 로럴과 하디 영화 시작 부분의 우스꽝스러운 음악이 울렸다. '딴다다 딴다다 따단따다 따단따다…… 뻐꾹!…… 뻐꾹!…… 뻐꾹!' 뻐꾸기 노래. 웃기면서도 슬픈. 들으면 언제나 미소를 짓게 되는. 남의 무덤 위에서 춤을 출 때 반주로 삼으리라고는 생각도 하지 않던 음악이다. 그렇다고 내가 이전부터 남의 무덤 위에서 춤을 출 생각을 했던 것도 아니다. 하지만 그때 내게 들리는 음악은 그것뿐이었다. 그래서 나는 그 어설픈 리듬에 맞추어 발을 움직이면서 최선을 다해 댄스파티를 시작했다. 곧 머릿속 음악은 사라지고 박자가 제멋대로 빠르고 거세졌다. 배리의 어이없는 죽음을 추도하고, 그가 내게 지녔던 의미, 그 누구도 다시는 지니지 못할 의미를 찬미하는 북을 울리듯이.

내 춤이 추도보다 찬미에 가까워졌을 때, 바로 앞줄 묘비 뒤에 숨어 있던 청색 제복이 검은 형체를 드러내며 죽음의 사신처럼 일어섰다가 럭비의 플라잉 태클을 하듯 나를 덮쳤다. 우리는 함께 배리 무덤 옆 바닥으로 쓰러졌다. 청색 제복은 부츠발로 벌떡 일어서면서 내 옷깃과 한 팔을 잡았다. 그리고 만족스러운 목소리로 내뱉었다. "됐어, 애송이. 그만하지. 너를 체포한다."

하지만 딱한 그 남자는 내가 그때 미친 듯이 웃음을 터뜨린 이유는 알지 못했다.

39

그 뒤로는 당신도 잘 알 것이다.

그래서 이것만 덧붙이겠다. 어제 단편 38을 쓰고서 나는 이제 '죽음의 기록'이 끝났다는 데 기쁨과 피로감을 모두 느끼며 초크웰역 앞 해변에 나갔다. 기쁜 건 끝났기 때문이고, 피로한 건 석 주 동안 지난 일을 기록하고, 배리와의 일곱 주를 다시 살고, 그의 죽음을 다시 대면하는 것밖에 다른 일을 거의 하지 않았기 때문이다.

모든 게 끝났다는 건 시원하면서도 슬펐다. 물론 법정 출석 문제는 남아 있지만, 그건 이제 아무 상관 없는 일처럼 여겨진다. 사람들이 무슨 결정을 내리건 상관없다. 내 인생에서 무엇을 할지 결정했기 때문이다. 나는 학교로 돌아갈 것이다. 그리고 오지 선생님의 6학년 교실에서 2년 동안 공부할 것이다. 대학 입학 자격을 원해서가 아니다. 나는 대학에 대한 어떤 야심도 없다. 내게 필요한 건 시간이다. 모든 것이 가라앉을 수 있는 시간. 나는 더 많은 걸 읽고 싶고 더 많은 걸 쓰고 싶다. 쓰는 일이 아주 즐거웠기 때문이다. 내 앞에 무언가가 있다. 그게 뭔지 아직은 모르지만, 그것이 나를 기다리고 있다는 건 안다. 그리고 취직을 하는 것보다는 학교에 남아 공부를 하는 것이 거기 다가가는 데 도움이 될 것 같다.

이런 생각을 하면서 해변과 산책로 사이의 벽에 앉아 바다를 내다보는데 누군가 내 어깨를 쳤다. 싱싱한 스파이크가 언제나처럼 탱탱한 모습으로 손에 페인트 붓을 들고 있었다. 텀블호를 해변에 끌어 올려서 겨울나기를 준비한다고 했다.

나는 손을 내밀었다. 그가 애지중지하는 보트를 빌려서 한심하게 뒤집어버린 뒤로 나는 그에게 빚을 진 느낌이었다. 우리는 신나게 웃고 떠들면서 함께 보트를 정리했다. 그리고 학교와 요트와 섹스와 직업 이야기를 했다. 그는 다음 주부터 페인트공으로 일하는데 학교를 떠나서 좋다고 했다. 여름 내내 아무 일도 하지 않고 빈둥거렸더니 돈이 바닥났는데, 아버지가 더는 돈을 주지 않겠다고 했다고.

물론 스파이크가 볼 때 내가 학교에 남기로 한 건 미친 짓이었고, 게다가 오지 선생님 반을 선택한 건 구제 불능으로 미친 짓이었다. 나는 뭐라고 설명하려 했지만 아직은 모든 게 혼란스러워서 그냥 화제를 돌렸다.

나는 스파이크와 함께 있는 것만으로도 아주 즐거웠는데, 처음으로—이것이 이 단편 가운데 가장 중요한 단편이다—스파이크가 마법 콩을 가진 소년인지, 진실하고 영원한 단짝 친구인지 아닌지 궁금하지 않았다. 그것은 이제 중요하지 않기 때문이다.

"야, 오늘 밤에 같이 영화 보는 거 어때?" 내가 스파이크에게 말했다.

"거덜 났다고 말했잖아. 정말이야." 그가 말했다.

"괜찮아." 내가 말했다. "내가 돈이 많아. 몇 주 동안 아무것도 안 했어. 오늘 밤은 나가서 놀고 싶어. 이 일이 끝나면 어디 가서 피시앤드칩스라도 먹고 5시 반 영화를 보자."

"요새 무슨 영화 하는데?"

"뭘 하건 상관없어." 내가 웃으며 말했다.

스파이크는 뒤집힌 선체 너머로 나를 보면서 함께 웃었다. "넌 정말 미쳤어. 너도 알지?" 그가 말했다.

"제정신으로 살고 싶은 사람이 어디 있어?" 내가 말했다.

그날 밤 나는 그에게 사우스엔드의 선물을 주었다.

보고 싶은지?

40

이것이 끝이라고 생각하지 말기를. 나조차 무엇이 끝인지 모르는데 어떻게 이게 끝일 수 있겠는가? 어쩌면 이건 그냥 시작일지 모른다. 아니, 시작도 아니고 그냥 아무것도 아닐지도 모른다. 시작도 아니고 끝도 아니고, 대신 어떤 시작과 끝의 중간쯤에 있는 단편에 지나지 않을지도 모른다. 그리고 그 시작과 끝은 우리 눈이 닿지 않을 만큼 먼 곳에 있어서 아예 그런 게 없는 것처럼 잊고 살아도 좋고, 생각해보면 사실 없는 것인지도 모른다. 나는 당신이 현재의 나를 이해할 수 있도록 이 글을 썼다. 하지만 이것은 더 이상 현재의 내가 아니다. 왜냐하면 현재의 나는 지금까지 나를 만들어온 것들에서 벗어나려고 하기 때문이다.

세상에서 중요한 단 한 가지는 우리 모두가 어떻게 해서든 자신의 역사에서 탈출하는 것이다.

"친구의 무덤에서 춤을 추기로" 맹세

오토바이 사고로 죽은 친구의 무덤을 훼손한 16세 소년에게 소년 법원 재판장 C. H. 핀치벡 판사는 어제 "무덤을 능욕한 피고의 행위는 평범하고 선량한 사람들에게 매우 혐오스러운 행위이다"라고 말했다.

법원은 초크웰 고등학교 학생인 피고가 친구와 함께 둘 중 한 사람이 먼저 죽으면 그의 무덤에서 춤을 추기로 맹세를 했다는 정황에 대해 설명을 들었다. 오토바이 사고는 두 소년이 한 소녀를 두고 다툼을 벌인 뒤에 일어났다.

담당 사회복지사는 소년의 행동이 청소년기에 흔한 경미한 우울증으로 인해 촉발되었으며, 이 경우 친구의 죽음이 우울증의 원인이 되었다고 보고했다.

재판관들은 소년에게 보호관찰 1년을 명령하고, 소년이 죽은 친구의 가족에게 심려를 끼쳐서 죄송하다고 한 사과를 받아들였다.

불안한 젊음의 뜨거운 춤

이 책은 2007년 국내에 처음 번역·출간되었던 것을 재출간한 것이다. 나는 기쁘게도 2007년 출간본뿐 아니라 재출간본도 나의 번역으로 소개하는 영광을 누리게 되었다. 번역의 기본 뼈대는 첫 출간본과 같지만, 그사이에 15년 이상이 흐르다 보니 다소 어색해진 표현들을 고치고 (그사이에 우리말이 상당히 변했다는 것을 절감하는 계기가 되었다) 전체적으로 개선할 수 있는 부분들을 다듬었다.

에이든 체임버스는 국내에는 많이 알려져 있지 않지만, 카네기상과 엘리너 파전상, 한스 크리스티안 안데르센상 등 어린이 문학계의 주요 상을 두루 수상한 국제적 작가다. 하지만 그의 작품은 어린이문학에서도 청소년에 집중되어 있고, 청소년기의 경험과 고민 중 성 문제를 빼놓지 않고 거론하는 데다 깊은 철학적 문제를 꾸준히 제기하기 때문에 어린이문학의 범주에 넣는 것보다는 일반 문학작품으로 보는 것이 더 자연스러워 보인다.

체임버스는 다채로운 인생 경력을 거쳐서 전업 작가가 되었다. 청소년 시절에는 실업학교에 다니며 농장에서 일하기도 했지만, 해군으로 복무한 뒤 대학에 진학해 영어 교사가 되었다. 그가 영어 교사로 일한 곳이 바로 이 작품의 무대인 사우스엔드다. 이때 요트 사고를 당한 경험이 이 작품에 담겼다고 한다. 그런 뒤에는 성공회 수도사가 되었는데, 이때도 영어 및 드라마 교사로 일했다. 청소년 희곡을 발표하면서 작가 생활을 시작한 것도 이 시기다. 그러다 7년 만에 환속해 전업 작가가 되었는데, 글을 쓰고 문학잡지를 발간하는 가운데 학교 바깥에서 문학 교육자로도 왕성하게 활동했다.

체임버스의 글은 청소년 소설, 청소년 희곡, 문학 교육 지침서 및 비평서의 세 갈래로 나뉜다. 하지만 이 가운데 가장 두드러진 분야는 '댄스 시리즈'라는 별칭으로 불리는 청소년 소설이다.

이 시리즈는 모두 여섯 권으로 이루어졌는데, 시리즈라고는 해도 이야기가 연결되거나 등장인물이 겹치지는 않는다. 이 책들이 시리즈가 되는 것은 동일한 주제의 다채로운 탐구에 있고, 그 주제는 바로 '청소년으로 살아가는 일과 어른이 되는 일'이다. '댄스 시리즈'라는 이름이 붙은 것은 이 모든 이야기가 하나의 춤을 이루어서이기도 하지만, 좀더 구체적으로 바로 이 작품 『내 무덤에서 춤을 추어라』를 쓰는 도중 전체 시리즈의 구상이 시작되었기 때문이라고 한다. 국내에는 이 중 두 편이 소개되었으며, 다른 하나는 카네기상과 마이클 프린츠상을 받은 『노 맨스 랜드*Postcards from No Man's Land*』다.

시리즈의 첫 책인 『휴식 시간*Breaktime*』이 1978년에 발표되었고 마지막 작품 『이게 전부다*This is All: The Pillow Book of Cordelia Kenn*』가 2005년에 발간되었으니 전체를 완간하는 데 30년 가까이 걸린 셈이다. 이 작품 『내 무덤에서 춤을 추어라』는 그중 두번째로, 1982년 발표작이다.

청소년기를 다룬 소설들 가운데 이 시리즈가 돋보이는 점은 주인공들의 모든 고민에 성 문제가 주요하게 엮여 있다는 것이다. 이를 통해 작가는 성이 어떤 개별 경험 항목이 아니라 어른되기의 모든 면에서 부딪히는 매우 핵심적 요소임을 보여준다. 하지만 이 시리즈의 진정한 장점은, 주인공들의 탐색이 성 문제를 단단히 끌어안으면서도 그것을 뛰어넘는 정신 영역으로 넓고 깊게 이어진다는 점이다.

내용뿐 아니라 형식적 측면에서도 작품들은 상당한 공통점이 있다. 빠른 장면 전환, 다양한 시점과 스타일의 교차, 얼마간의 미스터리가 그것이다. 깊이 있는 주제와 다양한 스타일, 정교한 플롯을 담기 위해 '댄스 시리즈'는 각 권이 5년 이상의 집필 기간을 거쳤고, 특히 『내 무덤에서 춤을 추어라』는 착상에서 탈고까지 12년이 걸렸다고 한다.

『내 무덤에서 춤을 추어라』는 '댄스 시리즈' 가운데 가장 큰 대중적 인기를 누린 작품이다. 지금까지 11개국 언어로 번역되었으며, 유일하게 영화화된 작품이기도 하다. 헬, 배리, 카리라는 강렬한 캐릭터의 세 주인공, 불꽃처럼 타오르는 로맨스, 화자인 헬의 재치 넘치는 표현, 예기치 못한 사건의 연속이 시종 흥미진진하다.

체임버스가 이 작품에 착안한 계기는 책 서두에 나오는 것과 비슷한 내용의 신문 기사를 읽고서였다. (작품에는 이 밖에도 체임버스의 인생 경험이 많이 녹아 있다. 앞서 말했듯이 사우스엔드에서 교사로 일한 것과 요트 사고를 당한 것도 있지만, 실업학교에서 인문 고교로 전학한 뒤 그 역시 오즈번 선생님과 비슷한 교사를 만나 문학을 공부하기 시작했다고 한다.) 그는 사건 속 두 소년이 서로 사랑하는 사이였다고 상상하고, 무덤에서 춤을 출 만큼 집착적이었던 사랑과 그를 둘러싼 청소년기의 불안한 내면을 탐구했다.

작품 속 주인공들의 사랑은 동성애지만, 체임버스가 그리는 동성애는 일반적인 에로스 그 이상도 이하도 아니다. '댄스 시리즈'의 다른 작품들에도 동성애는 나타난다. 하지만 주인공들의 동성애가 작품의 핵심을 이루는 것은 이 작품뿐이다. 작품이 발표된 시기가 1982년이라는 점, 더구나 청소년 소설이라는 점을 생각하면 상당히 도발적이었다고 볼 수 있다. 이 작품을 영화화한 프랑스의 프랑수아 오종 감독도 그 시절의 작품이 동성애를 다룰 때는 수치와 죄책감 등이 단골로 끼어들었는데, 이 작품은 그런 것이 없는 보편적인 로맨스라는 게 좋았다고 말한다.

동성애건 이성애건 에로스는 이성의 통제 영역을 쉽게 벗어나는 뜨거운 에너지다. 이 에너지를 다루는 일은 인생 전체에 걸친 성장 과제지만, 모든 것을 처음 경험하는 청소년기에는 더욱 어려운 일이 아닐 수 없다. 우리는 모두 헬처럼 이성을 잃고 상대에게 빠져들 수 있고, 배리처럼 자극을 추구하는 데 몰두할 수도 있으며, 그 과정에서 많은 실수를 저지르고 상처를 주고받는다. 하지만 거기 파묻히지 않고 새로 일어나는 것이 우리의 영원한 숙제 아닌가? 작가는 그것을 헬의 입을 빌려 "자신의 역사에서 탈출하는 것"이라고 표현한다.

이 작품을 처음 번역하고 15년 이상 흐르는 동안 여러 가지 변화가 있었다. 그때만 해도 우리나라는 동성애 관련 사회적 논의가 미비하다는 말로도 부족한 상태였다. 하지만 지금은 미비하게나마 논의가 이루어지는 수준은 되었고, 관련 문화예술 행사들의 규모도 커졌다. 물론 지금도 커밍아웃한 유력 정치인들까지 있는 해외에 비하면 전체적으로 매우 닫힌 편이지만, 문화예술계에서는 동성애에 대한 터부가 상당히 사라진 상태다. 그러니 이 작품을 받아들이는 감수성도 그때와는 달라져 있을 것 같다.

작품은 2020년에 「썸머 85 Été 85」라는 영화로 만들어졌다. 그 자신 동성애자인 프랑수아 오종 감독은 17세 때 프랑스어로 번역된 이 작품을 읽고, 자신이 영화감독이 되어 이것을 영화로 만들거나 영미권 감독이 먼저 만든다면 즐겁게 관람할 것을 꿈

꾸었다고 한다. 영화는 원작의 사우스엔드가 프랑스의 노르망디로 바뀌는 등 몇 가지 '현지화'가 이루어지고 플롯도 약간 바뀌었지만, 전체적으로 원작의 분위기를 잘 담아내고 있다. 오종만큼 긴 세월은 아니더라도 오랫동안 이 작품을 사랑했던 옮긴이로서 머릿속에 늘 살아 움직이던 인물들이 스크린에 새롭게 탄생한 모습을 보게 되어 기뻤다.

작품의 제목 '내 무덤에서 춤을 추어라'는 '네가 죽은 걸 기뻐한다'는 뜻의 관용구 '네 무덤에서 춤을 춘다'를 비튼 표현이다. 원래는 조롱한다는 의미고 배리가 이런 제안을 한 것도 그런 이유에서였겠지만, 정작 핼에게 그것은 광적인 집착이 되어 작품 전체에 짙은 아이러니를 드리운다. 작품 전체가 (아니 '댄스 시리즈' 전체가) 이렇게 언어를 비틀고 해부해서 재조립하는 재미로 가득하다. 어쩔 수 없는 번역의 속성으로 인해, 때로는 옮긴이의 능력 부족으로 그 재미를 온전히 전달하지 못한 것이 여전히 아쉬움으로 남는다.